O ROMANCE POLÍTICO BRASILEIRO CONTEMPORÂNEO
E OUTROS ENSAIOS

Fernando Cristóvão

O ROMANCE POLÍTICO BRASILEIRO CONTEMPORÂNEO E OUTROS ENSAIOS

ALMEDINA
CENTRO DE LITERATURAS DE EXPRESSÃO PORTUGUESA
DA UNIVERSIDADE DE LISBOA, L3. FCT
ASSOCIAÇÃO DE CULTURA LUSÓFONA

COIMBRA, 2003

© 2003   Almedina,
Centro de Literaturas de Expressão Portuguesa da Universidade de Lisboa
e Associação de Cultura Lusófona
Com o apoio da Fundação para a Ciência e Tecnologia FCT
FCT **Fundação para a Ciência e a Tecnologia**
MINISTÉRIO DA CIÊNCIA E DA TECNOLOGIA

ISBN 972-40-1862-8

Produção editorial e gráfica de Vasco Rosa
Impressão de Gráfica de Coimbra
Depósito legal 190263/03

Na capa, Passeata dos Cem Mil (Rio de Janeiro, 26 de Junho de 1968).
Foto de Evandro Teixeira © Arquivo do jornal *Globo*.
Design de João Bicker.

Os ensaios desta colectânea têm em comum uma mesma preocupação poética, histórica e temática equacionada em leitura cultural: situam-se na Literatura Brasileira, tanto da Época Colonial como da Contemporânea, e procuram contribuir para um melhor entendimento de algumas questões controversas mas, nem por isso, menos pertinentes.

Por serem análises de textos literários, reflectem perspectivas tanto de ficção como de poesia, mesmo que não coincidam com a visão e os juízos de valor dos historiadores e de outros ensaístas sociais e políticos.

Em todos eles se evidencia, em maior ou menor grau, a caminhada para a emancipação literária e autonómica do Brasil, e inventariam temas e tópicos que, mesmo antes da independência política, marcam a diferença em relação à literatura-mãe, a portuguesa.

Redigidos e apresentados em épocas várias, para congressos internacionais onde entraram em debate, estes ensaios visam uma leitura original de textos demasiadas vezes isolados da sua dinâmica estética e epocal.

Destinados, sobretudo, aos estudiosos da Literatura Brasileira, são oferecidos, igualmente, aos estudiosos da Literatura Comparada e aos leitores que queiram ter da Literatura do grande país lusófono uma visão mais larga que a do vulgar casticismo tropical ou dos exercícios escolares de Teoria da Literatura.

Lisboa, Dezembro de 2002   FERNANDO CRISTÓVÃO

O romance político brasileiro contemporâneo

Em todas as literaturas o real aparece como referência incontornável, qualquer que seja a forma do seu tratamento estético, ou o relacionamento com ele. E o mesmo acontece com o social, porque transportado no seu bojo, e com temáticas dependentes. E também com o político – uma dessas formas de concretização –, porque a Literatura não se pode alhear do projecto humano, constantemente balanceado entre o individual e o colectivo, a utopia e a realidade. Segundo ritmos, simultaneidades e alternâncias que as circunstâncias histórico-culturais condicionam.

Para além desta situação universal e histórica, há certos espaços nacionais e épocas em que a tradição literária priviligia temáticas especiais do social e do político. É o caso da Literatura Brasileira que, segundo Afrânio Coutinho, sempre que procurou definir a sua especificidade ilustrou ao longo da sua existência um tal vector: «Literatura e política. Continuam confundidas, e é difícil concebermos o homem de letras puro, que não seja, ao mesmo tempo, um lutador, um "pensador", um guia de opinião pública. E é um esforço quase aberrante procurar compreender a literatura sem os liames que a prendem à política e a tornam um instrumento de propaganda e acção cívica. Assim foi, sobretudo, no século XIX – independência, abolição, guerras, república –, e assim tem continuado a ser em nosso século sem que se haja logrado a libertação da literatura em relação à política»[1].

Laços muito apertados porque, sendo a Literatura Brasileira bastante jovem, a sua ligação à circunstância geográfica e histórica possibilitou não só um começo fácil, dada a sedução do trópico, mas também grande incentivo para a emancipação e maturação social e política.

Se a tradição literária já impelia o escritor a ocupar-se de temas sociais e políticos, com maioria de razão essa dinâmica se reforçou a

---

1 Afrânio Coutinho, «Definição e caracteres da Literatura Brasileira», in *A Literatura no Brasil*, 2.ª ed., Vol. I, Rio de Janeiro, Sul-Americana, 1968, p. 35.

partir do meio dos anos 60, em que a supressão das liberdades não consentia que eles fossem debatidos.

Até porque, para além de motivações teóricas esclarecendo as relações entre a arte e a realidade/sociedade, a forte e prestigiada corrente do entendimento da literatura como compromisso, preconizada por Mounier e Sartre, coagia o escritor ao alinhamento.

Assim, a contestação dos escritores cada vez mais se passou a fazer pela escrita comprometida, em gradações progressivas

E esse tropismo social e estético manifestou-se na conjuntura histórica politicamente muito agitada que, a partir dos anos 30 e, maximamente, da década de 60, não deixou ninguém indiferente. Degradação da conjuntura social dos anos 30 até à ditadura militar, bem documentada pelos romances de H. Borba Filho: *Margem das Lembranças, A Porteira do Mundo, O Cavalo da Noite, Deus no Pasto*.

A tomada do poder por Getúlio Vargas em 1930, a revolução constitucionalista de 1932, o esmagamento da revolta comunista de 1935 e da integralista de 1938, o golpe de estado de 1945 com o afastamento do presidente, o seu regresso em 1951 e toda a agitação que o levou à demissão e suicídio, em 1954, criaram um clima de grande participação e exarcebação dos políticos e dos intelectuais.

Sobre este fundo social assenta a radicalização da inteligência brasileira em Direita (Plínio Salgado) e Esquerda (Rachel de Queiroz, Graciliano, Jorge Amado).

Do mesmo modo, a tradicional e pitoresca ficção regionalista (Távora, Domingos Olímpio, Mário Sete, José Américo) tingiu-se do vermelho marxista do romance nordestino da segunda geração modernista (Rachel de Queiroz, Graciliano, Jorge Amado), passando decididamente do realismo crítico ao realismo socialista, muito em consonância com as teorias de Auerbach sobre a arte como arma de classe, princípios que viriam a tornar-se doutrina oficial de vasta proliferação pelo mundo, no primeiro congresso de escritores soviéticos, em 1934.

Aos escritores desta primeira vaga se podia aplicar, à excepção quase só, de Graciliano Ramos, o que Eduardo Portella[2] escreveu sobre a «Teoria do sectarismo»: «Repentinamente, o percurso normal da cultura brasileira se vê confundido ou perturbado pelo advento de

---

2 Eduardo Portella, *Dimensões III*, Rio de Janeiro, Tempo Brasileiro, 1965, p. 61.

subvalores maniqueus, que se escondem nos bastidores sombrios da ortodoxia ou do dogmatismo».

Esta primeira grande vaga do romance político do século conheceu alguma acalmia e ofuscamento com o apogeu de grandes poetas e romancistas como Carlos Drummond, João Cabral, Guimarães Rosa e Clarice Lispector.

Mas, com os anos 60, nova vaga, mais ampla e menos nacionalista ou regionalista, sacudiu de novo a ficção brasileira.

É que a década conheceu outros movimentos revolucionários e contestatários internacionais: a revolta estudantil da Universidade de Berkcley contra a guerra do Vietname, o Maio de 68 em França, para além da contestação generalizada dos movimentos *hippy* e ecologista contra os excessos da industrialização, da mentalidade colonialista e imperialista. Contestações estas somadas à grande popularidade, em todos os domínios, da cultura à política, das teorias marxistas, e do apoio da União Soviética aos movimentos revolucionários.

Na América Latina, incluindo o Brasil, multiplicavam-se os movimentos armados como forma de combater as ditaduras e de implantar uma nova ordem, especialmente depois da vitória de Fidel Castro, em 1958, e da entrada em cena de Che Guevara, em 66.

Che organiza a guerrilha na Bolívia, e praticamente em todos os países latino-americanos ela se instala: no Peru e no Chile, com o MIR, com as FARC e ELN, na Argentina com o ERP e Montoneros, no Brasil, em 68, com Carlos Marighela.

Face a este movimento avassalador, os militares brasileiros fizeram o golpe militar de Março de 64 depondo João Goulart, suprimindo a Constituição e as liberdades fundamentais e legislando drasticamente através de diversos Actos Institucionais, sobretudo dos famosos AI1 e AI5. As depurações feitas em sectores diversificados da sociedade brasileira atingiram também os intelectuais, escritores, professores e estudantes.

É sobre este fundo e quadro geral que melhor são lidos os textos de carácter político, pois a violência das ideias e dos acontecimentos não só provocou ou condicionou a sua elaboração, como teve decisiva influência na forma de expressão de que eles se serviram.

A década de 60 foi, sobretudo, a da sementeira das ideias revolucionárias, a de 70 foi a da sua concretização na violência armada e respectiva repressão, e os anos de 80 e 90 o tempo do lento e penoso regresso à paz e à democracia, com seu dramático cortejo de vencedores e vencidos.

Desta forma, podemos agrupar, *grosso modo*, a ficção política destes tempos segundo três andamentos, como os de uma sinfonia, em que há uma dominante expressiva que os aproxima.

Na década de 60, em que não se podia falar abertamente, sob pena de fortes penalizações ou represálias, dominou a alegoria, o modo encapotado, simbólico, analógico de denunciar a opressão e de apelar à revolta.

Se a década de 70, quando a dinâmica desencadeada por Fidel, Che e Allende parecia imparável e triunfante, explode a rebelião de afrontamento directo e claro, e das acções de guerrilha urbana.

Nos anos seguintes, com a derrota das esquerdas e um amadurecimento maior no caminho da democracia, avessa a ditaduras de direita ou de esquerda, é precisamente das derrotas e vitórias, dos exílios, da difícil convivência democrática que vão ocupar-se alguns textos significativos.

1. *A alegoria e a ambiguidade como armas políticas.*

Nos anos 60 e 70, não era fácil nem possível, para um escritor que quisesse continuar no seu país, atacar directamente a ditadura.

Mas era possível fazê-lo indirectamente, nas entrelinhas, e através de alusões, ou então publicando no estrangeiro o que a censura não deixava passar.

Foi o que fez José J. Veiga no romance de 1964 *A Hora dos Ruminantes*[3], servindo-se da ambiguidade e da alegoria como armas políticas e formas de intervenção.

Porque sob esses disfarces literários era possível flagelar a ditadura em operação desgastante. Mais tarde, o romance da década de 70 se encarregaria de atacar frontalmente, e às claras.

Tal como observa Pedro Lyra ao reflectir sobre as relações entre literatura e ideologia: «O aludir ao problema só se oferece quando não se pode dizer esse problema. Já que, permanentemente, a literatura tem-se configurado como um reduto da resistência, a cons-

---

3 José J. Veiga, *A Hora dos Ruminantes*, 5.ª ed. Rio de Janeiro, Civilização Brasileira, 1974.

ciência positiva criou e desenvolveu – diante do bloqueio do poder –, uma tradição técnico-táctica do ambíguo, a que a consciência negativa reduziu o ser do literário, identificando deste modo literatura e ambiguidade, ou seja: absolutizando uma situação relativa; erigindo em categoria ontológica uma situação histórica. E o escritor foi arrastado até à manipulação da alegoria»[4].

Está latente, no texto de Veiga, a intenção de combater a passividade do povo brasileiro em face da opressão, incitando-o a pôr em prática o que a popular canção revolucionária sugeria: «quem sabe faz a hora, não espera acontecer».

Para tanto, constrói-se uma alegoria de proveito e exemplo: junto a uma cidadezinha pacata vem estabelecer-se um acampamento de desconhecidos que, progressivamente, a domina pelo medo, até porque acontecimentos fantásticos, que lhe são atribuídos, paralisam a capacidade de reacção. Inopinadamente, o absurdo da situação desvanece-se, e a cidade é restituída à sua pacatez anterior, sem que se tenha percebido porquê.

O processo de dominação é implacável, como se fosse natural: suborno ou intimidação de alguns comerciantes e transformação dos mais corajosos ou opositores em colaboradores subservientes.

A esse processo «natural» outro se junta, de carácter fantástico ou mágico: duas grandes invasões de animais, cachorros e bois, paralisam a vida citadina e o espírito das pessoas que a tudo se resignam.

Primeiro, uma misteriosa invasão de cachorros enche por completo as ruas, os becos, os quintais, o próprio interior das casas, e não desperta qualquer reacção: «todo o mundo se agachou. Basta eles quererem alguma coisa para as pessoas cederem tremendo [...]. E havia também os que não se importavam com os homens da tapera, ou acharam que podiam viver sem tomar conhecimento deles» (62, 71).

Inexplicavelmente, os cachorros deixam a cidade entregue até ali à resignação, à imobilidade, à imundície e ao mau-cheiro.

Mas não tardou que outra invasão voltasse a acontecer, a dos bois que, igualmente, tudo ocuparam, sujaram, paralisaram.

Não havia espaço, sequer, para se caminhar, e os meninos, para fazerem alguns recados, saltavam do dorso de uns bois para o de outros, numa espécie de passagem aérea de recurso.

---

4 Pedro Lyra, *Literatura e Ideologia*, Rio de Janeiro, Vozes, 1972, p. 142.

Lastimavam-se os moradores: «Tem boi até no altar da igreja. – Já amassaram as toalhas e derrubaram os castiçais. – O cemitério está assim de bois. – A represa da usina coalhada de boi afogado. – O rio está entupido de bois, uns se equilibrando em cima dos outros. – A ponte está vergada ao peso de tanto boi. Qualquer hora cai» (86).

Da mesma maneira que os cachorros, também os bois se foram, subitamente, e depois deles, também, sem aviso prévio, se retiram os estranhos do acampamento, sem que, alguma vez o povo chegasse a saber, ou fizesse esforço sério para isso, quem eram, o que queriam, o que vieram fazer.

Por fim, tudo regressa à normalidade compassada pelas pancadas certas do relógio da igreja: «As horas voltam, todas elas, as boas, as más, como deve ser» (102).

É grande a força desta alegoria que, como é do seu estatuto, remete para a outra realidade que simboliza: a opressão do povo e a sua falta de reacção.

Vêm uns, como os desconhecidos, outros como os cachorros, outros como os bois, e todos se acomodam, acabam por colaborar, sublimam as dependências e sujeições, exaltam os valores da estabilidade. Tudo suportam e nada fazem para que as coisas mudem.

Não só a alegoria, em si mesma, satiriza o que simboliza, mas a forma como se processa adensa essa sátira e dinamiza o apelo à mudança. Porque, através de diversos registos expressivos, é capaz de levar o leitor a viver empenhadamente a narrativa e a acomodar-se com ela.

Com efeito, o processo narrativo, também ele se forma segundo os três andamentos que T. Todorov[5] assinalou para a expressão mágica: o efeito do estranho que faz sobressair um facto do acontecer comum, a surpresa do maravilhoso que, inesperadamente, conduz o leitor a considerar a situação como fantástica, como se não fosse deste mundo e apenas objecto de uma história divertida, e a incomodidade de, a partir de determinadas sequências, começar a inquietar-se, a interrogar-se e a comparar, porque se sente envolvido na história, devido à circunstância de, no fim de contas, não saber se os factos são reais ou irreais.

Deste modo, o leitor, hesitando e interrogando-se sobre a realidade ou irrealidade dos factos, é levado também a questionar-se sobre

---

5 Tzvetan Todorov, *Introduction à la Littérature Fantastique*, Paris, Seuil, 1970.

a situação real/irreal que eles satirizam e a situação social e política do Brasil em que políticos e partidos vão e vêm sem que ele intervenha nesse jogo.

Alguns anos mais tarde, em 1972, José J. Veiga volta ao tema em *Sombras de Reis Barbudos*[6], insistindo no absurdo kafkiano do país que sofre em silêncio todas as humilhações e arbitrariedades da ditadura da «Companhia» com seus muros, fiscais, leis, proibições, intimidações.

Tal como os bois e os cachorros, são agora os urubus que dominam. Aves agoirentas da morte, da fome e da miséria que, em momentos difíceis, alguns querem tomar como símbolo de um Brasil subjugado, elas todos dominam, e de todos se fazem estimadas.

E contra as forças que os urubus representam só há um caminho de saída, a alucinação que tudo faz esquecer e aceitar, mesmo que seja o dos homens andarem voando como pássaros: «Hoje ninguém estranha, todo o mundo está voando apesar da proibição, só não voa quem não quer ou não pode ou tem medo. Mas aqueles primeiros dias foi um deus-nos-acuda, parecia o fim do mundo» (131). «Carros novinhos circulando lá fora com alto-falantes berrando a proibição de olhar para cima sob qualquer pretexto […]. Apesar de todas essas manobras a Companhia não está conseguindo amedrontar o povo» (132--133). «Todo o mundo pensa que está voando ou que está vendo outros voarem. Porque todo mundo deseja muito voar, quanto mais alto e mais longe melhor. / Alucinação colectiva. É uma doença então? / – Não, não. Pelo contrário. É remédio. / – Remédio. E serve para quê? / – Contra loucura, justamente» (135).

Outro romance semelhante a estes na forma alegórica, embora menos bem construído e menos original, mas ainda assim de grande força de intervenção, é *Fazenda Modelo* de Chico Buarque de Holanda, de 1974[7].

Satirizando à direita o que os seus modelos inspiradores estigmatizavam à esquerda, Chico Buarque simboliza numa fazenda de gado a situação social e política do Brasil em hora de normalização e ordem.

Tanto a descrição como a narração da fazenda e do que lá se passa, depois de um breve prefácio e resumo «de como era a fazenda» ante-

---

[6] José J. Veiga, *Sombras de Reis Barbudos*, 3.ª ed. Rio de Janeiro, Civilização Brasileira, 1975.
[7] Chico Buarque de Holanda, *Fazenda Modelo*, Rio de Janeiro, Civilização Brasileira, 1975.

riormente, decorrem entre os dois capítulos intitulados «Ato» e «Ato Final».

No primeiro se conta como Juvenal foi nomeado «o Bom Boi, conselheiro-mor da Fazenda Modelo. A ele todas as rezes devem obediência e respeito, reconhecendo-o como seu legítimo chefe e magarefe». Em «Ato Final», se constata a catástrofe que foi a experiência de planeamento e normalização ditatorial.

Obedecendo à mesma simetria, a evolução entre esses dois estádios se resume no confronto entre o «Mapa I» da situação anterior de euforia e desordem, e o «Mapa II» do planeamento e da ordem.

O «Mapa I» é ilustrado pelas metáforas implícitas na descrição topográfica da euforia: «descampado», «jungla», «charco», «açude», «pradaria», «barranqueiro», expressivas da liberdade sem limites, e os informantes também de acentuada carga metafórica, banalizando a coacção e massificação indispensáveis para um «progresso» que não a dispensa: «bebedouro panelão», «estádio», «bebedourão», «zona do agrião», «estádio junglão», «aeroporto», «motel», «heliporto», «estádio charcão», «claustro das vitelas», «auditorium», etc.

A narrativa é bastante linear: Juvenal, que «apenas cumpria ordens superiores» (27), regulamenta, planifica, faz-se obedecer, condicionando não só a vida social, como a particular e afectiva. E tanto o alimento e a reprodução, como os sentimentos.

Para tanto, contou sempre com a ajuda dos vários agentes de colaboração, especialmente da Escola e da «tela mágica», muito eficazes para a integração na nova sociedade.

Mas, quando tudo parecia controlado, perfeito e sem oposição, a produtividade esgotou-se, a doença instalou-se e o sistema faliu.

Pelo meio, o desenho caricatural do Estado-Providência, do Poder absoluto do conformismo, «porque é dentro do sistema que a gente interfere nele» (94), e porque «há raríssimos casos de indisciplina, casos isolados. Quando um elemento comete algum deslize, um acto impróprio, uma palavra enviesada, é o suficiente para que os colegas se dissolvam, talvez com receio de serem confundidos», exceptuando os casos incuráveis de Lim, que Katazan acabou por matar «porque inventou outro sistema. E naquele sistema idiota talvez Lim pensasse que era superior a Katazan» (103).

Diferentemente de José J. Veiga, na ficção de Chico Buarque, a homologia das duas situações paralelas, a da fazenda e a do Brasil é fácil de encontrar, até porque algumas palavras-chaves situam histórica e geograficamente o texto, tais como «Ato» e «Ato Final» lembrando inevitavelmente os famosos Actos Institucionais da Ditadura, os AI 1, 2, 3, 4, 5...

Do mesmo modo, as referências à «calle Vargas», às manifestações políticas que por lá desfilam, à Candelária (72, 73), e às paródias aos discursos oficiais do Poder.

A alegoria salva-se da simples correspondência de homólogos por se projectar, para além da crítica, à ordem política então vigente, e por escapelizar os vícios do capitalismo selvagem e da sociedade de consumo, da alienação, da despersonalização, da falta de atenção à pessoa.

Aliás, nesta espécie de história de moralidade sobre os malefícios da sociedade planificada (que tanto pode ser a ocidental como a de Leste, apesar de ser aplicada ao Brasil), a citada epígrafe bíblica do livro do Deuteronómio, «Não farás mordaça ao boi enquanto debulhas» funciona, no quadro do paratexto, como uma condenação anunciada desde o início.

2. *Afrontamento e revolução.*

O clima social vivido neste tempo era, assim, propício a uma ficção que expressava tanto a revolta velada como a frustração e fracasso de muitas vidas perdidas na inutilidade e em desagregação, como em *O Rosto de Papel* de Macedo Miranda, ou em *O Estorvo* de Chico Buarque, como em explosões violentas de revolta aberta e organizada. Num verdadeiro *crescendo* de oposição à ditadura, as vozes da denúncia e do apelo à revolução sobem de tom, passando ao ataque frontal.

Quarup de Antônio Callado, de 1967[8], é uma das mais conseguidas expressões desta atitude de frontalidade e de identificação clara das forças em presença: militares, grupos revolucionários, sindicatos rurais, alguns sectores importantes da Igreja.

Obra notável, um dos romances brasileiros mais importantes da segunda metade deste século, tanto se afirma pelo tom épico da confrontação como por uma estrutura onde ocupam lugar relevante os registos líricos e dramáticos. Nela se cruzam perspectivas semelhantes

8 Antônio Callado, *Quarup*, 8.ª ed. Rio de Janeiro, Civilização Brasileira, 1977.

às do romance de Graham Greene, Morris West ou Mauriac e do chamado «romance católico» tão prestigiado nos anos de 30 a 50, em que as personagens transformam em problemas de consciência questões sociais e morais.

Como nos romances anteriormente considerados, o problema principal de *Quarup* continua a ser o Brasil, o drama que o país vive, sobretudo desde a morte de Getúlio Vargas, a renúncia de Jânio e o golpe militar.

Problema que no contexto da situação mundial adquire maior acuidade, intensificando o clima interno de tensão, especialmente protagonizado pela revolução cultural de Maio de 68.

É à volta do itinerário do padre Nando que a intriga do romance se organiza. Sacerdote idealista e ingénuo, nos primeiros tempos defende soluções idealistas e inconsequentes para os problemas sociais. Depois de aconselhado pelo superior, D. Anselmo, a fim de pôr à prova e amadurecer a sua vocação, passou a conviver com pessoas de outra mentalidade, conheceu o mundo, as suas paixões, o amor e o sexo, a droga, a intriga política, a corrupção, a miséria dos índios e dos camponeses.

Tendo deixado o exercício do sacerdócio, nem por isso desistiu de ir para o Xingu a que se destinava como missionário, agora como membro de uma expedição junto dos índios. Regressado ao Pernambuco, integra-se nas lutas dos camponeses, é preso, torturado, espancado até às portas da morte de que, inexplicavelmente, escapa. Inicia então uma vida nova, convertido ao ideal revolucionário da guerrilha.

Quarup é, pois, um *Bildungsroman* da formação de Nando, da sua preparação para a tarefa de salvar o Brasil da ditadura e do atraso social.

Porque a ditadura é sentida como a morte do Brasil, que é preciso reconduzir à vida, *Quarup* vai significar essa passagem através de uma dupla alegoria, uma pagã, a da festa do «Quarup» dos índios, e outra cristã, a da paixão, morte e ressurreição de Cristo, com que Nando se identificou na sua quase morte e recuperação.

Daí que a leitura do romance ganhe em processar-se segundo duas isotopias complementares, uma simbólica, outra revolucionária.

Para os índios, a festa do Quarup é a da despedida dos mortos, logo seguida da exaltação da vida, não faltando o banquete ritual e as danças. De modo paralelo, para os cristãos, a celebração da paixão e morte de Cristo, iniciada pela Última Ceia, termina pelo triunfo da sua ressurreição. E também o percurso de Nando é assinalado pelo momento de uma quase morte e de um ressurgir para a vida e para o ideal revolucionário que lhe dá sentido.

Para Nando, o ossuário, em que ocorrem as primeiras discussões sobre os problemas sociais, pode ser encarado como um presépio em que nasceu para a realidade; a passagem pelo Xingu foi para ele um lugar de meditação e purgação, como o deserto para Cristo antes de iniciar a sua pregação; a Última Ceia foi para Cristo o momento da instituição da Eucaristia e o início da sua Paixão, tal como para Nando o «jantar» foi o momento de também reunir os seus num verdadeiro banquete messiânico, em que juntou pobres, camponeses, operários, prostitutas, funcionários; logo a seguir à Ceia, Cristo foi preso, tal como para Nando, logo a seguir ao «jantar», sobreveio a prisão; Cristo teve um traidor, Judas, Nando teve o seu Iscariotes, um militar infiltrado; Cristo morreu e ressuscitou, Nando esteve às portas da morte e recuperou a saúde e as forças para uma nova vida.

Merece ser especialmente relevado este Jantar-Última Ceia de Nando, quer pela sua função narrativa de catalisador das acções que se precipitaram para o desfecho, quer pela sua intensa carga simbólica: «Este jantar está me parecendo assim dia da gente botar as coisas num molde em vez de deixar as coisas acontecer em volta da gente» (444); «O que dizem agora é que você está convidando toda a ralé dos cais e botequins para uma manifestação contra o governo» (446); «você se aferrou a essa ideia frívola do jantar com tanta irresponsabilidade que até os nossos inimigos nos procuram para que você seja dissuadido» (448); «O jantar foi crescendo e está virando festa do povo» (450); «– Você precisa ir embora, Nando – disse Júlia – tua vida enfurece a todos [...] – Judas, diga Judas, anda! Tenha coragem. Você não estava precisando de um? Me arranjou a mim, não arranjou? Para a sua ceia» (452); «E Nando estremeceu em todo o corpo fazendo Jandira também abrir os olhos quando entendeu por que a homenagem tomara a forma de jantar. Ia devorar a lembrança de Levindo, devorar Levindo, incorporá-lo, nutrir-se dele» (453), tal como no ritual índio da antropofagia, e no cristão da comunhão; «Chegou finalmente o dia da festa [...]. Juntou gente na porta da casa de Nando para ver a chegada dos convidados [...]. Estamos hoje aqui para comer o sacrifício de Levindo, comer sua coragem e beber seu rico sangue de brasileiro novo» (456). A partir do jantar e da prisão, tudo se encaminha para a grande confrontação protagonizada por Nando e pelo Coronel Ibiratinga, encarnando uma revolta dos camponeses e, de algum modo, da Igreja e dos brasileiros, e o outro a voz do Exército e da ditadura. Ibiratinga, irritado pela publicação, em 1961, da encíclica *Mater et Magistra* do papa João XXIII, em que se fala de desenvolvimento e exigências sociais, posse da terra, função social da propriedade, etc., assim marca a sua discordância: «Assumo e abraço os deveres inquisitoriais. Nós somos ungidos e sagrados agora. A Igreja transformou-se nisto que o senhor está vendo: o Senhor mesmo, Hosana, André, Gonçalo. A Igreja acabou em 1961. O que existe no mundo de santo e de grave passou do Vaticano para nós, para o exército. O Brasil começa connosco. Começa agora» (398).

Nas intervenções do Coronel Ibiratinga, Callado resume, como numa espécie de síntese, um conjunto de subtemas ou motivos do discurso oficial, que outros irão desenvolver: justificação das prisões e torturas (é simultaneamente dramática e serena a admirável narração de Artur Poerner em *Nas Profundas do Inferno* — uma espécie de repetição das *Memórias do Cárcere* de Graciliano), o discurso moralizante sobre a família e os bons costumes, a defesa da Igreja contra ela própria, a doutrina da segurança nacional e a defesa do Ocidente...

Romance de grandeza épica pela magnitude dos conflitos em torno da ditadura e seu combate, do marxismo e questões sociais e políticas, *Quarup* é também uma ficção simbolizadora de outras conflituosas transformações processadas não só no Brasil ou na América Latina, mas em todo o mundo ocidental.

Nesse *cocktail* altamente explosivo entraram também a agitação dos meios estudantis e intelectuais inspirada na da Universidade norte-americana de Berckley contra a guerra do Vietname, a inspiração freudiana e marxista de Herbert Marcuse demolindo a civilização industrial, os ideais da revolução cultural de Maio de 68, em Paris.

Por outro lado, o *aggiornamento* da Igreja, impulsionado pelo Concílio Vaticano II e pelos papas João XXIII e Paulo VI, deu maior atenção aos problemas sociais (encíclicas *Mater et Magistra* (1961), *Pacem in Terris* (1963) e *Populorum Progressio* (1967), encorajando a opção preferencial pelos pobres e dando como adquiridas, e verdadeiros «sinais dos tempos», três grandes dinâmicas: a ascensão das classes trabalhadoras, a emancipação da mulher, o acesso à autodeterminação e independência de novos Estados[9]. As teologias da política, ou da libertação[10], de Harvey Cox, Gutiérrez e Leonardo Boff, as posições da Assembleia dos Bispos para a América Latina, Celam, a actuação do arcebispo de Olinda e Recife, D. Hélder Câmara, criaram um novo clima que não só efectuou um distanciamento em relação ao poder político que antes, voluntária ou involuntariamente, caucionava, mas tornou mais evidente a urgência de transformações sociais e políticas.

E não faltaram mesmo os casos extremos daqueles padres, religiosos e freiras que, ultrapassando o seu estatuto, deixaram os compromissos com a Igreja e entraram na guerrilha; como o emblemático padre Camilo Torres, a cujo apelo revolucionário muitos padres corresponderam.

Outras componentes relevantes de *Quarup* são as da emancipação da mulher, da revolução sexual e do culto do corpo, especialmente protagonizados por Nando, Winifred, Francisca, Vanda, Lídia…

Os seus amores, mais do que expressões de erotismo em clima de violência, simbolizam as novas liberdades do corpo e do sexo preconizadas por uma outra revolução contra a moral tradicional e cristã, liderada por Nietzsche, Freud e Sartre.

Por tudo isto, *Quarup* pode ser lido como a expressão conseguida de uma situação que em Antropologia Cultural e Sociologia se designa por «festa»: tempo e expressão colectiva de catarse, em que, ludicamente, e em ambiente de euforia satírica e libertadora, a comunidade quebra as normas e interditos sociais e se liberta de recalcamentos, através de expressões, por vezes, violentas e eróticas.

Mas, sob este aspecto, *A Festa* de Ivan Ângelo[11] vai mais longe porque é mais elaborada a sua forma de «carnavalização», na acepção dada a esta verdadeira categoria literária por Bakhtine, pois também envolve, em riso e paródia, as pessoas importantes e os seus valores.

Tomando como epicentro da violência uma festa, a festa de Roberto J. Miranda («todo dia 30 de Março havia festa no apartamento 1501», 178), o autor põe a nu os conflitos e as contradições da sociedade brasileira, como numa espécie de teste de Rorschach que, em vez de diagnóstico psicológico, fosse de pesquisa sociológica.

---

9   João XXIII, *Populorum Progressio*, n.º 39 e 40 in *Caminhos da Justiça e da Paz*, 3.ª ed. Lisboa, Rei dos Livros, 1993.
10 Battista Mondin, *As Teologias do Nosso Tempo*, Lisboa, Edições Paulistas, 1977, pp. 130-46.
11 Ivan Ângelo, *A Festa*, 2.ª ed. São Paulo, Vertente, 1976.

A festa de 31 de Março de 1970 foi aquela em que melhor se jogou o jogo da verdade (60), deixando transparecer a insegurança, a corrupção, a luta de classes, as angústias e medos, as pulsões eróticas e revolucionárias, a caça aos comunistas e as manobras da repressão.

«No dia da invasão da cidade por um bando de nordestinos» (60), segundo o Coronel Bolivar, da Polícia Militar, «pequeno herói de 64», era de presumir «a infiltração comunista nessa festa. Tem gente lá de cima achando até que as ordens para o levante saíram do Robertinho, que as instruções partiam de lá, pelo telefone [...] um grupo de intelectuais de esquerda esteve na praça antes da revolta [...] duas horas depois o tal Samuel pôs fogo no trem, começou o tumulto» (153).

Os factos são relatados de maneira caótica, como os resume a personagem «Escritor» ao falar da sua obra: «eu jogaria com todas as pessoas apresentadas anteriormente e mais outras, muitas outras, durante a festa. Os conflitos, as inquietações, a fofoca, a alegria, o erotismo, os jogos, as histórias, as angústias (que é isso? Estou empolgado demais, pensou o escritor, e moderou o seu entusiasmo) –, tudo que acontece numa festa misturado à trama central do livro» (168).

Os acontecimentos dessa festa são também os acontecimentos do Brasil dos anos 70, até porque a sua data é a mesma da «festa» do golpe militar de Março de 64.

A carnavalização dessa outra «festa» é operada em sentido dialógico, misturando-se o trágico, o cómico e o burlesco num texto em que a ficção alterna com a informação-explicação, quer das «anotações do escritor» na primeira parte, quer nas do pretenso autor do «Índice remissivo dos personagens» do «Depois da Festa» da segunda parte, impressa em papel de cor diferente do da outra.

Obra em processo contínuo de ironia, ajusta-se perfeitamente ao cinismo do texto de Maquiavel citado na primeira epígrafe, e ao propósito de satirizar a ditadura.

Voltemos ainda a Antônio Callado, em outro romance: ao painel de idealismo e generosidade de *Quarup*, ele quis juntar um outro, o das contradições e frustrações de uma guerrilha mal planeada e mal executada, tomando como alvo principal da sua sátira a «esquerda festiva», em *Bar Don Juan*[12], de 1971.

---

12 Antônio Callado, *Bar Don Juan*, 5.ª ed. Rio de Janeiro, Civilização Brasileira, 1977.

Num bar de Ipanema, o «Bar Don Juan», reúnem-se escritores, jornalistas, cineastas, funcionários, ociosos, que entre *whisky*, *gin* e cerveja, e na vivência eufórica de amores fáceis, debatem os problemas do Brasil, a revolução urbana, as ditaduras e um vago projecto de guerrilha. Todos se afirmam prontos a combater, sobretudo quando a bebida ajuda a coragem, e vão assaltando bancos em nome das expropriações revolucionárias, arquitectando uma grande operação a partir de Mato Grosso, onde outros companheiros os esperam, a fim de se irem juntar a Che Guevara na Bolívia, para fazerem triunfar a revolução. Mas tudo acaba em derrota.

Com efeito, nos três espaços por que se reparte a acção, o do bar, o de Mato Grosso e o da dispersão, tudo é negativo.

No bar, reina a inconsequência: os planos, as relações, o heroísmo de ocasião. Mesmo um projecto de vingança em favor de Laurinda.

Em Mato Grosso, os que lá estavam cansaram-se de esperar por um sinal para agir, acabando, uns, por serem dizimados pelo exército, e outros, por se dispersarem. Quando os revolucionários do bar chegaram, o desânimo não podia ser maior. Sem planos, sem chefia, sem data, sem sinal de ataque, vão esperando por Che. Entretanto, Che é derrotado, preso e morto.

Gil, escritor, a consciência lúcida do grupo, dirá: «Se vocês se convencerem da inutilidade de uma revolução sem preparo e sem chance de ganhar, podemos fazer várias coisas, inclusive alguma caçada de onça, que alivia a vontade de dar tiro» (121). E depois de criticar a dispersão ideológica e estratégica (Murta era por Arrais e Ligas Camponesas, Mansinho por Brizola, Geraldino pelo regresso do Cristianismo, João pelo Cristianismo marxista), Gil tira a conclusão da inutilidade do grupo: «esperei até agora o fio condutor, uma bela história qualquer, uma resistência armada de seis meses e quatro cadáveres [...] eu me contentava com qualquer gesto positivo de revolução e soltava a matilha de vocês no centro da história, fosse ela qual fosse [...] Mas ninguém me deu uma fagulhas, nada. Ninguém tinha gasolina, fósforo, isqueiro. Pode-se fazer ficção de quase tudo, mas inventar uma revolução é impossível» (122).

No terceiro espaço da dispersão, só derrota e cobardia se vê. Só alguns passam a fronteira para se juntarem aos guerrilheiros de Che, mas para serem implacavelmente dizimados ou abandonarem a luta.

Bar Dom Juan é, pois, uma sátira à esquerda brasileira: contraditória, desunida, sem verdadeiros objectivos comuns e chefias credíveis, apenas unida no anseio da liberdade e na contestação à ditadura, mas sem imaginação nem força para a derrubar, até porque o Partido Comunista não quis avançar.

Se *Quarup* apelava à revolução, *Bar Dom Juan* tanto pode ser lido como uma continuação desse apelo a ser concretizado com maior seriedade, como também afirmação de que não há no Brasil condições para derrubar a ditadura. Lembre-se, a propósito, que Che e Allende representam, neste conjunto de ficção política, como na realidade, respectivamente, a primeira e a última grande esperança numa revolução global na América Latina.

Com a morte de Allende foi o desespero total, a dispersão, o exílio dos guerrilheiros, como o documenta *O Amor de Pedro por João*, de Tabajara Ruas[13].

Neste romance, um grupo de guerrilheiros brasileiros, infiltrados no Chile esperam em Santiago, refugiados na embaixada da Argentina, ou clandestinos na cidade, o desfecho do ataque do exército ao palácio de La Moneda, seguindo dramaticamente, pela rádio, os derradeiros lances da resistência do Presidente.

Depois do colapso, veio a frustração, a fuga e a morte.

Em *Bar Don Juan*, a grande referência é Che, que os guerrilheiros admiram, preparando-se para se juntarem a ele, embora de maneira muito irresponsável e inconsequente.

Bar Don Juan esboça ainda outra questão de grande pertinência: qual o papel do escritor, protagonizado por Gil, na revolução? Apenas relatar, denunciar, incitar, assumir-se como consciência crítica e lúcida, ou também pegar em armas como os outros?

3. *Pode o intelectual ficar neutro?*

Foi a esta pergunta que respondeu *Pessach, a Travessia* de Carlos Heitor Cony[14], publicado em 1967, em plena força da ditadura (no ano seguinte entraria em vigor o famoso AI5), pois só mais de dez anos depois, em 1979, Geisel anunciará os primeiros sinais para se abolirem as medidas de excepção.

---

13 Tabajara Ruas, *O Amor de Pedro por João*, Porto Alegre, L E PM, 1982.
14 Carlos Heitor Cony, *Pessach: a Travessia*, 2.ª ed. Rio, Civilização Brasileira, 1975.

O romance está construído à volta de uma personagem principal, o romancista Paulo, que tinha esboçado um romance sobre um judeu, o seu próprio pai, projecto depois abandonado e mais tarde retomado e também abandonado. Decidido a escrever a sua própria história, acabaria por retomar os esboços anteriores porque, entretanto, resolvera assumir, definitivamente, a sua condição herdada de judeu, que teimava em negar.

Dessa espécie de *mise-en-abyme* resultou um jogo de espelhos do romance no romance, sugerindo ao leitor que procure nos antecedentes da acção as motivações últimas da personagem principal.

A palavra *pessach*, logo acompanhada da sua tradução, «travessia», remete para etimologia e simbologia bíblicas, como para uma chave ao serviço da hermenêutica do texto. A travessia em questão é a do Livro do Êxodo, no seu capítulo XII, arquetípica de outras travessias, como a de Paulo, até chegar à decisão final, e a travessia narrada no final do romance, depois do encontro com uma patrulha do exército, e que vem pôr termo à guerrilha dos outros e ao início da própria.

A travessia-modelo é a do anjo exterminador que na última praga de Moisés matou os primogénitos do Egipto e passou por cima, poupando os dos judeus, preparando a passagem do Mar Vermelho a caminho da Terra da Promissão.

Foram esses acontecimentos longínquos e o ritual da comemoração dessa Páscoa-passagem que condicionaram, em última instância, os acontecimentos desencadeados a partir da comemoração do aniversário dos quarenta anos de Paulo.

Principalmente dois que então ocorreram: a demonstração feita pelo pai de Paulo, de que eram judeus legítimos, e o convite de Sílvio para que integrasse a guerrilha.

Paulo recusa persistentemente essa forma de luta (a sua era a dos protestos e abaixo-assinados), mesmo quando sequestrado.

Tal como na história bíblica em que o anjo exterminador passa por cima da casa dos judeus poupando-os, também no grupo de combate onde estava Paulo todos foram mortos excepto ele. Paradoxalmente, é quando a guerrilha está derrotada e destroçada que Paulo se decide pela luta, de livre vontade.

Sempre recusara reconhecer-se judeu, mas com o assumir das suas raízes, assumiu também a responsabilidade do messianismo revolucionário. Antes, acha que «como escritor não me sinto obrigado a pegar em armas. Minha obrigação seria denunciar, consciencializar» (253). Mas agora, reconduzido à sua autenticidade, rendeu-se à evidência e optou pela luta armada: «Lutou no vértice de enorme triângulo irregular que é a promissão de um povo, a remissão de um homem.

«Há selvagem estranha alegria quando abandono a travessia e volto à margem. A aurora, agora atrás de mim, esquenta com vertigem e o clamor da sua luz vermelha o corpo que – não mais trôpego e transparente –, surge, afinal, obstinado e lúcido, a serviço do homem, de encontro à vida.

«Desenterro a metralhadora – e avanço» (301).

Assumindo conscientemente a sua vocação redentora de judeu, a terra da promissão que agora demanda não é a Canaan do leite e do mel, mas a de um Brasil livre e democrático.

É este um final semelhante ao de *Quarup*, envolto ainda num outro simbolismo (no *Quarup*, o cristão, aqui o judaico): a tarefa de combater a ditadura não é só dos brasileiros tradicionais, é também dos emigrantes de outras etnias que, igualmente, formam o Brasil e têm para com ele os mesmos deveres.

E a circunstância de Paulo se decidir por essa missão quando os guerrilheiros foram dizimados, a guerrilha desarticulada e ele deixado completamente só, aponta para o que, afinal, ainda continuava a ser missão do escritor: o apelar para a libertação em geral, independentemente dos meios, processos de realização ou local de combate.

Por isso, como em *da capo* ao título bíblico, lembra o esboço de romance que fizera em que integrara o pai. Também ele se podia integrar «dentro da passagem do Êxodo; a noite em que todo um povo resolve abandonar o cativeiro dourado das margens do Nilo e partir para o deserto, para as pedras e as montanhas do deserto. Esta noite que decidiu a história de um povo – e foi, até certo ponto a noite mais importante do mundo –, seria diluída em acontecimento menor, individual: um homem escolheria a árdua caminhada pelo deserto, em busca de uma terra que jamais alcançaria. Seria essa a sua passagem, a sua travessia: conquistar a liberdade – ou a paz –, o importante não era a conquista em si, mas a travessia, a busca – os pães não fermentados – e repudiar o cativeiro, a passividade escrava, o grilhão» (80).

4. *A epopeia da guerrilha urbana.*

Para simbolizar a situação frustrante do Brasil sob a ditadura, outro romance, *Zero*, de Inácio Loyola Brandão[15], tanto se serve de uma crítica de tipo ideológico, como de uma forma de expressão anárquica, bem adequada aos objectivos em vista, a da narrativa-reportagem. A sua publicação, em 75, no Brasil, ocorre num clima revolucionário generalizado. A primeira edição, em 74, surgiu na Itália das Brigadas Vermelhas e do assassínio de Aldo Moro, a terceira em 76 em Portugal, no recaldo do gonçalvismo e do 25 de Novembro, a quarta em Espanha, em 77, já no final do franquismo e em período da democratização iniciada, dois anos antes, a seguir à morte de Franco.

Mas no Brasil a democracia tardava, e parecia não haver esperança de acontecer. Allende, que era a esperança de muitos na América Latina, sucumbira em 73, e no Brasil uma das mais significativas guerrilhas, a do Araguaia, tinha sido sufocada nesse mesmo ano. Para além disso, no campo económico o «milagre brasileiro» de Delfim Neto triunfava ostensivamente, e a propaganda oficial, através da protegida TV Globo, veiculava um optimismo patriótico do tipo «Prá frente, Brasil!», «Ninguém segura este país!», que desarmava cada vez mais os descontentes.

Em suma, a revolução estava perdida, e o tempo era de desespero para os revolucionários.

Zero exprime, pois, a náusea político-ideológica pela ditadura, é uma espécie de *cocktail* de despedida. «Deus salve a América», exclama-se no final do romance. E assim termina uma verdadeira *peregrinatio ad loca infecta*, se quisermos pedir emprestada a expressão a Jorge de Sena.

Para a narrar, Loyola Brandão utilizou uma ficção tributária, simultaneamente, das experiências e ousadias do primeiro Modernismo brasileiro de 22, e do Neo-realismo italiano do pós-guerra. Não foi por acaso que o romance foi primeiramente editado em Itália.

Num romance de cerca de 300 páginas, são mais de três centenas os pequenos capítulos, quadros, cenas, gráficos, diagramas, sinais diacríticos em funções não habituais, apartes e comentários em rodapé de página, respondendo a chamadas a partir do texto. Amálgama caótica e expressionista em que se combinam os flagrantes da reportagem de

---
15 Inácio Loyola Brandão, *Zero*, Lisboa, Livraria Bertrand Editora, 1976.

jornal (Brandão é jornalista e sabe bem o que é a sociedade de consumo, a publicidade e o cinema, como o demonstrou em *Bebel que a Cidade Comeu*, de 1968), com o ensaísmo, a sátira, os monólogos suicidas e os diálogos de violência. *Zero* é também retrato da América Latina, aqui apelidada de Latíndia pela degradação "indiana" a que desceu.

Cruzam-se, deste modo, as teorias e práticas experimentais modernistas do simultaneísmo e da palavra em liberdade de Mário de Andrade em *A Escrava que não é Isaura* e *Macunaíma*, e os fragmentos caleidoscópicos de Osvaldo em *Serafim Ponte Grande* e *Memórias Sentimentais de João Miramar*, com a ideologia marxista e as técnicas cinematográficas do cinema-verdade do Neo-realismo italiano e da resistência ao fascismo em que se empenharam Visconti, Rossellini, Moravia, Pavese, Calvino, Silone.

Deste modo apetrechado ideológica e ficcionalmente, Loyola Brandão parte para a guerra, alinhando ao lado da crítica marxista da sociedade e escolhendo, como ela, três alvos principais: o Estado ditatorial, a Igreja como suporte da ditadura, a Família como reduto e guardiã da estrutura e tradições que entende deverem ser modificadas.

A permanente crítica à ditadura é, por exemplo, simbolizada através da sátira à estátua do ditador e ao respectivo culto.

Assim fala o Astrónomo, fervoroso partidário do ditador: «Eu acho, eu penso, eu julgo, eu acredito que ele precise de sangue. Dizem, eu não sei, eu não vi, eu não sofri debaixo do regime dele, mas dizem que ele precisava de sangue. Não garanto. Se me apertarem, eu desminto. Mas eu acho que se precisava de sangue, continua precisando. Ele não morreu. Morreu o corpo, a alma continua. Eu sou católico, meu amigo. Apostólico, romano. Obedeço à Santa Sé, vou à missa todos os domingos, comungo ao menos uma vez cada ano, tenho minhas devoções. O Grande Ditador continua precisando do sangue. Daqueles que acreditavam nele, que o seguiam. Eu segui. Orgulhosamente pertenci aos seus quadros da polícia. Uma organização perfeita, amigo. Eu fiquei sabendo, mas não tenho certeza, não posso assegurar nada, que quando ele morreu, pediu que fizessem sacrifícios em sua homenagem. Ele era um deus, meu amigo. Um deus bondoso, paternal, que gostava dos pobres. Era quase um pai para eles. Deixou muita coisa para os pobres, tudo o que tinha. Se foi entregue, eu não sei, parece que sua família meteu a mão em tudo. Sabe como são as famílias» (58).

Em complemento desta sátira, o episódio do atirador solitário enfrentando as tropas especiais de repressão e as tácticas do Estrategista especializado em missões difíceis na Coreia, no Vietname e em países sublevados resume, emblematicamente, o heroísmo que, embora inútil, apela à insubordinação.

Simpatia pelos comunistas – os «comunas» frequentemente lembrados –, e sentimentos antiamericanistas militantes emolduram, como referências de base, esta apologia da revolução.

Como em contraponto lógico, este antiamericanismo é resposta ao anticomunismo primário ou secundário do discurso do poder e da repressão. E é, naturalmente, linha temática permanente nesta literatura política, mesmo quando não é explícita porque, embora a substância ficcional seja brasileira, não deixa por isso de enfileirar na luta das ideologias e dos dois blocos antagónicos, o soviético e o americano, que partilharam o mundo contemporâneo.

Expressão muito eloquente desse antiamericanismo é a obra de Augusto Boal, de 1977, *A Deliciosa e Sangrenta Aventura Latina de Jane Spitfire, Espiã e Mulher Sensual* [16].

Autor experimentado nos vários registos do dramático e do cénico, Boal serve-se, nesta novela, tanto das técnicas do romance de espionagem como das histórias de quadrinhos da banda desenhada, como das da ficção científica.

Como ele próprio declara na introdução, decidiu-se por este processo de combate político «Porque eu estava sentindo uma vontade muito grande de contar coisas que estão acontecendo em tantos países da América Latina».

Sucedem-se, pois, ao longo dos capítulos, inúmeros lances configurando, segundo as boas regras destes subgéneros, o crime, as investigações, as soluções em ambiente de *suspense* e mistério. A heroína, Jane, é uma super-mulher de grande capacidade de inteligência e acção, servida por uma panóplia de meios muito sofisticados de fórmulas mágicas, e de uma rede de apoio de embaixadas, de grande eficácia: as embaixadas americanas espalhadas pelo mundo.

Jane, que é um duplo de Kissinger, encarna, segundo Boal, a sua política: «Jane sentou-se ao lado do Secretário. Ele começou divagando.

---

[16] Augusto Boal, *A Deliciosa e Sangrenta Aventura Latina de Jane Spitfire, Espiã e Mulher Sensual*, Lisboa, Livraria Moraes, 1977.

«– O mundo está convulsionado. E nós, ganhando e perdendo. Perdendo na Ásia; foi um duro golpe o que aconteceu no Vietname – a gente tinha dado a palavra de honra que não ia deixar e deixámos. Foi um golpe duro o que aconteceu no Cambodja [...] o que aconteceu no Laos [...]. Será um golpe tenebroso o que pode muito bem acontecer na Birmânia. E na Tailândia? Já tivemos que retirar as nossas bases. Estamos perdendo também na África! Tanzânia, Moçambique, Angola... Onde vamos parar?

«– O senhor tem toda a razão, Secretário: onde é que nós vamos parar? Aquiesce Jane.

«– Na América Latina: é aí que nós vamos parar! – confessou o Secretário» (28-29).

Será Jane a executar esta política, por isso ela é comparada a um vampiro e se alia ao Diabo.

Para tanto, junta aos fabulosos meios de que dispõe, a sedução e o erotismo, porque ela é a encarnação das grandes personagens do cinema de espionagem e da banda desenhada. Tanto as masculinas, James Bond ou Steve Canyon, como as femininas, Li'l Abner, Modesty Blaise ou Barbarella.

Cinicamente, também é modelar e extremosa mãe de família de que, misteriosamente, se afasta por períodos curtos para cumprir missões especiais. No final, regressa para a tranquilidade do marido e dos filhos, como se relata: «Dentro de casa, na sala, Linda vestia a sua boneca e Helmut praticava mais uma aula de violino. Pareciam todos muito contentes em tê-la de volta, outra vez no seio da família» (204).

Se o alvo principal de Jane era a subjugação da América Latina, o de Boal é o de combater não só a política americana, mas também o capitalismo e o imperialismo, assim explicado pelo autor na citada introdução: «O imperialismo que aqui se mostra é o de sempre, sim, é certo; os assassinos deste romance são todos verdadeiros, é certo; e a luta deste povo é certa, é verdadeira».

Tal como nos romances anteriores, também neste a personagem principal, o detective, decide, como Nando no *Quarup*, ou Paulo em *Pessach*, deixar as ocupações habituais e entrar na guerrilha, para «acabar com os *robots*».

Essa mudança de rumo do protagonista principal é perfeita sob o ponto de vista temático, mas deixa um tanto a desejar sob o ponto de vista narrativo. É que o *suspense* é alimentado durante demasiado tempo sem elementos catalisadores capazes de manterem a expectativa do leitor. Torna-se monótono, e quando surge o capítulo final das soluções e de todas as explicações, como é de regra no subgénero, o leitor não está preparado para ele, além de que a mudança de objectivos do detective amortece o impacte das revelações.

Dentro do mesmo subgénero policial, e mais conforme a ele, o romance de Tabajara Ruas *A Região Submersa ou Detective Particular Cid Espigão, Vulgo Docinho, em Luta Mortal contra os Quatro Cavaleiros do Apocalipse ou Quando eu me for embora para bem distante*[17], escrito em 1974 e 1975, acusa, em especial, a perversa máquina da ditadura pródiga em recursos e subtilezas, mais do que a crueldade e episódios do seu funcionamento.

A repressão funciona como uma máquina perfeita, porque os seus responsáveis são tão insensíveis e mecânicos como os *robots*.

Esta ideia é veiculada através de uma sátira complicada e obscura que, em certos momentos, se abre em revelações meio fantásticas, sendo uma das mais simbólicas a da descrição do encontro, na selva, de um avião caído. A principal vítima dessa queda, a personagem General Humberto I, é duplo do presidente Castelo Branco, que assumiu a presidência a seguir ao golpe militar.

Segundo as diligências do detective Cid, o Tenente Aldo assim descreve, com ironia demolidora, o achado: «No dia 1 de Julho de 19.., a nação, os militares e o povo ficaram consternados com o trágico acidente em que perdeu a vida o general Humberto I, impoluto líder da Revolução Redentora que arrancou o Brasil das garras assassinas do Comunismo Ateu e Materialista, e honestíssimo ex-presidente do país [...] o avião estava em pedaços [...]. O general estava estendido ao longo do corredor, intacto. Estranhamente intacto. Apenas a cabeça havia-se desprendido do pescoço enrolado uns dois metros pelo corredor [...]. Ajoelhei-me para, numa singela homenagem, alisar carinhosamente os cabelos daquele que em vida fora tão másculo, tão bravo e tão santo. Sim, santo, por que não? [...] O corpo do General Humberto I não tinha derramado uma só gota de sangue. E da cabeça separado do tronco e vice-versa, de onde se esperava que se jorrasse sangue e aparecesse a carne e talvez a coluna vertebral e nervos e sei lá que mais, porque anatomia não é o meu forte, saíam

---

17 Tabajara Ruas, *A Região Submersa*, Lisboa, Livraria Bertrand Editora, 1978. 1

fios, cristais, transístores, acumuladores, cabos, porcas, arames e pedaços de metais amassados e bruscamente rompidos [...] por dentro, onde espiei e vi um escuro labirinto de fios, placas com números, transformadores, sei lá quantas coisas mais» (99-103).

Esta ideia do governante e político *robot* é bem aproveitada depois para se ir mais longe na crítica ao regime autoritário, amesquinhando-o na constatação de que, afinal, a sua tirania é de segunda ordem, porque os seus intérpretes, desde o presidente da República, mais não são do que *marionettes* manipuladas pelo imperialismo americano. Essa é a conclusão a que chega o detective: «O país é governado por *robots*, apenas isso. *Robots* feitos de sei lá de que material, feitos de fios, porcas, parafusos, cristais, transístores, acumuladores, arames. Algures apertas um botão (quem?) e o *robot* começa a se mexer, apertar mãos, sorrir, discursar, assinar papéis, assinar papéis, assinar papéis [...]. O *robot* está sozinho [...] codificado apenas para obedecer, e é o presidente da República Federativa do Brasil» (214)[18].

Em Câmara Lenta, de Renato Tapajós, de 1977[19], reflecte a grande agitação e o clima revolucionário do ano de 1968, o ano da greve de Osasco, da passeata dos 100 000 e da grande mobilização estudantil e de alguns sectores da Igreja, o ano da morte do estudante Edson Luís, o ano do início da luta armada, o ano em que Costa e Silva baixou o famoso AI5, especialmente gravoso por não ser medida transitória, fechando o Congresso.

---

18 A ambiguidade da sátira ao Presidente, perdido entre as boas intenções e as suas péssimas consequências é assim vista por Carlos Castelo Branco, o criador da «Coluna do Castelo» no *Jornal do Brasil* e grande cronista parlamentar: «A própria maneira de encarnar a política de Castelo Branco se modificou não só no curso do seu governo como posteriormente, à luz das suas consequências remotas [...] um movimento que, tendo pretendido ser uma intervenção saneadora para assegurar o funcionamento dos poderes da República, terminou por implantar um longo regime militar, orientada por um sistema ou um aparelho que preservou das instituições civis apenas um arcabouço sem alma.

«Esta história começou no Governo de Castelo Branco; possivelmente à sua revelia e de qualquer forma sem que demonstrasse ele nítida previsão do que seria depois dele e muito em consequência das contradições que ajudou a alimentar. Sua instrução era uma, mas a dinâmica do processo militar seria outra e iria tornar-se mais relevante do que os triunfos eventuais das suas reformas políticas.» Carlos Castelo Branco, *Os Militares e o Poder*, 3.ª ed. Vol. I, Rio de Janeiro, Nova Fronteira, Introdução.

19 Renato Tapajós, *Em Câmara Lenta*, 2.ª ed. São Paulo, Alfa-Omega, 1979.

Estruturalmente, a narrativa é moldada pela técnica cinematográfica de repetir em câmara lenta a cena escolhida como mais importante e simbólica de toda a narração, a de Marta a abater o policial e a ser presa e torturada.

Essa é a cena-*pivot* de uma intriga assim arquitectada: na região amazónica, uma brigada policial manda parar um carro, o dos guerrilheiros. Pede os documentos e analisa-os, mas quando pretende observar o conteúdo de uma maleta suspeita é alvejado pelo revólver de Marta, tendo morte imediata.

Mais seis vezes a cena é repetida, introduzida sempre pela expressão «em câmara lenta», e sempre com alargamento do campo de visão que lhe acrescenta outras cenas e pormenores, como o da prisão, arrastamento, tortura e morte de Marta, segundo a técnica do *zoom* de focalização regressiva.

Em vez de, progressivamente, a cena ser cada vez mais restrita até ao essencial, é o contrário que acontece. O efeito de surpresa e novidade é produzido só no essencial, daí a primeira sequência referir unicamente o encontro com os guerrilheiros e a morte do militar. As seguintes alargam o campo visual, quase em *flashback*, até uma sequência final muito extensa, sete vezes mais extensa, englobando e recapitulando todas as outras.

Mas o resultado obtido não é só o de isolar e relevar no primeiro plano o gesto de Marta, é também o de o transfigurar simbolicamente.

O efeito câmara lenta[20], obtido pela tomada de vistas em cadência de número e imagens por segundo superior à da sua projecção, provoca efeitos estéticos e simbólicos especiais. Cria a ilusão de que não assistimos a um facto tal como se passou, mas a outro, diferente, porque apercebido à cadência lenta da projecção. Outro e diferente porque o acontecimento é projectado no domínio dos acontecimentos extraordinários ou fantásticos.

O disparo de Marta a que se seguiu a morte do militar, a sua prisão e tortura, deixam de ser episódios banais numa crónica de guerrilha e sua repressão, para assumirem o estatuto exemplar de um grande gesto de confrontação entre o «Bem» e o «Mal», um protesto que, mesmo vencido, tem a grandeza dos vencedores.

---

20 Étienne Souriau, «Ralenti», in *Vocabularire d'Esthétique*, Paris, PUF, 1990.

Se Marta já era uma espécie de *Passionaria* dos guerrilheiros, a sua imagem transformou-se numa mensagem de heroísmo e idealismo, sobretudo para os jovens, nomeadamente do movimento estudantil que foi a base donde partiu esta revolta fracassada. O idealismo estudantil está aqui bem retratado, não só em termos de generosidade incondicional ingénua, mas também na sua ausência de propostas de transformação que justificassem tamanhos sacrifícios humanos. Como se veio a demonstrar depois[21].

Por isso o último dos guerrilheiros repete: «me recuso a desertar, me recuso a recuar, me recuso a parar, a trair por um momento que seja essa confiança, essa herança que ela e os outros deixaram. Eu sei que meu gesto não levará a nada, porque o que levará a alguma coisa está sendo feito por outros [...] por isso irei até ao fim, qualquer fim» (174).

Em consequência, apesar de objectivamente importantes, alguns subtemas do romance tais como a descoordenação dos guerrilheiros, a recusa do Partido Comunista em lhes dar apoio, a tortura, a deserção pouco representam perante o grito dos jovens apelando à mudança. «O grito acumulado, o grito formado por milhares de vozes caladas, o grito jamais proferido e que libertará todos os fantasmas» (140).

Apesar de maioritária, a ficção que denuncia a ditadura e a repressão do regime militar brasileiro sob a óptica marxista não é a única, porque outros aspectos da questão mereceram ser ponderados. Por exemplo, o do ajuizamento das ideologias que no Brasil incentivam e sustentam o confronto dos movimentos políticos.

---

21 Em 1968, a revista *Veja*, no seu número de 29 de Março, publicou o resultado das entrevistas que os seus repórteres fizeram em vários locais do Brasil sobre a crise, ouvindo estudantes, operários e políticos.
Relatando o diálogo travado em 2 de Julho de 1968 entre o presidente Costa e Silva e o líder dos cinco estudantes que representavam a passeata dos cem mil, diz-se na *Veja*: «após alguns minutos de conversa, Costa e Silva indagou: "Bom, mas o que é que os senhores querem que seja feito?" "Só naquele momento percebemos que não tínhamos um projecto político", reconhecia na semana passada, com bom humor, o psiquiatra Hélio Pellegrino em seu consultório de Copacabana, no Rio de Janeiro. Aos trancos e barrancos emergiram então algumas reivindicações: a reabertura do Restaurante do Calabouço, no Rio, a libertação de estudantes presos dias antes em manifestações de protesto, mais verbas para a Universidade».

5. A direita e a esquerda equivalem-se?

Este é o caso do romance de Plínio Cabral *Direita, Esquerda Volver*[22], de 1978. Cinco personagens, que pouco têm a ver umas com as outras, monologam as suas vidas, mesmo quando dialogam, num hospital psiquiátrico. Acabam por se evadir, sem que o leitor perceba como puderam ter êxito. É que ao autor apenas interessava dar voz às angústias e perplexidades de Daniel.

Cada prisioneiro-doente retoma depois o que fazia antes, excepto Daniel, cuja vida perdera sentido.

Desta estrutura ficcional em que o real serve para documentar as contradições da sociedade brasileira, e o fantástico possibilita dizer alto e bom som o que as autoridades escondem (fala do enforcado), emergem o protagonista principal, Daniel, e a questão do confronto das ideologias fascista e comunista apresentadas em pé de igualdade no que toca a opressão e processos sujos.

Isto é claramente dito, tanto pela situação que levou Daniel ao internamento, como pelas explicações do antigo militante.

O comunista Daniel, bem doutrinado pela Escola Superior de Quadros do Partido, porque não agradava ao poder militar, e porque entre os comunistas se tornou dissidente, foi rejeitado por ambos os poderes, que encontraram no internamento a forma de solução que, tanto o poder fascista como o comunista adoptam nestas circunstâncias: o hospital psiquiátrico.

Por isso, logo ao entrar «lembrou-se dos hospitais psiquiátricos da União Soviética» (33). De louco não tinha nada, mas como louco foi internado: «sua segurança pessoal nos preocupa... Estamos convictos de que a revolução de 64 e as nossas eventuais divergências... Não se trata de um julgamento, nem de uma penalidade, mas os últimos acontecimentos são incompreensíveis... Seu estado de saúde inspira cuidados... as providências que o momento exige...» (34).

Nos romances anteriormente analisados dominava o ponto de vista da esquerda marxista confrontado com o do capitalismo mais ou menos fascista, este expresso em tom menor e em aspectos repulsivos. Neste romance, o protagonista encara as situações em circunstâncias

---

22 Plínio Cabral, *Direita, Esquerda Volver*, Rio de Janeiro, Nórdica, 1978.

extremas, em que aparecem à crua luz do dia a ética profunda e os métodos empregados.

Ao verificar, através de documentos irrecusáveis, os entendimentos entre Ademar de Barros e Carlos Prestes, e o relatório Kruschev sobre Estaline, que comunistas e fascistas procediam da mesma maneira, a sua fé comunista sofreu um profundo abalo: «Luís Carlos Prestes ao lado de Ademar de Barros, rindo. Stalin, o pai amado, o dirigente genial, a palavra indiscutível – um psicopata, um assassino grosseiro» (73).

Foi sobretudo o «relatório secreto» de Kruschev que o abalou definitivamente: «diante de meus olhos o relatório claro, preciso: camaradas presos, processos forjados, torturas, campos de concentração, fusilamentos, confissões arrancadas à força. Estava tudo ali, denunciado pelo novo chefe do governo soviético, pelo líder mundial de todos os comunistas, no Congresso do PCUS. Seria possível? Seria verdade? Estava ali escrito. Até hoje lembro trechos inteiros, sou capaz de citá--los [...]. É um pesadelo. Está escrito. Leio de novo. Vejo a data: 25 de Fevereiro de 1956 [...]. Seria possível? O grande chefe, o pai amado, um tirano, um déspota maníaco a lembrar os piores loucos da história [...]. Então era isso? Lutamos para isso? Sofremos por isso? [...] Que diferença há entre uns e outros. Stalin e Hitler» (71-74).

Como se não bastassem estes factos para o drama de consciência de Daniel, a justificação teórica da tortura feita por um militante como um procedimento legítimo em certos casos, mais o confundia e revoltava: «Balbuciei algumas palavras. Falei em humanismo socialista. O camarada Jorge riu.

«Mais tarde voltou a falar comigo. Preocupava-se, não podia admitir vacilações no Partido, na luta de classes. Apavorado, menti: concordei: o proletariado necessitava de todas as armas. A União Soviética poderia ficar à mercê dos americanos só pelo escrúpulo pequeno--burguês de não torturar um agente?

«[...] Foi nesse dia que morri pela primeira vez. Algo dentro de mim se quebrou, fendeu-se de alto a baixo. O proletariado na luta de classes não tem contemplação, se o inimigo tortura, tortura-se também...» (45).

Tendo verificado que a ditadura, a injustiça, a corrupção, a tortura, o oportunismo político tanto estavam do lado da direita militar, como da esquerda comunista, Daniel, frustrado e «morto», desiste de lutar.

Em contraste com os outros companheiros, que a seguir à fuga do hospital psiquiátrico, todos sabiam para onde ir e o que fazer, Daniel só tem uma resposta a dar a si mesmo: «Não tenho para onde ir. Vou seguir o rio. Os rios também andam. Irei com ele» (141).

Esta é a conclusão de Daniel, esta é a conclusão do romance, esta é também a conclusão de muitos brasileiros que venceram a barreira das propagandas[23] e se informaram sobre o que pensavam e faziam os dois lados da barricada. Sentiram-se burlados por se deixarem levar pelos acontecimentos, por incapacidade teórica ou prática de um pensamento próprio.

Uma outra vertente do romance político é a que ressalta de obras como a de Ana Maria Machado, *O Mar Nunca Transborda*[24], de 1995, já em plena vigência da democracia.

Já se está relativamente longe dos anos da revolução.

Derrotada a guerrilha e subjugados os movimentos revolucionários, o Brasil encaminhou-se decididamente para a democracia nos anos 80, mais propriamente desde 1982.

A pressão popular era cada vez maior, como o demonstrou o seu apoio multitudinário à campanha das «Directas Já!» que, mesmo não saindo vencedora, levou, em 1985, à vitória de Tancredo Neves: «Por caminhos complicados e utilizando-se do sistema eleitoral imposto, a oposição chegou ao poder»[25].

Um novo clima social se estabeleceu a partir daí, e as instituições democráticas que substituíram o poder militar passaram a gerir os negócios do Estado, como em outras democracias, até porque os confrontos anteriores deram origem a uma situação em que «o regime pôs fim ao populismo, o que significa que a classe operária deixou de ser utilizada como um recurso do poder. Os grupos que tinham obtido voz no período anterior – a classe operária, os estudantes e os camponeses –, perderam força»[26]. Nesta nova atmosfera, cada vez há

---

23 A extraordinária repercussão do «relatório secreto» ao XX Congresso do Partido Comunista da União Soviética abalou o mundo inteiro, e tal como no romance provocou em muitos a mudança de convicções ideológicas, como testemunha *O Livro Negro do Comunismo*, de Stéphane Courtois e a sua equipa de investigadores (Lisboa, Quetzal, 1998, pp. 40 segs.)
24 Ana Maria Machado, *O Mar Nunca Transborda*, Rio de Janeiro, Nova Fronteira, 1995.
25 Boris Fausto, *História do Brasil*, 2.ª ed. São Paulo, Editora da Universidade, 1995, p. 512.
26 *Ibidem*, p. 513.

menos lugar para a ficção revolucionária das décadas anteriores, e quando ela ocorre é mais como memória e testemunho de lutas passadas, que de militância política através da escrita. Ou então como voz de protesto contra a opressão universal, a sociedade de consumo, as tiranias da globalização.

6. *A democracia e a solução das contradições.*

O problema brasileiro é agora encarado de outra maneira: como aceitar o Brasil tal qual é se, apesar da democracia, continuam a corrupção, a crueldade, as injustiças e desigualdades sociais?

Na democracia já não há lugar para a guerrilha ou para os golpes revolucionários, pois o poder militar está subordinado ao civil, os exilados políticos regressaram, os órgãos de soberania e os partidos funcionam com regularidade, os sindicatos e outras organizações são livres.

Naturalmente, para os insatisfeitos, ou por não aceitarem a democracia ou porque aceitando-a teoricamente não se conformam com o Brasil real, outra alternativa não existe senão lutarem dentro do jogo democrático ou exilarem-se culturalmente, dentro ou fora do país.

É esta a reflexão de *O Mar Nunca Transborda*.

Reflexão tanto mais complexa quanto já se está longe do maniqueísmo simplista dos «bons» contra os «maus». Por outro lado, nesta nova perspectiva, as personagens da ficção parecem já não terem o direito de se limitarem a acusar os outros, porque agora se questionam a si próprias.

Não é por acaso que este romance é escrito por uma mulher, quebrando o monopólio revolucionário dos homens. Escritora habituada a outro tipo de questões, a sua é uma outra voz, uma outra sensibilidade, um novo Brasil.

O romance arranca sob a tutela de uma epígrafe do Livro do Eclesiastes (Qohelet), cap. 1, vs. 4-7: «Uma geração passa outra vem; mas a terra sempre subsiste. O sol se levanta, o sol se põe; apressa-se a voltar a seu lugar, em seguida se levanta de novo. O vento sopra para o sul, sopra para o norte, e gira nos mesmos circuitos. Todos os rios se dirigem para o mar, e o mar nunca transborda.»

Epígrafe que acentua como os factos são enganadores em relação à totalidade dos fenómenos que os geram. Observando as contradições dos homens, o sábio Qohelet acha que só com muita humildade se pode descobrir a verdade. Epígrafe que inspira o itinerário das duas personagens principais, o eufórico de Liana concluindo que a efemeridade dos acontecimentos é absorvida e relativizada pela perenidade dos grandes sentimentos e das grandes razões históricas, e o disfórico do agastamento de Tito, que vê na marcha da História a fatalidade das injustiças. E sobretudo a constatação de que o Brasil subsiste, sobrevive e absorve todas as crises, e que a sua História não se perturba com as suas múltiplas estórias.

Para aqui chegarem, Liana e o seu companheiro Tito, brasileiros a trabalhar em Londres numa agência noticiosa, e exilados culturalmente do seu país, que lhes não merece grande consideração, fazem um percurso crítico e sentimental de resultados opostos.

Liana é acordada para a realidade do Brasil por ter de decidir sobre o destino a dar a uma propriedade rústica que ainda lá possuía – o Manguezal –, e que os outros membros da família pensavam vender para loteamento.

Vieram-lhe então à memória as recordações de infância, o legado das gerações passadas, o renascer do amor pelas suas raízes. Por isso não se conformava com a venda.

Ao mesmo tempo, ia escrevendo, nos intervalos do emprego, a história do Manguezal desde que a essa enseada dos Reis Magos da capitania do Espírito Santo arribou, no ano de 1534, a primeira caravela portuguesa e se estabeleceram os primeiros contactos com os índios.

Historiado esse primeiro encontro, Liana prossegue na evocação dos acontecimentos seguintes: a chegada dos jesuítas, o estabelecimento de aldeias, igrejas e colégios, a vinda dos escravos negros e seus dramas de fugas e perseguições dos capitães-de-mato, as invasões de ingleses, franceses e holandeses, os sucessos da independência, da abolição, da república, a miscigenação de brancos, negros e índios, a formação do Brasil através dos séculos.

O Manguezal figura assim não só como sinédoque da Capitania-Estado do Espírito Santo, mas de todo o Brasil. Daí que rever a situação do Manguezal, e as suas responsabilidades nele, passou a ser o mesmo que rever o porquê do afastamento das suas raízes culturais.

O percurso de Liana é lento, em polémica permanente com o de Tito, e o desfecho é o do seu regresso-reconciliação com o Manguezal-Brasil.

Para chegar a este final, a autora organizou o romance (e a cadeia argumentativa) como a caminhada de duas narrativas lentamente convergentes – a da história do Manguezal desde o século XVI, e a da vida em Londres –, em que as sucessões cronológicas se vão aproximando até se fundirem nos últimos episódios do tempo presente de Londres.

Não é original este processamento narrativo. Entre outros, já Graciliano Ramos em *Caetés* (aliás, imitando *A Ilustre Casa de Ramires* de Eça) e Gilberto Freire em *D. Sinhá e o Filho Padre* tinham feito o mesmo.

E também não é novo o processo de debater ideias servindo-se de personagens, às vezes personificações, em diálogo de características cénicas, defendendo teorias opostas, servindo uma delas mais para provocar a resposta esclarecedora da outra do que para formular verdadeiras objecções. Assim tem acontecido desde a Antiguidade Clássica pois, entre outros, Platão e Virgílio utilizaram esse modelo tal como o fizeram também Ambrósio Fernandes Brandão em *Diálogos das Grandezas do Brasil* (Alviano vs Brandónio) ou Graça Aranha em *Canaan* (Lentz vs Milkau).

Mas a originalidade de Ana Maria Machado está em combinar, harmoniosamente, os dois processos, o das narrativas convergentes e o dos diálogos muito personalizados, conseguindo ultrapassar o estereótipo de a personagem principal defender contra a outra a tese «boa», porque, no final, nenhum dos dialogantes se rende à tese do outro, como acontece no modelo canónico, mas ambos concluem por decisões opostas. Até por isso, *O Mar Nunca Transborda* não é um romance de tese, mas narrativa aberta de equacionamento de duas posições diferentes e antagónicas em relação ao Brasil.

Se a paixão de Liana foi de reconciliação e de adesão, a de Tito foi a de rejeição reiterada.

Liana, nos intervalos do trabalho, à medida que escreve a história do Manguezal-Brasil, refuta as suas próprias objecções, superando os elementos históricos negativos e compensando-os com uma progressão afectiva.

À medida que esses sentimentos progrediam, aumentava também a solidariedade com outros brasileiros, de várias raças que a cada passo encontrava em Londres, e que só identificava pelo uso que faziam do português como língua comum. Foi assim que descobriu que a língua que se fala é elemento aglutinador e equalizador de quantos a usam, independentemente do seu estatuto étnico ou social.

Um dia, no metro, Liana observou um árabe e um japonês falando um português com sotaque do Rio, e nesse diálogo viu provado o que um diplomata brasileiro lhe dissera um dia acerca da falsificação de passaportes para se adquirir nacionalidade brasileira: «— Os falsários pagam por ele um preço elevadíssimo, porque aceita qualquer fotografia. O sujeito pode ser preto, branco, índio ou amarelo, tudo passa por brasileiro. Um passaporte nosso pode ser usado por japonês, húngaro, holandês, nigeriano, grego, turco, gente de qualquer país ou etnia. Vira tudo brasileiro» (190).

Aliás, já tinha concluído antes: «essa coisa maravilhosa que é uma língua comum, que todo mundo fala, então dá para trocar ideias, ficar amigo, fazer uma ponte entre as pessoas... Isso não dá para negar. Pode ter surgido por causa do colonialismo e do imperialismo, pode ter se expandido por causa de uma dominação comercial» (188).

E respondendo a Tito: «A gente pode ter muitos problemas, inclusive preconceitos, injustiça e uma desigualdade social criminosa, pensou Liana, mas não segrega, não descrimina, não sublinha a diferença como é a regra em outros países...» (190).

Reflectindo sobre a colonização do Brasil, Liana chegou às mesmas conclusões de Gilberto Freire em *Casa Grande e Senzala*, sobre a novidade e democracia racial da miscigenação, apesar de todas as falhas e defeitos.

Para posicionamento antagónico evolui Tito. Para ele, em cujas veias corria sangue africano, e em conformidade com as teses indigenistas tão em voga até há pouco, a colonização só foi injustiça e violência, encarando-a à maneira de Paulo Prado no *Retrato do Brasil*. A somar a esse passado que rejeitava, o Brasil não tinha perspectivas de futuro, e quanto ao presente, também esse era abominável: violência, prepotência da polícia militar, «meninos da Candelária» e seu assassínio, miséria, primitivismo das populações rurais, precaridade de emprego, corrupção da classe política, incompetência generalizada.

«— Sinceramente, tem horas que eu acho que o Brasil não tem jeito, não vai ter jeito nunca. Não consigo ver uma saída. E mesmo longe, morando na Europa, com um bom trabalho e essas porras todas, não dá para desligar» (97).

Em consequência, Liana entende-se como cada vez mais solidária com o Brasil real, das suas raízes, Brasil mestiço e cheio de contrastes, mas a sua pátria, e por isso pensa conservar e desenvolver o Manguezal. Tito sente-se cada vez mais afastado de um país que diz não ser seu, porque, tal como os adeptos do «movimento negro», não aceita a mestiçagem, rejeita a história, o passado, ao mesmo tempo que rejeita o presente.

Exilado cultural sem cura, Tito cada vez se isola mais no seu desfasamento, porque não tem coragem de regressar à África e à sua pobreza, enquanto da Europa só lhe interessa o emprego e o conforto de Londres. Ilude-se nesse conjunto de recusas, desenvolvendo uma agressividade crítica absurda e inconsequente:

«– Vocês me desculpem, mas esse negócio do passado, eu não vou muito longe, não. Tem um lado meu muito nítido que não embarca nessa, que sabe que se eu passar um pouquinho dos meus avós e bisavós, eu saio da sanzala, tomo o navio negreiro de volta e mudo de país. Mudo até de continente. Então se eu fosse ir atrás desse argumento de vocês, tinha mas era que ficar com vontade de ir para África que é o que o pessoal mais consequente do movimento negro já está fazendo simbolicamente por aqui e eu acho que deviam começar a fazer de verdade. Sem ficar só nas firulas culturais, entende? [...] Eu não tenho nada com essa História do Brasil em que vocês falam de boca tão cheia, cheia de bons selvagens, e de navegadores, mercadores, imperadores... Disso tudo, só tenho mesmo as dores, com perdão da lembrança. Eu não colonizei nem fui colonizado» (173).

Tito acomoda-se a não seguir ideias nenhumas, nem as suas, porque nem é capaz de optar nem de evoluir.

O romance de Ana Maria Machado entronca, deste modo, num tipo de questionamento político que cada vez o é menos, e cada vez mais se torna reflexão cultural das raízes históricas de um povo e juízo crítico do seu passado.

Esta é uma perspectiva que, não sendo nova, tem sido nos nossos dias relevante, sobretudo desde o anúncio das modernas comemorações dos centenários da descoberta da América, dos descobrimentos portugueses ou da «lei áurea» que aboliu a escravatura no Brasil.

Daí a multiplicidade de obras como *Viva o Povo Brasileiro*, perscrutando a verdadeira e complexa identidade brasileira, *Calabar* de Chico Buarque e Ruy Guerra, transformando Calabar de traidor em herói de um outro Brasil possível (o holandês), *Avante, Soldados: Para Trás*, de Deonísio da Silva, revendo a versão patriótica da guerra do Paraguai e do mito nacional do heroísmo da retirada de Laguna...

Mas esta é outra vertente, sem dúvida também de incidência política, mas a exigir uma analítica de tipo diferente, mais marcadamente cultural, em que conceitos tais como «civilização», «nação», «estado», «colonização», «independência» deveriam tomar a dianteira.

O romance político brasileiro contemporâneo, mais do que o dos anos 30, abriu-se a uma visão mais alargada dos problemas brasileiros, ultrapassando as preocupações regionalistas mesmo quando elaboradas em termos ideológicos, por questionar o todo nacional e a sua integração internacional, tanto ideológica como económica e política.

Vai mesmo para além do que Eduardo Portella, em ensaio extremamente lúcido, preconizava como «arrancada desenvolvimentista», porque era preciso *despilatizar* o intelectual. Que também ele luta – à sua maneira, é claro – para conferir ao homem enclausurado pelo subdesenvolvimento uma outra medida»[27].

Mas essa «despilatização» não se verificou apenas entre os intelectuais, operou-se simultaneamente no público, por isso a ficção política não se confinou a alguma obra isolada, mas se fez corrente comunicativa.

Porque o público sentiu e viveu, como o escritor, a situação política e a sua alienação, a sua aceitação das obras foi decisiva.

Antônio Cândido, reflectindo sobre os aspectos sociológicos do sistema simbólico da comunicação da arte, onde se inclui a literatura, insiste na importância da triangulação comunicativa: «Na medida em que a arte é – como foi apresentada aqui – um sistema simbólico de comunicação inter-humana, ela pressupõe o jogo permanente de relações entre os três que formam uma tríade indissolúvel. O público dá sentido e realidade à obra, e sem ele o autor não se realiza, pois ele é de certo modo o espelho que reflecte a sua imagem enquanto criador»[28].

Assim, o romance político no seu percurso editorial, não só correspondeu à expectativa dos leitores vivendo o mesmo clima político, como foi, também ele, causa e incentivo para a formação de uma opi-

---

27 Eduardo Portella, *Literatura e Realidade Nacional*, 2.ª ed. revista, Rio de Janeiro, Tempo Brasileiro, 1971, pp. 46-47. Deve notar-se que esta obra, editada pela primeira vez em 1963, manteve sem revisão muitas afirmações que, à data da 2.ª edição (1971), passaram a ficar incompletas ou desactualizadas.
28 Antônio Cândido, *Literatura e Sociedade*, 5.ª ed. São Paulo, Editor-Nacional, 1976, p. 38.

nião pública que, não suportando a ditadura, contribuiu decididamente para a sua abolição.

No seu conjunto, o romance político brasileiro contemporâneo é de grande plasticidade formal, pois mesmo versando os mesmos temas e subtemas, nem por isso as suas formas de estruturação, processos retóricos, recurso a outras gramáticas expressivas foram menos variados que em outras situações temáticas.

Em simultâneo, testemunhou e interpelou a realidade com grande pertinência, coragem e capacidade de persuasão dos leitores no que respeita à rejeição da ditadura e do seu confronto de violências.

Mas este vector tão positivo foi acompanhado de uma omissão de vulto: não evoca ou simboliza propostas de alternativa.

Por outro lado, a contestação foi feita em termos ideológicos pouco amplos, quase exclusivamente marxistas, o que, podendo estar mais de harmonia com a ideologia dos autores, não acompanha, nesse ponto, o sentir senão de uma parte dos brasileiros, da realidade brasileira que a democracia demonstrou querer ser plural e ampla.

Os ficcionistas de 60 e 70 sabiam o que não queriam (a ditadura, a supressão das liberdades, a repressão), mas não foram capazes de dizer o que efectivamente desejavam.

Porque este tipo de ficção só se justifica e irrompe de situações dramáticas, por só elas lhe facultarem o indispensável condimento épico?

Será que a reflexão sobre as raízes históricas e culturais pode tornar-se o melhor caminho para as respostas da democracia? Em Literatura, todos os temas e expressões são possíveis...

Lisboa, Uniclássica, 1998.

Vieira e os sermões contra a escravatura

A extraordinária personalidade do jesuíta António Vieira contém múltiplas acções que o acreditam como um dos vultos mais extraordinários das letras portuguesas, nomeadamente na oratória barroca e na galeria dos espíritos esclarecidos que num século de embriaguez expansionista, como foi o século XVII, lutaram pelo que hoje chamamos os direitos humanos elementares.

Vieira não foi só o missionário, o orador inflamado, o político e o diplomata ao serviço da restauração da independência portuguesa, foi igualmente um defensor extremo da liberdade para os escravos que, no Novo Mundo, pagavam o pesado tributo da cobiça, das ambições e falta de escrúpulos de uma certa colonização.

Desde muito cedo a economia das Américas assentou no esforço do trabalho escravo, e também desde muito cedo dois missionários de excepção, um dominicano, Bartolomeo de Las Casas, e outro, o jesuíta António Vieira, procuraram combater esse flagelo.

Las Casas, desde o primeiro quartel do século XVI, denunciava as atrocidades dos conquistadores espanhóis contra os índios. Vieira, no Brasil, em caminhada paralela, também multiplicava denúncias contra os abusos dos colonos e agenciava na corte de Lisboa medidas legislativas eficazes contra a escravatura de negros e índios.

Dois percursos homólogos, numa mesma luta de gigantes. Era, de facto, uma luta de proporções gigantescas, travada quer no campo dos princípios, quer no da realidade quotidiana, pois a milenar prática da escravatura tinha-se insinuado nas consciências como ordem natural das coisas, agravada pelo falso argumento de que, apesar da escravidão, havia para negros e índios o ganho maior da civilização e da redenção cristã.

Segundo as estatísticas do historiador Leonardo Dantas Silva[1], foram trazidos para o Brasil entre 1538 e 1850 cerca de 3 500 000

---

[1] *Estudos sobre a Escravidão Negra*, Vol. I, Recife, Fundação Joaquim Nabuco, 1989.

africanos, para os trabalhos pesados nas lavouras de açúcar, nos currais de gado, nas catas de mineração, em toda a espécie de trabalhos domésticos.

O mesmo procedimento entendiam os colonos poder ter para com os índios, apesar de não existir antes a prática da sua escravização.

É pois, na dupla frente da suavização dos cativeiros, e na do impedimento da escravização índia, que Vieira, tal como Las Casas, se vai empenhar a fundo.

E é sobre os seus sermões que nos iremos debruçar, até porque eles continuam a ser, para além dos factos e da época histórica que lhes serviu de enquadramento, testemunhos vivos da luta pela liberdade e pelo respeito de alguns dos mais elementares direitos do homem.

Os sermões em que Vieira se debruça directamente sobre a questão são, no que diz respeito à escravidão negra, os sermões pregados na Bahia às Irmandades do Rosário, pertencentes à série «Maria Rosa Mística», nomeadamente o de 1533, «Maria de qua natus est Jesus qui vocatus Christus», e que se ocupa do tema «ser escravo num engenho do Brasil», e um outro, pregado em data incerta, desenvolvendo o mote genealógico do I Capítulo de São Mateus «Josias, autem genuit Jochoniam et fratres ejus in transmigratione Babylonis», ocupando-se, entre outras questões, da transmigração dos negros da África para o Brasil.

Os sermões que visam impedir a escravização dos índios são pregados no Maranhão em datas posteriores, pois só a partir de 1652 Vieira se deslocou para as regiões do Norte. E são, principalmente, o do primeiro Domingo de Quaresma de 1654, comentando as tentações de Jesus no deserto, sob o tema «Haec omnia tibi dabo si cadens adoraveris me», e ainda o do quinto Domingo de Quaresma de 1654, pregado na mesma cidade, tendo por mote «Si dixero quia non scio eum, ero similis vobis mendax».

Também a este conjunto pertencem dois sermões onde o problema da escravatura não é referido, mas cujas circunstâncias e subentendidos com ele se prendem: o Sermão de Santo António aos Peixes, e o famoso Sermão de Sexagésima, de 1655. O primeiro pregado no Maranhão, em 1654, dias antes de viajar para Lisboa, e o segundo pregado na Capela Real desta cidade.

Em outros sermões se encontram, episodicamente, censuras aos cativeiros, como acontece no sermão em honra de São Pedro Nolasco, na igreja de Nossa Senhora das Mercês em São Luís do Maranhão, onde se faz o elogio dos Mercedários e do seu apostolado de redenção dos captivos.

Estes sermões, que demorada ou episodicamente se referem à escravatura no Brasil, fazem parte, é conveniente lembrá-lo, de um conjunto de escritos (cartas, «papéis», pareceres, informações, relações, respostas, memoriais, etc.) e de acções desenvolvidas por Vieira com vista a combater o flagelo da escravatura no Brasil.

E elegemos esses notáveis textos de oratória sacra por terem sido instrumentos privilegiados e de grande oportunidade nesse combate e nessa estratégia, não só na ocasião em que foram proferidos, mas também em tempos posteriores, até aos nossos dias, como defesa da dignidade humana e dos direitos fundamentais do homem. E ainda porque, não só ajudaram a criar uma opinião pública hostil à servidão, mas também por serem textos de alto valor literário de que as literaturas portuguesa e brasileira legitimamente se orgulham.

Aliás, cremos não exagerar ao afirmarmos que, em boa parte, o contributo dos sermões para a criação de uma mentalidade antiescravagista e abolicionista repousa sobre o seu mérito literário, por conferir perenidade e público à reflexão sobre a liberdade do homem, conforme o tópico já consagrado pelos séculos da imortalidade das armas e das letras.

De modo global se pode afirmar que a repartição atrás feita dos sermões em defesa dos negros são os sermões da Bahia, anteriores a 1640, e os sermões em defesa dos índios depois desta data até 1656, deve ser acompanhada de uma outra observação globalizante, identificadora da sua importância: os sermões em favor dos negros visam principalmente o abrandamento dos seus cativeiros, e os sermões em favor dos índios têm como objectivo supremo o impedimento dos próprios cativeiros. Atitudes estas, condicionadas, para o bem e para o mal, pelos princípios da «guerra justa».

Por outras palavras, Vieira travou duas batalhas sucessivas de uma mesma guerra, assumindo-se como «miles Christi», bem no espírito belicoso de Santo Inácio de Loyolla e das estratégias da Companhia de Jesus.

1. *A defesa dos escravos.*

No púlpito, o pregador e missionário defende os escravos evitando a todo o custo uma confrontação radical com os seus senhores, política, social e economicamente bem escudados, renunciando à explicitação de um ideal que igualmente habitava o seu espírito, o de defesa, sem condicionamentos, da liberdade de todo o ser humano.

Por isso começou sempre por se dirigir aos escravos, lembrando-lhes quer a sua dignidade humana, quer os seus deveres, e só depois desta «captatio benevolentiae» indirecta, dos senhores, se lhes dirige, para lembrar injustiças e o dever de as corrigir.

Assenta esta atitude de Vieira de não atacar frontalmente a escravidão dos negros e de não reivindicar abertamente a sua total libertação, em razões teóricas e práticas: nas autorizações de princípio dadas pelas bulas pontifícias da Santa Cruzada favoráveis à prática da escravatura, nas orientações da Companhia de Jesus, após debates sobre a questão, e na impossibilidade prática de se abolir rapidamente um fenómeno universal, que ainda persiste nos nossos dias, como é o da escravatura.

Com efeito, eram bem explícitas as bulas de Nicolau V a D. Afonso V, *Dum Diversas*, de 1452, *Romanus Pontifex*, de 1454, incitando à expansão ultramarina os reis, esses «atletas da fé cristã e seus intrépidos campeões» para que «como atletas da fé cristã e seus intrépidos campeões, não só reprimam a crueldade dos serracenos e demais infiéis inimigos do nome cristão, mas também para defensão e aumento da mesma fé, sem se pouparem a trabalhos e dispêndios, os atacam a eles e seus reinos e lugares, ainda mesmo os que se encontram em partes remotíssimas e de nós desconhecidas, submetendo-os ao seu poder temporal».

E para que tal pudesse acontecer, o mesmo Pontífice concedia, «Ponderando com a devida reflexão todos e cada um dos inconvenientes [...] entre várias outras mercês, a faculdade plena e livre de invadir, conquistar, atacar, vencer e subjugar quaisquer serracenos ou pagãos e outros inimigos de Cristo onde quer que estivessem estabelecidos; bem como a seus reinos, ducados, principados, domínios, possessões e quaisquer bens móveis e imóveis por eles retidos ou possuídos; e outrossim que pudesse reduzir a escravidão perpétua as suas pessoas, reinos, ducados, condados, principados, domínios e possessões, e apropriar-se de seus bens, atribuindo-os a si e aos seus sucessores, ou aproveitando-os em seus usos e utilidades e na dos seus sucessores».

E como se esta autorização e incitamento não bastassem, o Pontífice remata a *Romanus Pontifex* com a cominação: «A ninguém, pois, será permitido infringir este instrumento de nossa declaração, constituição, doação, concessão, apropriação, decreto, obsecração, exortação, injunção, inibição, mandato e vontade, nem poderá tomar presunção de si temerariamente contra ele. E se alguém tomar a presunção de o fazer, saiba que incorrerá na indignação de Deus Omnipotente e dos bem-aventurados apóstolos S. Pedro e S. Paulo»[2].

Quanto aos debates feitos no interior da Companhia de Jesus sobre o modelo da evangelização a adoptar no Brasil, sobre se optaria por uma acção missionária apoiada principalmente nos dízimos da Concessão Real (opção do P.e Luís da Grã), ou em actividades agrícolas e de criação de gado que não podiam dispensar a mão-de-obra escrava (opção do P.e Manuel da Nóbrega), venceu a segunda corrente[3].

Essa era, aliás, a prática de outras ordens religiosas, como as dos Carmelitas, Beneditinos, Franciscanos e Mercedários.

Considerando, pois, todas as razões teóricas e práticas, Vieira conformou-se com o pragmatismo da Companhia, preferindo acelerar a evolução da mentalidade e dos costumes, a perfilhar uma via revolucionária como a de Las Casas.

Aliás, o modelo a seguir era de outro jesuíta, P.e Alonso de Sandoval que em Cartagena de las Indias se dedicou totalmente à catequização de escravos negros, que baptizou aos milhares, e publicou em 1627 uma obra que, para além de dar as habituais informações históricas e antropológicas, testemunhava uma forma de evangelização empenhada e realista, o *De Instauranda Aethiopum Salute*.

Embora intimamente aderisse às doutrinas libertadoras já defendidas por alguns que, no plano jurídico e moral, advogavam uma ordem nova, como o dominicano Francisco de Vitória, e já contestavam o di-

---

2 João M. Silva Marques, *Descobrimentos Portugueses. Documentos para a sua História*, Lisboa, Instituto de Alta Cultura, 1944.
3 Jorge Couto, *A Construção do Brasil. Ameríndios, Portugueses e Africanos, do início do povoamento a finais de Quinhentos*, Lisboa, Edições Cosmos, 1995.

reito das nações cristãs a ocuparem terras de infiéis, levantando também objecções à extensão do poder pontifício nos domínios do temporal, Vieira optou pela atitude pragmática da contemporização.

Aliás, o próprio Las Casas, em momento de uma certa ingenuidade de que bem se arrependeu posteriormente, chegou a admitir, como conta na sua *Historia de las Indias*, que se trouxessem escravos negros para evitar a escravização dos índios.

É nos dois sermões da série «Maria Rosa Mística» que as suas ideias vêm expostas com a coragem dos neófitos e o pragmatismo aconselhado pelas boas doutrinas conservadoras.

Primeiro, no sermão 14.º, pregado na Bahia à Irmandade dos Pretos, num engenho, em 1633 e depois, mais tarde[4], no sermão 27.º.

Nesse sermão dirigido à Irmandade dos Pretos, Vieira tenta conciliar quatro temas: a celebração festiva da Irmandade; o dia de São João Evangelista, que então ocorria; a evocação do nascimento de Jesus, pois estava-se a dias do Natal; e, sobretudo, a defesa dos escravos em face dos maus tratos dos senhores.

Por isso, bem à maneira barroca, desde o começo do sermão faz permanentemente *transfert* de ideias e de sentimentos, passando das considerações sobre o nascimento de Jesus para outras sobre o novo nascimento de João ao receber Maria por mãe ao pé da Cruz, concluindo logo que também ela era a mãe dos escravos negros.

Tendo iniciado assim o exórdio, assim irão decorrer o argumento e a confirmação, até final da peroração.

Estratégia esta que também usaria no sermão 27.º, o primeiro que pregou, antes de ser ordenado sacerdote. Não era conveniente dizer de chofre verdades duras, mas apresentá-las em movimentos oratórios e sentimentalmente envolventes, que antes de convencer o auditório o captivasse.

Em primeiro lugar lembrava aos negros que deviam aceitar a sua condição de escravos, mas vendo-a e vivendo-a com a dignidade de homens livres, filhos de Deus como os brancos, e objectos da predilecção da Senhora do Rosário.

Em consequência, deviam obedecer aos seus senhores, conforme o mandamento paulino: «O remédio é que, quando servis os vossos senhores não os sirvais como quem serve a homens, senão como

---

[4] Padre António Vieira, *Sermoens*, Lisboa, Oficina de Ioam da Costa, 1679.

quem serve a Deus: sicut Domino et non hominibus; porque então não servis como cativos, senão como livres, nem obedeceis como escravos, senão como filhos» (27.º, VI)».

E na mesma ordem de ideias desenvolve a teoria de que, sendo o homem composto de alma e corpo, não há uma mas duas escravidões, a do corpo e a da alma, pelo que, não podendo serem livres da servidão do corpo, está nas suas mãos serem forros de alma: «Sabei, pois, todos os que sois chamados escravos, que não é escravo tudo o que sois. Todo o homem é composto de corpo e alma; mas o que é e se chama escravo, não é todo o homem, senão só metade dele [...] de maneira, irmãos pretos, que o cativeiro que padeceis, por mais duro e áspero que seja ou vos pareça, não é cativeiro total, ou de tudo o que sois, senão meio cativeiro. Sois cativos naquela ametade exterior e mais vil de vós mesmos, que é o corpo; porém na outra ametade interior e nobilíssima que é a alma, principalmente no que a ela pertence, não sois cativos, mas livres» (27.º, II e III).

Em complemento deste difícil processo psicológico e teológico de sublimação, o pregador vai ao ponto de encontrar razões para os negros julgarem positiva a sua escravatura: «Deveis dar infinitas graças a Deus por vos ter dado conhecimento de si e por vos ter tirado das vossas terras, onde vossos pais e vós vivíeis como gentios, e vos ter trazido a esta, onde, instruídos na fé, vivais como cristãos e vos salveis» (14.º, VI).

Razões estas que, no tempo, não se entendiam tão absurdas como nos parecem hoje, dada a importância teológica, moral e psicológica do baptismo e da fé cristã indispensáveis para a salvação, e o grande peso cultural e social de um conceito de civilização como o formulava a Europa, dado como imperativo para se eliminar a «barbárie» e os seus costumes.

Esta exortação ao conformismo, seguida de apelo à obediência e docilidade, é feita, porém, em simultâneo com o elogio da liberdade e o vitupério da escravidão, e através de considerações espirituais que visam não só sublimá-la, mas também ultrapassá-la.

Ultrapassagem expressa através da ideia de que o cativeiro não é para sempre, e se realiza num quadro providencial comum a todos os homens, em que o sofrimento e a felicidade tocam a todos, mas em fases distintas e compensatórias.

É esse o sentido dos comentários sobre os três conjuntos de «mistérios» do terço (gozosos, dolorosos e gloriosos), cabendo nesta vida aos escravos os dolorosos, mas podendo na outra vida alcançarem os da alegria e da libertação, porque as situações próprias de escravos e senhores podiam ser invertidas.

«Os dolorosos (ouçam-me agora todos) os dolorosos são os que vos pertencem a vós, como os gozosos aos que, devendo-vos tratar como irmãos, se chamam vossos senhores» (14.º, VIII).

«No céu cantareis os mistérios gozosos e gloriosos com os anjos» (*ibidem*).

Como se isto não bastasse, o pregador imagina, por momentos, a situação inversa: «Se assim como vós nesta vida servis os vossos senhores, eles na outra vida vos houveram de servir a vós, não seria uma mudança muito notável e uma gloria para vós nunca imaginada? Pois sabei que não há-de ser assim, porque seria muito pouco [...]. Deus é o que vos há-de servir no Céu, porque vós o servistes na terra».

Grande era a ousadia do pregador, sobretudo se considerarmos que os ouvintes dos sermões não eram só os escravos, mas também os senhores.

Em passos como estes se pode observar a agudeza da estratégia barroca e jesuítica, em que há avanços e recuos, e onde as palavras de tranquilização dirigidas aos senhores se misturam com ameaças veladas, subliminarmente envolvidas, criando uma tensão especial nos ouvintes.

Depois de assim se dirigir aos escravos, o pregador completa a sua tarefa recomendando clemência e justiça aos senhores, e exigindo deles que facilitem a prática religiosa desses mesmos escravos, utilizando a mesma estratégia de conselhos explícitos e ameaças veladas.

Antes do mais, agitando a questão polémica dos títulos de propriedade dos escravos, de que dependia não só a legitimidade moral da posse (segundo os princípios do jesuíta Luís de Molina no seu *De Justitia et Jure*), mas também a jurídica e social.

Aliás, esta questão, resolvida em princípio, mas não pacificamente, pela doutrina formulada em 1511 para a América espanhola pela Junta de Burgos[5], valia também para Portugal. Segundo ela, considerava-se que os escravos levados para o Brasil já o eram nas suas terras de

---

5 Serafim Leite, *História da Companhia de Jesus no Brasil*, Vol. II, Lisboa, 1938, p. 227.

origem e como tais podiam ser comerciados de consciência tranquila.

«Bem sei que alguns destes cativeiros são justos, os quais só permitem as leis, e que tais se supõem os que no Brasil se compram e vendem, não dos naturais, senão dos trazidos de outras partes; mas que teologia há ou pode haver que justifique a desumanidade e sevícia dos exorbitantes castigos com que os mesmos escravos são maltratados?»

O pregador não se atreveu a atacar directamente a questão do alto do púlpito, porque este era o grande pomo da discórdia dentro do consenso, provisório, de que os cativeiros juridicamente justos também o eram moralmente.

Mas a apologia da liberdade e a descrição tão cáustica e realista que faz do tráfico, dos engenhos, da vida quotidiana dos escravos abrem caminho para, com a contestação à escravidão dos índios, impugnar o próprio fundamento jurídico-moral de qualquer escravatura.

Do tráfico da África para a América diz: «Os outros nascem para viver, estes para servir; nas outras terras do que aram os homens e do que fiam e tecem as mulheres, se fazem os comércios; naquela o que geram os pais e o que criam a seus peitos as mães, é o que se vende e compra. Oh trato desumano, em que a mercancia são os homens! Oh mercancia diabólica, em que os interesses se tiram das almas alheias, e os riscos são das próprias!» (27.º, I).

E quanto aos engenhos, onde principalmente trabalham os escravos: «E que cousa há na confusão deste mundo mais semelhante ao Inferno, que qualquer destes vossos engenhos, e tanto mais quanto de maior fábrica?» (14.º, VIII).

O trabalho dos negros é, assim, de uma desumanidade que não pode ser perdoada: «Que teologia há ou pode haver que justifique a desumanidade e sevícia dos exorbitantes castigos com que os mesmos escravos são maltratados? Maltratados, disse, mas é muito curta esta palavra para a significação do que encerra ou encobre. Tiranizados deveria dizer, ou martirizados; porque ferem os miseráveis, pingados, lacrados, retalhados, salmourados, e outros excessos maiores que calo, mais merecem nome de martírio, que de castigo» (14.º, VIII).

Chegada a este ponto a denúncia da forma como decorria a vida dos escravos, o pregador toma-se ousado, a ponto de chamar aos senhores «régulos do nosso Recôncavo» e de os interpelar com alguma violência: «É possível que, por acrescentar mais uma braça de terra ao canavial e meia tarefa mais ao engenho em cada semana, haveis de vender a vossa alma ao Diabo? Mas a vossa, já que o é, vendei-lha ou revendei-lha embora. Porém as dos vossos escravos, porque lhas ha-veis de vender também, antepondo a sua salvação aos ídolos de ouro, que são os vossos malditos e sempre mal logrados interesses?» (27.º, III).

Se esta progressão de ideias vai de par com a intensidade de interpelação, uma e outra não são assim dispostas no corpo dos dois sermões.

O que acontece é que a prudência e o pragmatismo do pregador vão doseando os argumentos, os *exempla* e os aspectos na confirmação ou argumento do sermão.

Na verdade, as censuras aos senhores e os conselhos de obediência aos escravos alternam como ondas que se contrapõem, e os finais das perorações são relativamente brandos, com o objectivo de acalmar a emoção de certos momentos.

2. *A cruzada contra o cativeiro dos índios.*

Se esta foi a atitude de Vieira em face da escravização dos negros, diferente foi a posição tomada por ele em face do cativeiro dos índios.

Não chegando embora à posição maximalista de condenar toda e qualquer espécie de escravidão, encaminha-se sistematicamente para a discussão da sua legitimidade através do questionamento dos títulos de propriedade que caucionavam o cativeiro.

Essas ideias foram expostas no sermão do primeiro Domingo de Quaresma pregado em São Luís do Maranhão em 1653, a partir do tema das tentações de Cristo: «haec omnia tibi dabo, si cadens, adoraveris me» extraído do evangelho de São Mateus.

De maneira mais incisiva do que fazia para os negros (porque a escravatura destes era milenar, e a dos índios não) reivindica a sua libertação.

Essa veemência também lhe advinha do facto de, desiludido e ferido com as intrigas da Corte em que se movimentou antes, em múltiplas actividades, querer ser agora missionário e só isso, no meio dos índios.

E para a evangelização, o combate à escravatura era uma prioridade, e um teste clarificador da penitência quaresmal dos cristãos: «Sabeis, cristãos, nobreza e povo do Maranhão, qual é o jejum que quer Deus de vós nesta Quaresma? Que solteis as ataduras da injustiça, e que deixeis ir livres os que tendes cativos e oprimidos» (1.º, III).

«Ide à Turquia, ide ao Inferno, porque não pode haver turco tão turco na Turquia, nem demónio tão endemoinhado no Inferno que diga que um homem livre pode ser cativo» (*ibidem*, IV).

Neste combate, a estratégia de Vieira vai ser a da discussão dos cativeiros «injustos» e «mal-havidos».

Encorajado pelo apoio do rei concedido antes de entrar no Maranhão, avança para tão polémico tema com os lances retóricos habituais no tratamento das questões difíceis: captação da benevolência, afirmações ousadas, recuos tácticos. Por exemplo: «Este povo, esta república, este estado não se pode sustentar sem índios [...] os vossos chamados escravos são os vossos pés e as vossas mãos» (*ibidem*, IV).

Como se esta constatação pragmática ainda não fosse suficiente para serenar os ânimos dos colonos, adianta ainda que não precisam os colonos de libertar todos os escravos: «não é necessário chegar a tanto», visto que, estudando-se a questão como ele pregador fez, surgem soluções aceitáveis para todos: «Entendo que com muito pouca perda temporal se podem segurar as consciências de todos os moradores deste Estado, e com muito grandes interesses se podem melhorar suas conveniências para o futuro» (*ibidem*, IV).

Ganhava, deste modo, simpatia para o projecto que ia apresentar sobre os cativeiros. O auditório estava preparado para o que não lhe agradaria ouvir: a discussão dos títulos de propriedade dos escravos, segundo a teoria da «guerra justa» que canonistas e moralistas defendiam, e que no Maranhão também se devia aplicar.

Assentava ela na existência de três tipos de situações dos índios: a dos que serviam como escravos dos colonos, dos que viviam em aldeamentos e a dos que vagueavam pelo sertão. Teoricamente diversas, estas situações equivaliam-se na prática, por estarem sujeitas aos frequentes abusos de desrespeito da semiliberdade dos aldeamentos e da preversão dos resgates, pelo que se podia concluir, a propósito dos escravos, que «todos nesta terra são herdados, havidos e possuídos de má-fé».

Impunha-se, consequentemente, regularizar a questão para poder voltar a paz às consciências, pelo que o pregador propunha ao auditório que reflectisse com ele sobre as várias situações diferentes, a merecerem, igualmente, soluções diversificadas com vista à construção de uma sociedade justa.

Assim, dentre os índios escravos, aqueles que quisessem continuar a servir os seus senhores podiam fazê-lo – «ninguém, enquanto eles tiverem essa vontade, os poderá afastar do vosso serviço»; os outros, «serão obrigados a ir viver nas aldeias de El-Rei».

Quanto aos que entre os outros índios estavam prisioneiros «em cordas» para serem comidos, e eram trazidos pelas «entradas» no sertão, a esses era-lhes comutada essa crueldade em perpétuo cativeiro, o mesmo acontecendo aos que, sem violência, eram vendidos como escravos por resultarem prisioneiros em «guerra justa».

Finalmente, aqueles sobre que existissem dúvidas sobre se tinham sido aprisionados em guerra justa, deviam ser levados para aldeamentos já construídos, ou novos.

«De sorte que, desta forma, todos os índios deste Estado servirão os portugueses», conclui o pregador (...) ou como própria e inteiramente cativos, que são os de corda, os de guerra justa e os que livre e voluntariamente quiserem servir [...] ou como meios cativos que são todos os das antigas e novas aldeias, que pelo bem e conservação do Estado me consta que, sendo livres, se sujeitarão a nos servir e ajudar a metade do tempo de sua vida» (*ibidem*, IV).

Pragmaticamente, assim se atingiam vários objectivos: legalizar os escravos propriamente ditos, segundo a lei. Impedir escravizações que não obedecessem ao critério da «guerra justa», controlar e autenticar os que dela proviessem, garantir, por meio de uma comissão formada pelo governador, ouvidor-geral, vigários e prelados de várias ordens religiosas, a liberdade, sob condições, dos índios dos aldeamentos e, sobretudo, acautelar a liberdade dos que em liberdade viviam no sertão. Deste modo se garantiam a justiça e a paz, sem prejuízos sociais e económicos de maior.

Por isso, o pregador conclui: «Pode haver cousa mais moderada? Pode haver cousa mais posta em razão que esta? Quem se não contentar e não satisfazer disto, uma de duas: ou não é cristão, ou não tem entendimento» (*ibidem*, IV).

A partir daqui mais fácil se tornou para ele obter a adesão do auditório através da intensificação da retórica da persuasão, utilizando a linguagem e os conceitos que os colonos entendiam: a dos bens e prejuízos que num negócio se desejam ou evitam.

O modo como o faz obedece à forma canónica de, depois de «instruir», tentar «agradar» e finalmente «tocar». E da maneira mais completa, segundo a teorização de Aristóteles, pois a persuasão e o convencimento das vantagens desta regulamentação da escravatura dos índios não são favoráveis só para as conveniências pessoais, mas também para as da colectividade, porque todo o Estado do Maranhão ganhará com a adopção desta proposta. Vieira argumenta com um cálculo de bens e de prejuízos feito à maneira de um seu contemporâneo, Pascal (adversário tenaz dos jesuítas), na sua famosa aposta da virtude contra o vício dirigida aos libertinos do seu tempo, avaliando ganhos e perdas: «Pesemos os bens e os males desta proposta. O mal é um só, que será haverem alguns particulares de perder alguns índios, que eu vos prometo que sejam mui poucos. [...]

«Vamos aos bens, que são quatro os mais consideráveis: o primeiro é ficardes com as consciências seguras [...]. O segundo bem é que tirareis de vossas casas esta maldição [...]. O terceiro bem é que, por este meio haverá muitos resgates [...]. Quarto e último bem, que feita uma proposta nesta forma será digna de ir às mãos de Sua Majestade e de que Sua Majestade aprove e confirme» (*ibidem*, V).

«Se só por este caminho vos podeis segurar nas consciências; se por este caminho vos podeis salvar e livrar vossas almas do inferno; se o que se perde, ainda temporalmente, é tão pouco e pode ser que não seja nada, e as conveniências e bens que daí se esperam são tão consideráveis e tão grandes; que homem haverá tão esquecido de Deus, tão cego, tão desleal, tão inimigo de si mesmo, que se não contente de uma cousa tão justa e tão útil, que a não queira, que a não aprove, que a não abrace?» (*ibidem*, VI).

A gradação do discurso, de tonalidade um tanto catártica, fazendo suceder informações e argumentos, atingiu aqui um clímax propício à aceitação da proposta. O pregador enumerou, em *crescendo*, razões e sentimentos, acumulou calculadamente razões valorativas para aderir (segurar a consciência, salvar-se e livrar-se do inferno) e razões desqualificadoras para temer (mau cristão, mal entendido, esquecido de Deus, cego, desleal, inimigo de si mesmo), sendo estas mais numerosas que as anteriores.

Aliás, esta argumentação estratégica em clímax no fim da peroração, ainda o é mais, se considerarmos que é preparada por outra, homóloga, na II parte do sermão quando, a propósito da tentação de se vender a alma ao demónio em troca dos bens deste mundo, como fizeram Alexandre Magno e Júlio César, é rematada por um balanço semelhante de perdas e ganhos. Diz o pregador: «Alexandre Magno e Júlio César foram senhores do Mundo; mas as suas almas agora estão ardendo no Inferno, e arderão por toda a eternidade. Quem me dera agora perguntar a Júlio César e Alexandre Magno, que lhes aproveitou haverem sido senhores do Mundo, e se acharam que foi bom contrato dar a alma pelo adquirir».

Parece que, no imediato, a proposta do pregador teve aceitação positiva, a avaliar pelas reacções que surpreendeu no rostos dos ouvintes, como confessa em carta de 22 de Maio de 1653, ao provincial da Companhia do Brasil: «Nas cores que o auditório mudava, bem via eu claramente os afectos, que por meio destas palavras Deus obrava nos corações de muitos.»

Assim julgava o pregador, mas não teve futuro o assentimento ao sermão, porque a resistência dos colonos, as conveniências políticas e económicas impediam o bom êxito dessa nova prática e ética dos cativeiros, como o demonstra a bem ordenada cronologia e comentários de Lúcio de Azevedo que historiou a actividade e pensamento de Vieira[6].

O procurador municipal chegou mesmo a requerer que os missionários deixassem de intervir nas questões dos índios.

Agastado, o pregador censura asperamente o seu auditório no sermão do quinto Domingo de Quaresma de 1654, apelidando os Maranhenses de mentirosos: «A verdade que vos digo, é que no Maranhão não há verdade» (5.º Dom., II); e recorrendo ao apólogo da queda do corpo do diabo em partes distribuídas por diversas nações, afirma ter cabido a Portugal a língua, e ao Maranhão a letra M! «M de Maranhão, M murmurar, M motejar, M maldizer, M malsinar, M mexericar, e, sobretudo M mentir: mentir com as palavras, mentir com as obras, mentir com os pensamentos, que de todos e por todos os modos aqui se mente. Novelas e novelos são as duas moedas correntes desta terra» (*ibidem*, II).

A moralidade a extrair do apólogo era evidente, como evidente era a desilusão do pregador, convencido agora de que não bastavam sermões, e era necessário ir à Corte buscar novas providências.

Não sem antes dizer aos maranhenses mais sobre o que pensava deles.

---

6 J. Lúcio de Azevedo, *História de António Vieira*, Lisboa, Clássica Editora, 1992.

Fê-lo no famoso Sermão de Santo António aos Peixes, pregado em São Luís em 1654, dias antes de embarcar para Lisboa.

Sob o manto alegórico da pregação, condenando-lhes a soberba, a voracidade, a cobiça, a vingança, a sensualidade e outros vícios, o pregador justifica a escolha feita porque, «Neste caso, os homens tinham a razão sem o uso, e os peixes o uso sem a razão».

Se no sermonário do jesuíta é frequente o recurso à alegoria, neste sermão ele é máximo, porque mais intensamente recorre a uma tradição que usava e abusava dos bestiários para louvar virtudes e verberar vícios, privilegiando nela a *História Natural* de Aristóteles e o anónimo *Phisiologus*. Vieira escolheu um ramo especial dessa tradição, o do ictuário, personificando nos peixes o que identificava nos maranhenses, recorrendo, para tanto, a mencionar algumas espécies: a rémora, o quatro-olhos, o xaréu, o bagre, o tubarão, o roncador, a baleia, o espadarte, o voador e o polvo.

E toda a alegoria satírica se pode resumir neste passo: «Os maiores comeis os pequenos; e os muito grandes não só os comem um por um, senão os cardumes inteiros, e isto continuadamente sem diferença de tempos, não só de dia, senão também de noite, às claras e às escuras, como também fazem os homens» (Santo António, IV).

Valendo-se do bom acolhimento de D. João IV, Vieira conseguiu juntar à força da razão e da ética, a força da lei, ao obter a provisão de 9 de Abril de 1655 pela qual ficavam proibidas as campanhas contra os índios sem autorização real. E também não perdeu tempo para, num sermão na Capela Real, o da Sexagésima, descrever as dificuldades e as perseguições feitas aos missionários, bem como à sua heroicidade: «Tudo isto padeceram os semeadores evangélicos da missão do Maranhão, de doze anos a esta parte. Houve missionários afogados, porque uns se afogaram na boca do grande rio das Amazonas; houve missionários comidos, porque a outros comeram os bárbaros na ilha de Aroãs; houve missionários mirrados, porque tais tomaram os da jornada do Tocantins, mirrados da fome e da doença, onde tal houve que, andando vinte e dois dias nas brenhas, matou somente a sede com o orvalho que lambia das folhas [...]. E que sobre mirrados, sobre afogados, sobre comidos, ainda se vejam pisados e perseguidos dos homens».

E, embora contidamente, não deixou também de criticar os seus principais opositores, os Dominicanos.

Os excessos oratórios de alguns deles deram-lhe ensejo para, no mesmo sermão, falar «contra os estilos modernos», atingindo com a crítica sobretudo o pregador Frei Domingos de São Tomás, e para desabafar, indirectamente, contra a opressão da ordem dos pregadores nas missões do Maranhão.

É que o seu pensamento estava permanentemente com os índios. Por exemplo, quando, no ano seguinte, chegou a má notícia de não se terem descoberto as tão desejadas minas de ouro e prata, Vieira entendeu confortar os Maranhenses com o sermão da primeira oitava da Páscoa, pregado na matriz de Belém, com estas palavras: «Agora vos pergunto eu: e estes martírios das minas, se as vossas se descobrissem, quem os havia de padecer? [...] quem haviam de ser senão os seus escravos? Quem de conduzir todos aqueles instrumentos e máquinas por esses sertões dentro? Quem havia de contribuir o sustento e levá-lo aos trabalhadores? Quem havia de cortar e acarretar àquelas serras estéreis (como são todas) as lenhas para as fornalhas e fundições? E aqueles lumes perpétuos e subterrâneos, com que óleos se haviam de sustentar, senão com os dos frutos agrestes que aqui se estilassem, e não com os dos olivais que de lá viessem? [...] Fique logo por conclusão, que muito maior mercê vos fez Deus e muito mais bem afortunados fostes em não se acharem as minas, que se o ouro e prata que se supunha e esperava delas se descobrisse» (primeira oitava da Páscoa, V e VI).

Estamos em crer que, com este sermão, Vieira não deve ter tido o sucesso do sermão do primeiro Domingo da Quaresma sobre os cativeiros, pois se o desgosto inicial era grande, semelhantes propósitos do pregador em nada os deviam animar.

Regressado ao Brasil em 1655 com a provisão libertadora, nem por isso as questões ficaram resolvidas, tendo continuado as oposições, dúvidas, avanços e recuos.

Não eram só os colonos a resistirem, eram também as outras ordens religiosas. Até os seus próprios irmãos da Companhia.

Com efeito, quando anos mais tarde, em 1694, os paulistas solicitaram que lhes deixassem as mãos livres sobre os índios para a exploração do ouro aparecido em Itaberaba, foi maioritariamente votado pelos seus irmãos jesuítas, tanto da Província do Brasil, como da Metrópole, que assim fosse concedido. Voto contrário foi o de Vieira, como o explica em carta de 21 de Julho de 1695 a um amigo, o Padre Manuel Luís, e que assim remata: «Não me temo de Castela, temo-me desta canalha»[7].

De todo este itinerário, uma conclusão se impõe: a luta de Vieira contra a escravatura, primeiro na Bahia e depois no Maranhão, ficou sempre ligada aos seus sermões e, sobretudo através deles, deixou marca indelével na memória dos homens, como uma das mais combativas defesas da liberdade e dos direitos do homem.

No temperamento e nos processos, tal como as famílias religiosas dos jesuítas e dominicanos, Las Casas e Vieira eram diferentes, mas iguais foram o combate e a coragem. Foi necessário esperar cerca de 200 anos pela publicação, no Brasil, das primeiras leis abolicionistas e pelo Bill Aberdeen de 1845, que proibia o tráfico de escravos!

A partir daí, e graças a todo um movimento de ideias e iniciativas, o tráfico foi equiparado à pirataria, passando a ser combatido por ordem da Rainha Vitória de Inglaterra.

Vieram depois sucessivas leis para a extinção gradual da escravatura, como a lei dos sexagenários de 1885, até à extinção formal desse flagelo em 1888 pela Lei Áurea da Princesa Isabel.

---

[7] J. Lúcio de Azevedo, *Cartas do Padre António Vieira*, tomo terceiro, Lisboa, Imprensa Nacional, 1971, p. 689.

Paris, Centre Culturel Portugais, FCG, Fevereiro de 1997

A luta Deus-demónio
na poesia e drama de Anchieta

A apreciação, ou mesmo valoração de uma obra, algo tem a ver com os juízos que, ao longo dos tempos, sobre ela se formularam, até pela tradição crítica que eles instauraram, e pela sua influência sobre o conjunto dos leitores e dos críticos.

Sob este aspecto, Anchieta não tem sido beneficiado pelas apreciações do que hoje chamamos a «instituição literária», pois demasiados preconceitos bloquearam a apreciação e divulgação escolar e editorial da sua obra, mesmo tratando-se do primeiro escritor que o Brasil conheceu. Com efeito, para além de um certo nacionalismo extremado, que não reconhecia na obra do jesuíta canarino ou português peculiaridades brasílicas, o preconceito da «intencionalidade literária» afastava o primeiro que poetou e compôs teatro nas terras da Vera Cruz do Parnaso do Novo Mundo.

Já não precisamos hoje de refutar o critério da intencionalidade literária como definidora da cidadania nas letras, por ser demasiado óbvio que, no complexo fenómeno do reconhecimento literário, o autor é tão-somente um dos vários intervenientes na comunicação literária, e que a sua vontade de querer fazer literatura não é decisiva para o juízo que vier a ser feito, pois outros, como os leitores, editores, críticos, etc., integram com maior peso de opinião o conjunto institucional que pronunciará, ao longo do tempo, o veredicto mais ajustado.

E também, diferentemente do que acontecia com outros preconceitos anteriores, é nos nossos dias evidente que a poesia, o teatro ou a epistolografia ao serviço da catequese ou militância marxista, não são nem deixam de ser válidos por causa das suas intenções e conteúdos. A República das letras tem outros critérios, baseados sobretudo na forma de utilização da linguagem, que não se compadecem com anteriores tipos de juízos de valor.

Só o preconceito anti-religioso pode sustentar a tese da exclusão discriminando o poeta jesuíta, agindo incoerentemente quando, como tem sido a regra, aceita outros escritores de ideologia, a pretexto de fazerem literatura de compromisso.

Esquecem-se esses que tão de compromisso é a poesia teológica e catequética de Anchieta, como os escritos sociais e políticos de Jorge Amado.

Anchieta merece, pois, ser recordado como o primeiro poeta e dramaturgo da literatura brasileira, iniciando uma tradição literária que, radicada na literatura portuguesa e europeia, viria a emancipar-se e a dar origem a essa literatura reconhecidamente formada desde a segunda metade do século XVIII.

Aliás, é na óptica do engajamento ou compromisso que melhor se entendem e valoram os textos de Anchieta, pois todos eles foram escritos para servirem um projecto de evangelização de inspiração tipicamente medieval e popular, embora inserido numa dinâmica de teor renascentista. Mas dentro das directrizes traçadas pelo Concílio de Trento (1578-85), sobretudo através do movimento doutrinal que levou à elaboração do *Catecismo* do mesmo Concílio (1566), e também pela formação jesuítica recebida nos *Exercícios Espirituais* de Santo Inácio de Loyola.

Directrizes estas que assentam sobre uma axiologia onde o confronto entre Deus e o Demónio representa uma força dinamizadora e condicionante.

Observe-se, desde já, que em Anchieta a expressão contundente e bélica deste confronto convive pacificamente com uma outra expressão ainda mais anchietana, a da contemplação dos mistérios divinos, da ternura para com a Virgem e para com os Santos.

É que o missionário considerava igualmente importantes a respiração lírica da contemplação e do louvor, e a militância teológica e apologética contra as forças do Mal.

Com efeito, são de grande serenidade e beleza os seus poemas em louvor «Do Santíssssimo Sacramento».

> Ó que pão, ó que comida,
> Ó que divino manjar
> Se nos dá no Santo Altar
>   Cada dia!
>
> Esta divina fogaça
> É manjar de lutadores,

Galardão de vencedores
    Esforçados

Ó que divino bocado
Que tem todos os sabores!
Vinde pobres pecadores,
    A comer

E que dizer dos arroubos poéticos em louvor da Virgem que percorrem toda a sua poesia e se concentram, quer no poema *De Beata Virgine Dei Matre Maria*, quer, dum modo geral, nos poemas relativos aos mistérios do Rosário, em latim, em tupi, em português, em castelhano?

Há mesmo algumas expressões que ficaram na memória de uma forma especial, como a de tratar o Menino Jesus como «meninozinho Jesus», «meu senhorzinho Jesus». Ou o louvor de Santa Inês chamando-lhe «cordeirinha linda», «cordeirinha santa», «vós sois cordeirinha», também «padeirinha».

Há assim, na obra de Anchieta, duas isotopias dominadoras que, exprimindo o seu pensamento mais profundo, governam as formas de estruturação e expressão da maior parte da sua obra, sem deixarem de se repercutir em outros textos de carácter descritivo, encomiástico ou biográfico.

Mas, é da dinâmica do confronto entre Deus e o demónio, entre o Bem e o Mal, que nos vamos ocupar[1].

E ela releva, tanto na pregação, como na catequese, a óptica jesuítica de uma evangelização de combate.

Contra o quietismo resignado e pessimista das correntes protestantes de então, os inacianos opõem uma doutrina de extrema simplicidade, a ser concretizada por uma pastoral e espiritualidade de esforço, extremamente bem disciplinadas[2].

É bom não esquecer que Santo Inácio era um antigo oficial do

---

[1] As citações que iremos fazendo dos poemas e teatro de Anchieta são tiradas do volume *Poesias*, compilado e anotado por M. de L. Paula Martins (São Paulo, Itatiaia, 1989), do *Teatro de Anchieta*, compilação, tradução e notas do Padre Armando Cardoso (São Paulo, Loyola, 1977), cotejadas com o texto da edição Primeiras Letras, de tradução do Padre João da Cunha e publicada no Rio de Janeiro pela Academia Brasileira de Letras / Álvaro Pinto, 1923.

[2] A. Boulenger, *Histoire Générale de l'Église*, Lyon, 1938, p. 330.

exército espanhol, e que uma visão estratégica orientava sempre os objectivos da sua acção.

De tal maneira que Michelet não hesitou em apelidar a fonte inspiradora deste movimento, os *Exercícios Espirituais* de Santo Inácio, como uma verdadeira «máquina de guerra».

Assim, nos *Exercícios*, se estabelece logo nos ensinamentos da «primeira semana», ou seja, da primeira das quatro partes por que eles se repartem, que a única maneira de o homem atingir o seu fim é a de se colocar ao serviço de Deus, e de trabalhar para a sua maior glória, «*ad majorem dei gloriam*».

Para se atingir a perfeição, há que meditar-se sobre o pecado (de Lúcifer, de Adão, dos condenados) e sobre o inferno, a fim de que, como na catarse aristotélica, sobrevirem a vergonha e o arrependimento das faltas.

Na «segunda semana», a meditação sobre o reino de Cristo implica uma militância e empenhamento bem simbolizados na metáfora dos dois estandartes, levantados por Cristo e por Lúcifer, que, tal como dois capitães, convocam todos os homens para que escolham a que lado querem pertencer, e para que se alistem nas batalhas a travar.

É que Lúcifer, através de variados embustes, atrai pelas riquezas, honras, orgulho e outras coisas efémeras que conduzem ao suplício eterno, ao passo que Cristo oferece aos seus seguidores, no arrependimento e na humildade de vida, bens imperecíveis e a felicidade eterna.

As meditações das duas semanas seguintes esclarecem e consolidam o tipo de adesão e de união a que todos são chamados.

É sobre este fundo que se constrói a catequese de Anchieta, expressa tanto nos poemas líricos como nos textos de teatro que, aliás, também os enquadra como num *puzzle* desmontável.

Tão lógica é a simetria, que podemos facilmente entendê-la na geometria semiótica de Greimas. Assim, o Destinador é Deus que criou todos os homens para a felicidade eterna; os actantes-sujeitos, livres como são, demandam na vida objectivos e objectos conformes ou não à sua vocação suprema. Nessa demanda, são auxiliados pelos adjuvantes (Deus, a Virgem, os Santos, etc.), e desviados pelos oponentes (os demónios e outras forças do Mal).

O que, traduzido na formulação de Anchieta, dá o seguinte: Deus, como um pai, quer que todos os índios sejam felizes e se salvem; os índios devem deixar os costumes pagãos e viverem cristãmente, porém os maus índios e os feiticeiros, tal como as diversas espécies de demónios, tentam afastá-los do caminho do Bem. Nossa Senhora, os Santos e os missionários jesuítas, porém, acorrem em seu auxílio para que permaneçam fiéis. A salvação e a felicidade eterna serão, finalmente, o desfecho feliz das suas vidas.

Para exemplificarmos este universo significativo e expressivo da obra anchietana, escolhemos três textos verdadeiramente privilegiados. «O pelote domingueiro», cujas duas partes o P.ᵉ Cardoso situa no I e no V actos do auto *A Pregação Universal*; o auto *Na Festa de São Lourenço*; e o poema «Recebimento que fizeram os índios de Guaraparim ao Padre Provincial Marçal Belliarte», relacionados com outros textos afins.

Embora a mundividência seja a mesma, «O pelote domingueiro» ilustra exemplarmente a teologia da graça, do pecado e da redenção, à volta da oposição fundadora Deus-Demónio.

O auto *Na Festa de São Lourenço* expõe, como num políptico, todas as fases da luta e das intervenções de adjuvantes e oponentes; o «Recebimento» é bem a expressão não só de um adjuvante privilegiado e de especial poder, mas também a expressão de um sentimento pessoal e da estratégia de Anchieta na defesa da acção dos jesuítas entre os índios, que de vários quadrantes era objecto de críticas.

1. *A graça e o pecado, no confronto entre Deus e o Demónio.*

«O pelote domingueiro», apesar da sua preocupação dominante de instruir os ouvintes na doutrina da graça, do pecado e dos sacramentos do Baptismo e da Eucaristia, não deixa de expor ideias teológicas em termos de oposição Deus-Demónio.

Anchieta fá-lo servindo-se de um processo retórico bem conhecido, sobretudo na Idade Média: o da «alegoria teológica», assente num vilancico.

Por meio de uma estrutura narrativa de leitura literal simples, leva os seus ouvintes, progressivamente, a uma leitura tipológica, de correspondência entre pessoas e acontecimentos.

A narrativa é tão simples como a simplicidade dos índios: um mau ladrão, Lúcifer, roubou a um moleiro chamado Adão, instigado pela mulher, o seu pelote (gibão) domingueiro. Daí resultou ficar «vil e desprezado», e os seus filhos «pobretes cachopinhos». Porém, mais tarde, uma filha sua, deu-lhe um neto que lhe restituiu o pelote, mas agora mais rico e adornado.

Esta história de proveito e exemplo vai ser contada através de um vilancico de acentuado sabor e ritmo populares, de redondilhas maiores em estrofes heptassilábicas, desenvolvendo o tema expresso no refrão-mote «Já furtaram ao moleiro o pelote domingueiro», através de glosas de quatro versos e voltas de três.

Estrategicamente, Anchieta introduz na narrativa-poema elementos estranhos que não se encaixam na lógica das acções, e remata o seu significado para universos significativos diferentes, mas que os assistentes-ouvintes conhecem como sendo de carácter religioso. Naturalmente, por isso, são levados a identificar as personagens e acções da história com outras conhecidas do catecismo.

Deste modo se realizou o que Quintiliano afirmava ser próprio de alegoria: transferir permanentemente os significados, de metáfora em metáfora, até se construir uma outra história paralela.

O facto de o moleiro se chamar Adão, o ladrão ter o nome de Lúcifer, o neto do moleiro ter sofrido açoites e vergões (sem que para tal houvesse justificação narrativa), a circunstância de se aludir à circuncisão (para mais, o poema deve ter sido recitado na igreja, na festa do mesmo nome, como era próprio dos vilancicos acompanhados de música), e também a menção da idade de 33 anos, a de Cristo, etc. levavam, naturalmente, o auditório a percorrer por sua conta uma segunda narrativa paralela. Assim se chegava à história bíblica do pecado original, à intervenção da Virgem Maria, à redenção de Cristo, à graça do Baptismo e à veste branca (pelote domingueiro) que a simbolizava.

O aspecto didáctico deste poema, perfeitamente integrado na celebração litúrgica daquele longínquo Natal de 1561, em Piratininga, e mais tarde declamado e recitado em São Vicente, em 1576, é notabilíssimo, pois os últimos versos da segunda parte, de aclamação, funcionam como chave hermenêutica a confirmar o que ia sendo transladado do sentido literal para o alegórico:

Viva o segundo Adão
Que Jesus por nome tem!
Viva Jesus, nosso bem,
Jesus, nosso Capitão!

Hoje, na circuncisão
Se tornou Jesus moleiro
Por tomar o domingueiro!

Mesmo sendo este poema eminentemente doutrinário, é o confronto entre Deus e o Demónio, a graça e o pecado, que se impõem como eixo significativo principal.

Aliás, como numa espécie de arquétipo de toda a obra de Anchieta, está essa oposição frontal, binária, dilemática, pois o missionário assim entende a radicalidade da escolha cristã.

Um tanto à maneira da ideologia marxista dos nossos tempos, que vê na luta de classes o verdadeiro motor da História.

Até neste aspecto, esta poética de catequese não é menos literatura de compromisso.

Com efeito, a confrontação entre o Bem e o Mal e as suas encarnações é traduzida no verso de maneira preferencialmente binária, até em obediência às regras do vilancico.

Tudo no poema é aos pares: o mote do refrão origina as duas partes em que ele se divide. São pares os versos e as rimas emparelhadas, os actantes que subsumem os diversos actores (Deus/Diabo, tal como os seus duplos Adão/Cristo, Eva/Maria, Lúcifer/Serpente), os pólos do conflito, Graça/Pecado.

«O pelote domingueiro» é formado por 45 estrofes na sua totalidade. Cada uma delas tem 7 versos, obtidos pela junção de uma quadra e de um terceto ligados pelos versos emparelhados com que uma termina e outra começa.

Aliás, o emparelhamento é o máximo possível, pois como se deduz do esquema *a bb aa cc*, seis versos são emparelhados, num total de 7. O que servia optimamente o objectivo da catequese, veiculado pelo poema, pois era necessário que as duas histórias contadas, a do moleiro a quem roubaram a roupa de festa, e a de Adão a quem roubaram a Graça, fossem apreendidas pelos ouvintes ou leitores de modo a estabelecerem com facilidade a equivalência simbólica que as relacionava.

Reforçando a binaridade dos versos, a divisão do poema em duas partes acentua esse ritmo, e facilita as qualificações eufórica e disfórica das duas situações em oposição.

Facilidade demasiada que levou Anchieta a empregar, por vezes, um tipo de linguagem vulgar e excessiva, certamente ao gosto primário da gente rude que catequizava, mas que pouco se adequava à elevação do seu espírito e dos seus propósitos.

Tal linguagem, e algumas acções violentas (afogar os imperadores e partir as suas cabeças) um tanto ao gosto vicentino, aparecem nas descrições dos pecadores e dos demónios. E tanto por iniciativa do narrador como de algumas personagens, como numa espécie de canalização ou sublimação da agressividade e dos instintos dos índios que nela se reconheciam, transfigurada virtuosamente pelo objectivo de exorcizar o Mal e, provavelmente, também para fazer rir. É que muitos dos poemas, se não faziam parte de representações teatrais, nelas e em outras celebrações semelhantes se podiam integrar.

Por exemplo, em «O pelote domingueiro» Adão pecador é chamado, repetidamente, de «parvo», pois «deu na lama de focinhos».

Eva é apresentada como «toda bêbada do vinho da soberba», é «cachopa embonecada», «feia regateira» e «alcoviteira».

O Diabo, ao roubar, «rapou-lhe o domingueiro».

E o mesmo acontece, por exemplo, no poema «No dia da Assunção», em que o demónio é assim interpelado: «Olhai, ó cara de cão». Ou no auto *Na Festa de São Lourenço*, em que um dos diabos se define deste modo: «Eu sou um grande piolho», e outro «Eu sou o diabão assado». Diz um velho aos pés de um diabo: «Enjoa-me teu chulé».

Verdadeiramente se cumpre o lema *castigat ridendo mores*.

Aliás, é de recordar que a natureza compósita do público de Anchieta e a diversidade de situações em que intervinha iam dos extremos da ilustração ao da ignorância, da civilidade ao primitivismo.

O seu público tanto era o dos índios das aldeias como o dos colonos e dignatários que estivessem de visita, como o dos alunos dos colégios (meninos e clérigos frequentando cursos), como o da população, em geral, em festas de inauguração ou conclusão do ano lectivo, distribuição de prémios, celebração de padroeiros. E, de maneira mais afastada, também quem no estrangeiro lia as cartas ânuas e outra produção epistolar.

Até por isso se via obrigado ao uso de várias línguas, como o tupi, o português, o latim, o castelhano, oscilando entre a expressão erudita e a vulgar.

Por isso, também na sua obra não se respeitavam as diferenças entre géneros: a poesia lírica também era ou podia ser dramática ou integrada em dramas, ao mesmo tempo que o discurso monológico da catequese deixava de ser rígido para se tornar dialógico, em função das circunstâncias.

2. *O auto «Na Festa de São Lourenço» e a disputa pela posse das aldeias.*

A lógica das acções deste auto, que tem por moldura a glorificação de São Lourenço, e foi representado na actual Niterói, então aldeia de São Lourenço, junto à capela do mesmo nome, em 10 de Agosto de 1587, repousa na disputa entre as forças do Bem e as do Mal pela posse de uma aldeia de índios. Aldeia esta que se torna, à maneira de sinédoque, um símbolo de todos os aldeamentos que os jesuítas estabeleceram para levar a cabo o plano de evangelização previsto também nas determinações régias.

Este auto, que é uma adaptação do *Auto da Pregação Universal*, reforça cenicamente o conflito sobre que se processa, por dar maior vigor às duas partes em contenda. Assim, aumenta, em relação ao seu modelo inicial, o número dos «bons», fazendo entrar em cena São Sebastião, São Lourenço e outros adjuvantes, e reforça o número dos «maus», com a introdução dos imperadores romanos Décio e Valeriano, como oponentes, com vista a uma confrontação mais espectacular.

Quanto à estrutura geral, é basicamente a mesma.

O acerto da escolha da aldeia como espaço cénico e, sobretudo como metáfora dos problemas da nova cristandade índia e brasílica é perfeito, pois de algum modo se pode afirmar que do sucesso dos aldeamentos como forma civilizacional e lugar de evangelização dependia toda a razão de ser da presença dos jesuítas.

Com efeito, começaram os aldeamentos logo com a chegada do primeiro grupo de jesuítas, sobretudo em 1550 e 1553 (ano este em que chegou Anchieta), porque só deste modo julgavam poder contrariar os hábitos nómadas dos índios e incrementar a sedentarização e, com ela, a assistência permanente dos padres.

Também só através do controlo delas se podiam impedir os abusos da escravização feita pelos colonos, e os excessos viciosos a que eram dados os índios (embriaguez, promiscuidade, antropofagia, etc.).

Com o aldeamento veio a construção da escola e da igreja, vieram as festas, as procissões, as experiências de convivência social e, sobretudo, a catequização.

O próprio Anchieta, na sua *Informação do Brasil e de Suas Capitanias*, de 1584, narra como foi essa gesta civilizadora, contando como era o Brasil da segunda metade do século XVI, e o papel que, no seu desenvolvimento, tiveram os jesuítas e a sua rede de aldeamentos e colégios.

Estabeleceram-se e desenvolveram-se estes aldeamentos de maneira notável, a tal ponto que chegaram a contar-se na Bahia e nas suas imediações 12 aldeias, abrigando cerca de 40 000 índios[3], e algo de semelhante ocorreu nas capitanias do Espírito Santo e de São Vicente.

O sistema possuía, obviamente, grandes vantagens, quer de ordem espiritual quer de ordem social, e algumas desvantagens, como as de ordem sanitária, uma vez que facilitava a propagação das epidemias que antes não eram conhecidas com a mesma amplitude.

Para a sua decadência concorreram as ambições dos colonos brancos, reclamando para si as terras doadas aos índios por el-rei e, sobretudo, querendo poderem dispor dos próprios índios como mão-de-obra escrava.

Por outro lado, não era fácil a sedentarização dos índios, habituados à errância nas florestas e a costumes atávicos viciosos que os missionários dificilmente continham.

Daí as inúmeras pressões dos colonos, as fugas e as revoltas.

A aldeia era, pois, como que o baluarte da fé e da liberdade ou semiliberdade dos indígenas, por isso ela é simbolizada neste auto e em outros, como lugar inevitável de afrontamento entre as forças do Bem e do Mal, entre Deus e o Demónio, entre a Virtude e o Vício.

Como no *Auto das Barcas* de Gil Vicente e em outros da tradição medieval, a alma dos índios é disputada por aqueles que para a obterem querem dominar as aldeias.

A intriga dramática que exprime esssa luta é simples: Guaixará, o rei dos Diabos, servido por outros dois demónios, Aimbire e Saravaia, e apoiado por outros quatro, quer preverter a aldeia reclamando, antes do mais, os seus direitos de senhor.

Assim, logo no II Acto, segundo a reconstituição do auto feita pelo erudito anchietano P.e Armando Cardoso[4], declara Guaixará:

---

3 John M. Monteiro, «Aldeias», in *Dicionário da História da Colonização Portuguesa no Brasil* (coord. Maria Beatriz Nizza da Silva), Lisboa, Editorial Verbo, 1994.
4 Padre Armando Cardoso, *Teatro de Anchieta*, São Paulo, Loyola, 1977, pp. 68-76.

Só eu sou
O que nesta aldeia estou
Como seu guarda vivendo.
Às minhas leis eu a rendo
E daqui longe me vou
Outras aldeias revendo
Agradável é meu modo:
Não quero ao índio vencido,
Não o quero destruído.
Remexer o povo todo
É somente o que eu envido.

Para tal posse, Guaixará recorre aos meios que lhe são próprios, os de corromper e preverter levando os índios a percorrerem os caminhos do mal. Por isso continua a sua fala, dizendo:

É boa coisa beber
Até vomitar cauim.
É isto o maior prazer,
Isto só vamos dizer
Isto é glória, isto sim.

Pois só se deve estimar
Moçacara beberrão.
Os capazes de esgotar
O cauim, guerreiros são, sem
Se cansar
Sempre anseiam por lutar

É bom dançar, enfeitar-se
E tingir-se de vermelho
De negro as pernas pintar-se,
Fumar e todo emplumar-se
E ser curandeiro velho.

Enraivar, andar matando
E comendo prisioneiros
E viver se amancebando
E adultérios espiando
Não o deixem meus terreiros.

Em consonância com as ordens do chefe, os outros demónios sublinham o seu empenhamento em tal projecto, ao mesmo tempo que afastam como inimigos os missionários, São Lourenço e São Sebastião.

> Os tais padres afinal
> Vêm agora me expulsar,
> Pregando a lei divinal

Em oposição a tão fortes tentações e ódios, o Anjo da Guarda corre em socorro dos índios, acompanhado de São Lourenço e São Sebastião:

> Não espereis, como então,
> Turvar este povo ordeiro.
> Cá estou como guardião
> Junto com Sebastião
> E Lourenço o padroeiro

O guerreiro São Sebastião não perde tempo e vence os demónios, coadjuvado por São Lourenço.
Dirigindo-se aos demónios:

> Eu vou flechar a ti!
> Arreda! Vai-te daqui
>
> Preso, estes grilhões arrasta
> Grita, viva!

A aldeia pode agora descansar tranquila, pois os demónios foram reenviados para o inferno.

Mas nem todos os maus foram castigados. Por isso, em verdadeiro passe de mágica, dois imperadores romanos aparecem em cena, armada *ex machina*, sentados em seus tronos, sem que nada no auto fizesse prever a sua existência e actuação.

No mundo do maravilhoso, tudo pode acontecer naturalmente, sem precisar de justificação, bastando um qualquer pretexto ou relação associativa, relativamente a outras acções.

É que esses imperadores foram responsáveis, há séculos, pelas mortes de São Lourenço e São Sebastião, e arranjou-se agora um pretexto para que sejam castigados. Por isso, quatro demónios são chamados para os afogarem no mar de fogo do inferno.

Apeados dos seus tronos, sofrem esse tormento, proeza de que se gaba particularmente o dito Aimbirê:

> Vinde aqui!
> Os malditos conduzi,
> Para no fogo queimá-los;
> A moqueca os reduzi
> Para tostá-los, assá-los,
> Derretê-los cozinhá-los.

O castigo dos imperadores tem o carácter de exemplaridade simbólica, ainda que a história seja um pouco atropelada, porque se a morte de Valeriano se explica por ter sido este imperador a ordenar o martírio de São Lourenço, na oitava grande perseguição romana aos cristãos, entre os anos 253 e 260, já não se compreende que o mesmo aconteça ao imperador Décio.

Quem devia ter sido queimado, em vez deste, era Diocleciano, o imperador que ordenou a morte de São Sebastião, na décima perseguição, no ano de 288.

Sendo a condenação de Valeriano explicitamente decretada por ter martirizado São Lourenço, também o mesmo devia acontecer a quem martirizou São Sebastião, o imperador Diocleciano.

Atribuir as culpas a Décio, só a título de também ser ele um perseguidor que levou os cristãos à morte, mas a sua perseguição, a sétima, nem foi a primeira nem a mais cruel.

Neste clima de lutas, prémios e castigos, merecem registo especial também o estilo metafórico, de carácter bélico, que acompanha a lógica das acções.

Com efeito, há na forma de expressão uma isotopia guerreira dominante, e não só nos autos, também em parte das composições líricas, mesmo quando a preocupação dominante é o louvor de um Santo.

E a primeira observação que se impõe é a de que Anchieta tem predilecção especial pelos santos que deram testemunho da sua fé de maneira heróica, pelo martírio: São Sebastião, Santa Úrsula, 11 000 Virgens, São Lourenço, São Maurício, Irmãos mártires (Pêro Correia e João de Sousa, Inácio de Azevedo...)

Em conformidade, as metáforas bélicas abundam, não só para exaltar essa heroicidade de verdadeiros soldados de Cristo, mas também para configurarem a força e a solidez da cidadela fortificada de Deus.

Por exemplo, com itálico nosso, no poema «De São Maurício»:

Ó divinos *baluartes*
Que nunca fostes rendidos,
Posto que mui combatidos
– Com muitas forças e artes
Mortos mas nunca vencidos.

E no poema em honra do Provincial Padre Marçal Belliarte:

Se formos favorecidos
De vós, Padre Belliarte,
Seremos, por toda a parte
Seguros e recolhidos
Como em *forte baluarte*

Do mesmo modo se exaltam os guerreiros. Ainda no poema de São Maurício:

Ó *valoroso esquadrão!*
Ó *gente vitoriosa!*
Ó *vitória gloriosa!*
Ó *fortíssima legião!*
Ó *Companhia generosa!*

No auto *Quando no Espírito Santo se recebeu uma Relíquia das Onze Mil Virgens* diz o Diabo:

Ó que valentes soldados!
Agora me quero rir!...
Mal me podem resistir
Os que fracos, com pecados
Não fazem senão cair!

Até a morte aparece em cena em atitude bélica:

Como vem *guerreira*
A morte espantosa!

Como vem *guerreira*
E temerosa!

Tudo lhe serve de *espada*,
Com tudo pode matar;
Em todos acha lugar
Para dar sua *estocada*.

E que melhores títulos de exaltação para as diversas personalidades ou para os Santos, especialmente os mártires, senão as patentes militares? O Padre Belliarte é apelidado de «tenente» («Pois sois do rei eternal, / logo *tenente* Provincial»), e vários santos possuem patentes de «capitão», a mais generalizada.

Assim, São Maurício é capitão («Oh, Maurício *capitão* / cuja gloriosa fama»), e até o pacífico e pacificador São Francisco de Assis recebe repetidamente esse título, no poema «Carta da Companhia de Jesus ao seráfico São Francisco»:

«Ó formoso patriarca
Ó ilustre *capitão*
Da sagrada religião»

Com tal *capitão* diante,
Aumentou-se a fé e lei
Da Igreja *militante*.

Não admira, pois, que em plena representação dos autos ou dos poemas dramatizáveis, para marcar os actos ou as partes em que se dividiam, enquanto não se inventavam as pancadas de Molière, figurasse a rubrica de encenação: «Aqui dispara um arcabuz», como acontece no poema «Santa Úrsula» ou no poema «Quando, no Espírito Santo, se recebeu uma relíquia das Onze Mil Virgens.»

Também não faltam as estocadas, as espadas, os arcabuzes, as bombardas, além das antíteses amigo/inimigo, ataque/defesa, triunfar/perder, valoroso/cobarde, etc. etc.

Outro aspecto que, sobretudo neste auto de São Lourenço, merece ser relevado, é o retrato que os jesuítas traçam dos índios, antropologicamente realista, e bem diferente e oposto ao da mitologia indianista de José de Alencar.

Os índios são pobre gente cheia de vícios que, dificilmente, os missionários educam para a civilização.

José de Anchieta na *Informação do Brasil e de Suas Capitanias* o dissera ao descrever os «costumes dos brasis»: «comem carne humana [...] naturalmente são inclinados a matar mas não são cruéis [...] casamentos de ordinário não celebram entre si e assim um tem três ou quatro mulheres, porque muitos não têm mais do que uma só, e se é grande, principal e valente, tem dez, doze, vinte [...] são muito dados ao vinho, o qual fazem de raízes da mandioca que comem»[5].

Em perfeita consonância, nos autos, fomentar esses vícios é a tarefa principal dos Diabos: Aimbirê ensina a dançar e incentiva à feitiçaria e aos maus costumes:

Eu induzo meus fregueses
A tudo que é indecente.

Guaixará corrompe os brancos, e Saravais se encarrega de fornecer o vinho e o licor para a embriaguez dos índios:

Eu, para comprar cauim
Dei aos índios, com quem vim,
Pois queriam beber vinho
Tudo, dando a tudo fim.

Para além destes vícios, ainda as epidemias dizimavam os índios, por isso no auto o Anjo pede à Mãe de Deus que não só afaste o demónio, mas também as enfermidades:

Afasta-lhe a enfermidade,
A febre, a disentria,
As corruções, a ansiedade,
Para que a comunidade
Creia em Deus, teu Filho e Guia.

---

5 José de Anchieta, *Informação do Brasil e de suas Capitanias*, São Paulo, Obelisco, 1964, pp. 45-47.

3. *Os melhores aliados no combate.*

A poesia de Anchieta não comunicava e inculcava só a teologia da Graça, do Pecado, dos Sacramentos e dos Novíssimos, também reservava para os mensageiros do Evangelho um lugar especial.

Os missionários cuidavam não só da alma, mas também da paz e da segurança das aldeias. Como o salienta Wilson Martins, citando Jorge de Lima, os jesuítas eram «pagés de roupeta», até porque, tendo aprendido a língua tupi, se podiam inserir profundamente nas comunidades. O mesmo W. Martins, muito justamente, atribui significado especial ao facto de Anchieta, antes de ensinar latim[6], ter composto, em 1549, o primeiro manual de doutrina cristã em tupi. E em tupi eram, em grande parte, as suas composições.

Para maior eficácia de acção, as vindas de administradores e visitadores ou outros missionários eram revestidas de grande solenidade, compondo-se para essas ocasiões poemas para serem recitados, cantados, dramatizados, em cerimónias tanto litúrgicas como profanas, e que se podiam incluir em procissões, danças e representações teatrais.

Esses visitantes, e os jesuítas em geral, apareciam aos olhos dos indígenas como os seus amigos, defensores e aliados na dupla luta contra o demónio e o pecado, e contra os maus colonos e índios corruptos.

Em perspectiva semiótica dos textos, no sistema actancial, eles eram actores, em pé de igualdade com os outros actores: santos e anjos, beneficiando do mesmo estatuto semiótico.

São vários os poemas de saudação a missionários jesuítas: «Ao P.ᵉ Costa», «Ao P.ᵉ Bartolomeu Simões Pereira», Administrador Eclesiástico», «Ao Provincial Marçal Belliarte».

Compostos a modo de vilancicos, deste tipo de composição conservavam não só as rimas mas também as referências aos pastores, «bons pastores» do «seu gado muito querido».

O Padre Costa bem merecia a saudação:

Vinde, grande capitão
Defender vossos soldados,
Pois estamos infestados

---

[6] Wilson Martins, *História da Inteligência Brasileira*, Vol. I, São Paulo, Cultrix, 1964, pp. 29-39.

De nosso inimigo Satã
E de perigos cercados

E que nos há-de fazer
com sua visitação?
Desterrar o lucífer
de nossa povoação.

Do mesmo modo, o Padre Bartolomeu, em duas composições, é credor da gratidão geral, porque ao vir administrar o Crisma que, segundo o *Catecismo*, forma soldados para Cristo, os vem preparar para a luta contra o demónio.

Dize tu, qual é o gado
Que ele vem apascentar?
– O povo deste lugar,
Pelos padres baptizado

   – E que traz para nos dar?
– Um óleo sagrado e bento
Que se chama sacramento
Com que nos há-de crismar,
   Para poder pelejar
   Contra Satanás traidor
   Com ajuda de pastor.

Mas de todos, o mais festivamente recebido é o Padre Marçal Belliarte, saudado na composição que tem o seu nome e citado em outras, com igual entusiasmo. A sua actividade é relevante para despojar os demónios do domínio que exercem. Diz um «Índio»:

Vinde reverenciar vosso Pai
trazei-lhe vossas ofertas

Diz um «Diabo»:

Que Padres ora cá vêm
Meter-se no meu lugar?
Logo se podem tornar
Que nenhum medra tem

Pois tudo está a meu mandar.

Ao que responde o Anjo:

Esta aldeia que aqui está
Dos filhos de Deus é terra
Não ouses fazer-lhe mal,
Nem quero lhe façais dano
Eu sou o guarda dest'aldeia.

É muito provável que este elogio dos adjuvantes no grande Combate tivesse outros destinatários que não só os índios.

Com efeito, grandes eram as dificuldades que os jesuítas enfrentavam na sua missão porque, à rudeza dos índios, se acrescentava alguma inexperiência dos próprios missionários, que facilmente se iludiam sobre a permanência dos bons costumes da evangelização.

Por outro lado, o terem-se expandido em missões dispersas por territórios demasiado extensos e afastados, impedia-os de as assistir convenientemente, acrescendo ainda às dificuldades, as incompreensões que encontravam em relação a métodos pastorais ousados.

Por isso, detractores e críticos não faltavam.

Críticas que provinham de quadrantes variados: do próprio bispo D. Pedro Fernandes (sobre a nudez dos índios, ou as confissões por intérprete), críticas sobre a opção tomada pela Companhia de se conformar com o uso de escravos em trabalhos diversos[7].

Era por isso necessário louvar e enaltecer os obreiros da Companhia nessa ingente tarefa de evangelizar os índios e conter os colonos, contra todas as dificuldades. Utilizando os meios mais eficazes, por maiores que fossem os obstáculos.

Essa foi também a tarefa de Anchieta no púlpito, na catequese, no colégio, no estudo do tupi, na composição de poemas líricos e de peças de teatro, na correspondência epistolar.

E fê-lo como um lutador, com linguagem e escrita de combate.

---

7 Arlindo Rubert, *A Igreja no Brasil*, Vol. I, Santa Maria, Pallotti, 1981.

Veneza, Maio de 1997

Teatro popular abolicionista:
José Agostinho de Macedo, precursor

O teatro de José Agostinho de Macedo tem passado praticamente despercebido dos historiadores da Literatura Portuguesa, arrolado no caudal de peças que desde o século XVII exemplificam a decadência da arte de representar entre nós. Na verdade, à dominante e descaracterizadora influência espanhola desse século veio suceder, no seguinte, a moda italiana, igualmente prejudicial para a genuinidade da nossa cultura. Óperas, «bailes» e melodramas, em especial, imprimem um ritmo de artificialismo e futilidade a uma sociedade de gostos pouco apurados de que o «peralta» era um símbolo. E nem os esforços da Arcádia e da Nova Arcádia foram bem sucedidos na sua correção, por demasiado programados e ao arrepio da evolução social. Era preciso esperar por Garrett e pelo Romantismo para que novo sopro de vida renovasse as letras portuguesas em geral, e o teatro em particular.

No entanto, nem tudo é para desprezar no teatro anterior, até porque a evolução do gosto do público é gradual, e também a ele alguma coisa deve, pois quando Garrett regressou de Inglaterra, perfeitamente imbuído da nova estética e amadurecido por uma experiência humana riquíssima e multiforme, veio encontrar um público já capaz de apreciar uma nova sensibilidade artística.

É entre esses preparadores do gosto romântico, mesmo no teatro, que José Agostinho de Macedo deve ser colocado, pesem embora os seus contraditórios ideais políticos e sociais absolutistas, de um modo geral avessos à filosofia dominante no século das Luzes.

Contam-se em número de dez as peças teatrais do fogoso e truculento escritor: tragédias e dramas de temática histórica (*Branca de Rossi*, *D. Luís de Ataíde*, *Clotilde ou o Triunfo do Amor Materno*), comédias e dramas de forte acento satírico (*A Impostura Castigada*, *O Sebastianismo Desenganado à sua Custa*, *O Vício sem Máscaras ou o Filósofo da Moda*), elogios dramáticos e dramas alegóricos de carácter panegirista para celebrar D. Miguel e dar largas aos seus sentimentos absolutistas (*O Voto*, *Apoteose de Hércules* e *A Volta de Astréa*), além dum drama em um só acto, *O Preto Sensível*, que nos parece ser de salientar dentro de toda a produção teatral do autor, tanto pela sua autenticidade romântica como pela contribuição prestada à cruzada abolicionista que no Brasil dava os primeiros passos, e em Portugal ganhara corpo a partir da década de 40. Aliás, a peça representa mesmo dentro da obra de Macedo o ponto mais avançado da evolução. As anteriores são de teor predominantemente neoclássico, esterilmente alegóricas, convencionais e retóricas nos elogios que prodigalizam, sem encontrarem na evocação histórica qualquer força de vida. Esta, pelo contrário, participa da nova sensibilidade, ainda não bem dominada, a caminho dum equilíbrio e duma estética diferente, em que já não é a razão a dominar, antes as poderosas forças do sentimento e do coração.

A peça *O Preto Sensível* foi publicada postumamente, em 1836 (José Agostinho morrera cinco anos antes) na revista *Minerva*, cuja publicação se iniciara nesse mesmo ano. E na mesma data viu a luz da publicidade em folheto da Tipografia Maigrense, da rua dos Douradores, de Lisboa, e em segunda impressão na Tipografia de João Nunes Esteves, da rua Augusta, da mesma cidade.

Não nos consta tenha sido alguma vez representada nos principais teatros do país, mas foi certamente bastante lida, a avaliar pelas várias edições realizadas e, principalmente, pelo tipo de revista onde foi revelada, muito ao gosto da época em cujo padrão se viria colocar *O Panorama* de Herculano no ano seguinte: divulgação de novidades literárias e de conhecimentos úteis.

Dois aspectos se impõem logo na primeira leitura: ataque frontal ao tráfico esclavagista, e profunda simpatia pelo homem negro.

A reprovação do comércio negreiro é clara, sem ambiguidades, pioneira até, tanto em relação ao nosso país como ao Brasil, onde decorre a acção da peça. Pioneira, em termos de opinião pública, pois esta levaria ainda muito tempo a inverter a direcção do seu sentir, visto não acompanhar o ritmo das novas leis aprovadas num e noutro lado do Atlântico. Leis sem dúvida esclarecidas, embora mais tributárias da coacção inglesa do que de convicções próprias e sólidas. Prova disso é que a tão humanitária lei do regente Padre Feijó, de 1832, ordenando a libertação dos escravos logo ao desembarcarem em território brasileiro e condenando os seus mercadores a reconduzi-los a África, era muito mal cumprida. Tão mal, que a Inglaterra voltou a urgir com o governo brasileiro para medidas mais drásticas, ao ponto de se decidir ela própria, pelo *bill* Aberdeen, em 1845, a equiparar o tráfico à pirataria, e a agir em consequência, patrulhando os mares e perseguindo os negreiros. Só daí por diante os grandes abolicionistas brasileiros fizeram sentir o peso da sua acção humanitária através de leis e acções repressivas eficazes, que iriam culminar na abolição de 1888.

Lenta foi a reacção da opinião pública brasileira, de que, sem dúvida, os escritores são o melhor expoente, como lenta foi também a reacção da opinião pública portuguesa demasiado ocupada com as sequelas das invasões francesas e as lutas fratricidas entre liberais e absolutistas, pois só a partir da década de 40 os governantes verdadeiramente se interessaram em pôr termo a uma tal chaga social. Se o atraso da opinião pública portuguesa é de lamentar, pois graves responsabilidades nos cabiam no nefando comércio, mais de estranhar é ainda a debilidade da opinião pública brasileira, directa e diariamente confrontada com o chocante espectáculo da escravatura.

Na verdade, os poetas só tardiamente começaram a acusar interesse pelo tema. Segundo Reymond Sayers, «as primeiras poucas notas de sentimento emancipalista são ouvidas em Gonçalves Dias, e outros escritores, na década de 1840, repetidas e diversificadas na de 1850, mesmo entre os de cor local, e por 1865 a abolição se torna o tema central da poética brasileira»[1]. Castro Alves seria o seu expoente máximo, mas *Espumas Flutuantes*, o seu primeiro livro publicado, só surgiu em 1870. Quanto aos romancistas, o seu aparecimento é um pouco mais tardio, se considerarmos Pinheiro Guimarães como pioneiro dos antiesclavagistas. No teatro, só praticamente no final da década de 50 é que o problema surgiria com os dramas históricos de José de Alencar e Agrário de Menezes, em termos não propriamente abolicionistas.

É neste contexto histórico-literário que o drama de José Agostinho de Macedo, provindo de uma personalidade tão em evidência, ganha foros de vanguardismo antiesclavagista na poesia e no teatro, pois nesse mesmo ano de 1836 ainda Gonçalves de Magalhães começava a introduzir o Romantismo no Brasil com *Suspiros Poéticos e Saudades*, e tanto ele como Gonçalves Dias se ocupavam demasiado em promover o índio a mito nacional, repetindo o percurso de Las Casas e Vieira no

---

[1] Raymond S. Sayers, *O Negro na Literatura Brasileira*, Rio de Janeiro, O Cruzeiro, 1958, p. 185.

esforço de garantirem para os indígenas ameríndios o que ainda era cedo para conceder aos filhos de África. Como é sabido, no primeiro Romantismo, o negro e o mulato outro lugar não ocupavam na Literatura que não fosse o do tradicional papel de personagens secundárias mais ou menos burlescas e degradadas.

As posições tomadas por José Agostinho podem considerar-se ousadas, tanto em relação aos escritores portugueses como brasileiros, como pode depreender-se do cotejo com o drama em 3 actos *Ódio de Raça* de Gomes de Amorim, também ele ocupando-se da escravidão dos negros brasileiros. A peça de Amorim, representada dezoito anos depois de surgir o drama de Macedo e, portanto, muito próxima dos primeiros acontecimentos abolicionistas, é-lhe, contudo, inferior pela falta de percepção do devir histórico do problema da escravidão, e por se deixar enredar nos velhos preconceitos de cor. Na verdade, deixa abafar a ânsia de liberdade timidamente posta nas falas do negro José pelos jogos violentos do ódio entre brancos, negros e mestiços, já sem verdadeiro significado histórico nessa década de 50. Para além disso, a peça deixa-se apanhar por uma tradição em vias de desaparecimento, repetindo o cliché gasto do branco bom, do negro fiel e do mulato traidor. Em relação ao processo emancipador e a Macedo, é um regresso, involuntário, ao passado.

O entrecho de *O Preto Sensível* é simples e de grande efeito dramático: num bosque do Brasil o negro Catul abraça o filho lamentando que o tivessem arrancado aos braços da mãe, Bunga, vendida a um senhor diferente do seu e, portanto, impedida de se encontrar com o fruto do seu amor. Porém Inácia, portuguesa rica e mãe de Lúcio, visita um dia o engenho de Marçal, senhor de Catul, e aí tem ocasião de constatar os maus tratos de que são objecto os seus escravos. Do facto repreende Marçal, ao mesmo tempo que afirma serem os negros escravos da mesma condição e dignidade humana dos senhores, acabando por resgatar o filho de Catul. Entretanto, acontecera ter resgatado já Bunga, desconhecendo os laços que os uniam. Ignorando as intenções de Inácia e sabendo ser ela quem comprara o filho, Catul jura cruel vingança. A ocasião apresenta-se-lhe propícia para a execução dos seus propósitos quando um dia surpreendeu Inácia adormecida. Aproxima-se na intenção de lhe matar o filho, Lúcio, em vingança compensatória, mas eis que ela acorda. Desfeito o equívoco, em diálogo emocionante, também Catul acaba por ser resgatado. No final, em *happy-end* tipicamente romântico, toda a família, antes escrava e dispersa e agora unida e livre, se reencontra para felicidade duradoura. E tão feliz que se apresta para viagem a Portugal como gesto de gratidão para com a pátria de Inácia, vendo em Portugal a pátria da liberdade.

Neste drama de Agostinho de Macedo, a condenação do tráfico é clara e frontal, apontando-o como contraditório da fé cristã e das luzes racionalistas do século, que, diga-se de passagem, Macedo não apreciava especialmente:

> Será possível que da luz os raios,
> Dessa luz imortal, que eles conhecem
> Ferozes Europeus, não ponha um freio
> Ao revoltoso tráfico que insulta
> Essas divinas máximas que ensinam?
> Seu bárbaro furor, seu despotismo
> Nos faz servir à sórdida cobiça,
> Quais servem brutos sem razão, sem luzes! (Cena 1.ª)

> E quem tão feio tráfico autoriza,
> Que desta arte insulteis o Céu e a Terra? (Cena 2.ª)

> Ao contínuo trabalho afeito o corpo,
> Ao peso imenso muitas vezes, cede:
> A natureza cede, e nunca é farta
> Dos feros europeus cobiça horrenda! (Cena 5.ª)

Ao mesmo tempo, a reivindicação da liberdade é feita com argumentos tirados do direito natural que faz iguais brancos e negros. É por isso que Inácia, a personagem que encarna a justiça e a compaixão tipicamente românticas, afirmará dirigindo-se ao escravo negro Catul:

> O homem não tem preço, e me horrorizo
> Que a vil cobiça, determine o preço
> Da humana Criatura... Será livre, (Cena 4.ª)

Complementar da condenação da escravatura é a culpabilização global dos Europeus aqui realizada em aspecto inteiramente original: o de, simultaneamente, ser acompanhada da desculpabilização dos

Portugueses, apesar de grandes responsáveis no tráfico negreiro para o Brasil. Na óptica de Macedo, os «ferozes europeus» são os verdadeiros culpados do «revoltoso tráfico que insulta», e a eles se deve a transformação do negro em «só ludíbrio às Nações cultas».

Contrastando com a condenação das nações europeias feita por Catul («Nenhum branco é capaz de ser sensível»), Portugal aparece ao dramaturgo como terra de «almas sensíveis». Branca e portuguesa é Inácia que resgata um por um todos os membros daquela família negra, e para Portugal virão para serem plenamente livres e felizes:

> Que nos leveis a Portugal...
> Ditosa Terra que é pátria das sensíveis almas!
> Quem escravo lá for é livre, é grande;
> Não pode escravo ser de estranhas gentes
> Quem preza a Natureza, e quem respeita
> No ser humano a liberdade, a vida;
> E o Tejo, que produz almas tão grandes,
> Correrá sempre ao Mar livre, e seguro.
> (Cena 11.ª)

E como se semelhante exaltação da pátria lusíada ainda fosse insuficiente, o autor, passando uma esponja absurdamente indulgente sobre as suas graves responsabilidades na escravização dos negros, vai ao ponto de reforçar a ideia, colocando na boca do alforriado Catul esta aclamação final:

> Apaga Portugal da Europa as manchas,
> Do crime cometido a Europa absolve,
> Em seus ferros serei livre, e tranquilo
> (ibidem)

É desmesurada aqui a generosidade do truculento Macedo ao absolver tão facilmente Portugal das suas culpas, mas desconte-se-lhe, ao menos, na desmedida, o desejo de recrutar para a cruzada abolicionista uma opinião pública mais sensível à lisonja que à autocrítica. E talvez que existisse ainda em tal posição o desejo inconsciente de uma absolvição dupla, tanto para Portugal como para ele, José Agostinho de Macedo, que nem sempre viu com esta simpatia negros e mulatos. Pelo menos um deles, o seu confrade de religião e Arcádia, Domingos Gonçalves Barbosa, a quem zurziu impiedosamente na alegre companhia de Bocage.

Concomitantemente com a condenação do tráfico e a reivindicação para o negro da dignidade humana, o dramaturgo recorre a outro tipo de argumento que no Romantismo, então a despontar, possuía junto do público notável força persuasiva: ele era um «sensível», alguém capaz de sentimentos nobres, onde habitava a grandeza de alma.

Logo a começar pelo título, «O Preto Sensível». Se recorrermos aos dicionários do tempo, especialmente ao de Morais, inteiramo-nos logo do alcance da qualificação: sensível é aquele que tem a faculdade ou facilidade de experimentar impressões morais; que se comove facilmente, compadecido, compassivo, humanitário, humano, propenso a participar nas dores alheias. Sensível e sensibilidade foram ideias e sentimentos-chave na época romântica, criadores de um novo critério de verdade e de uma nova voluptuosidade, de que a ambivalência das lágrimas era a melhor expressão.

«Sensível» se define Inácia ao encarnar a dignidade e a justiça: «Sou sensível, não posso ver desgraças; / Este socorro a natureza o pede»; «Eu sou sensível, / E julgo minha uma desgraça alheia». Do mesmo modo se define Catul: «Sou escravo, assim é; mas sou sensível». E o mesmo se diz de Portugal, «terra que é pátria das sensíveis almas!». Sensível também é o teor da felicidade finalmente alcançada pelos escravos: «E pois sensível foste entre os teus ferros, / Vem sensível gozar da esposa e filho.»

É, pois, dentro dos parâmetros românticos da sensibilidade, dos sentimentos intensos e da reacção fácil e lacrimosa às situações e pessoas que se organizam as formas de persuadir, especialmente no que toca às qualificações: «mísero negro», «fatal dia», «miserável prisioneiro escravo», «vis escravos», «infeliz criatura», «miseráveis infelizes negros», «infeliz mulher de um desgraçado»... A atmosfera é pesada de emoção e os lances da acção podem ser simplificados em favor de uma retórica «teatral» e grandiloquente, como era do agrado das plateias do tempo.

Quanto ao drama em si mesmo, o texto releva de um equilíbrio apreciável na composição das partes, que não o deixa derramar-se excessivamente. A começar pela sóbria evocação do cenário tropical, feita pela personagem mais importante. Não força demasiado a nota exótica, apenas se limita ao enquadramento obrigatório da moda das «scènes de la nature sur les tropiques», como gostava Ferdinand Denis, interpretando o sentir comum. Ambiência de cores tropicais carregadas de preságios:

Já pouco dista a luz serena, e bela
Do Clima Americano, e a roxa Aurora,
Que os lírios traz nas mãos, nas faces rosas,
De purpúreos listões já cobre os ares,
E em nuvem de ouro fulgurante, e vivo
Já pouco tarda o Sol... Doce esperança,
Doce conforto da existência minha.   (Cena 1.ª)

Proporcionado também o modo como progride a acção, segundo uma estratégia que a faz partir duma situação parada de lamentações de um escravo infeliz, em ritmo uniformemente acelerado, não só pela catalisação de sentimentos vários, como pelas intervenções das restantes personagens, até atingir um clímax de medo intenso e de piedade, na cena 10.ª, em que Catul vai matar o filho de Inácia. A gradação dos sentimentos é adequada, salvo na cena 2.ª, onde o ritmo parece demasiado acelerado. O desfecho é feliz, pois o autor conseguiu dominar a expectativa do público e levá-lo consigo na reviravolta que depois se operou na acção e sentimentos, colocando nas atitudes e, sobretudo, linguagem das personagens, o que é típico de uma situação de *pathos*: o falar entrecortado e hesitante.

Um outro aspecto digno de nota na peça é ainda a proposta de um novo modo de olhar a terra brasileira, através de réplica de Inácia (cujas ideias o autor perfilha) a Marçal – símbolos de duas visões opostas do Brasil.

Quando Inácia visita o engenho de açúcar, Marçal exalta as delícias europeias que ali nos trópicos se podem obter com o trabalho escravo: «Vinde a vosso sabor, vede este Engenho, / Vede o imenso trabalho com que busca / As delícias da Europa o Mundo inteiro». Para ele nem aquela paisagem, nem aquela vida têm individualidade própria, tudo se organiza em função de uma outra terra e de uma outra gente, e delas recebe sentido. Mas para Inácia não é assim. Para ela, o Brasil tem valores próprios, é a nova terra da promissão que acoita os foragidos europeus expulsos por guerras e lutas sanguinárias e onde pode despontar uma nova idade de oiro. Por isso quer ver o fim da escravatura, e nem por regressar a Portugal, sua pátria, tem menos admiração pelos valores que ali deixa:

Antes que entregue ao mar, e entregue ao vento
A vida num Baixel, e a Europa busque,
Inda uma vez me apraz ver estes prados
Em que rica se ostenta a Natureza;
Ver estas solidões, onde o silêncio,
Onde o sossego habita, e onde não chega
O pavoroso estrépido da guerra
Que a desgraçada Europa inunda em sangue.
Felizes os mortais se o Campo apenas
Seu domicílio, sua herança fosse,
E outro exercício ao ferro nunca dessem
Mais que fender a terra! Este retiro
O quadro vejo ser da idade de oiro!... (Cena 4.ª)

A visão de Inácia está na melhor tradição portuguesa de Herculano, Garrett e Mendes Leal, ao encorajarem os Brasileiros a orgulharem-se e enaltecerem os seus valores nativos, em vez de imitarem servilmente os europeus. A de Marçal está na linha que viria a ser de uma das principais personagens do romance *Canaan* de Graça Aranha, Lentz, advogando que o Brasil fosse simples continuidade da Europa (do racismo alemão), sua versão tropical. Adoptando o ponto de vista de Inácia e repelindo o de Marçal, José Agostinho de Macedo (talvez esquecido dos seus ideais absolutistas) revela-se inovador e moderno, embora o desfecho da acção da peça ainda não seja perfeito por lhe faltar a ousadia de fazer dos negros e mestiços a hipótese do futuro do Brasil. Mas os tempos não eram para isso, visto que antes de valorizar os negros em si mesmos, independentemente de quaisquer ideologias de suporte, era etapa necessária dignificá-los em função de ideais como o humanitarista da abolição, então a ganhar foros de sagrado. Só depois lá se chegaria, no período modernista da literatura.

Aliás, esta ousadia romântica de Macedo ainda acusa muito a herança neoclássica, como é facilmente visível não só na evocação do mito clássico da idade de ouro, como na própria tradução do verso virgiliano do segundo livro das *Geórgicas*: «O fortunatos nimium, sua si bona norint, agricolas!» transposto livremente em «Felizes os mortais se o Campo apenas / Seu domicílio, sua herança fosse». Vida rural idealizada na visão pacífica e pacifista das espadas convertidas em arados, sob o patrocínio tanto dos clássicos latinos como da própria Bíblia.

Por tudo isto, a peça de José Agostinho de Macedo *O Preto Sensível* merece ser distinguida de entre a vasta produção do teatro popular de cordel, por ultrapassá-la na forma poética, no equilíbrio da sua estrutura e, sobretudo, no pioneirismo abolicionista, mesmo relativamente aos escritores brasileiros.

Revista Lusitana, nova série, n.º 2, Lisboa, 1981.

A luta de libertação da Bahia em 1625
e a batalha dos seus textos narrativos e épicos

A conquista da Bahia pelos Holandeses em 1624 marcou um momento importante na história do expansionismo mercantil e político holandês e inglês, do declínio do poderio espanhol na Europa e nas Américas, além de acentuar a decadência portuguesa e a sua vontade de recuperação.

Não correm favoráveis os tempos e os ventos para os Espanhóis.

O fracasso da «Invencível Armada», mandada por Filipe II contra os Ingleses, tinha encorajado a ousadia dos Flamengos. Já não se contentavam com fustigações e assaltos como os de Drake e Hawkins aos navios provenientes da América carregados de preciosidades e que demandavam os portos da Península. Alargaram a sua capacidade de ataque e de ambições logo que conquistaram a autonomia de algumas províncias, nos últimos anos de Quinhentos, e ainda antes da libertação completa dos Espanhóis.

Encorajados pelo sucesso resultante da criação da Companhia das Índias Orientais, em 1602, resolveram organizar outra estrutura de grande comércio e expansão, a Companhia das Índias Ocidentais em 1621, com esfera de acção em África e nos territórios que iam da Terra Nova até ao estreito de Anian, no Pacífico[1].

E foi dentro desta estratégia que vinte e três navios e três iates, comandados pelo almirante Jacob Willemensens, num total de 1600 marinheiros, mais preparados para a conquista e saque do que para ocupação permanente, atacaram a Bahia.

Avistaram-na em 4 de Maio de 1624, no dia seguinte iniciaram os ataques, e logo durante a noite começou a debandada dos vencidos, ficando apenas o governador e alguns fiéis.

A reacção em Portugal e Espanha foi muito viva, e em 1 de Abril de 1625, Domingo de Páscoa, uma esquadra luso-espanhola, comandada por D. Fadrique de Toledo, entrou na Bahia sem ser esperada.

Exigiam a reconquista, a defesa da fé e do império do Brasil, a de-

---

1 J. Capistrano de Abreu, *Capítulos da História Colonial*, 4.ª ed. revista Rio de Janeiro, Briguet, 1954. J. Veríssimo Serrão, *História de Portugal*, Vol. IV, Lisboa, Verbo, 1979, pp. 98-101.

fesa dos lucros do «trato da Bahia» e a salvaguarda das ricas colónias espanholas do México e do Peru, em especial, que ficaram muito ameaçadas.

As tropas comandadas por D. Fadrique de Toledo desembarcaram em Santo António, tomando logo posições em São Bento, Palmeiras, no Carmo e morros próximos, tendo os combates começado em 2 de Abril. A 1 de Maio a cidade era reconquistada, tornando-se inútil a armada de socorro, composta por 34 naus enviadas por Holanda.

Em 25 de Julho, dia do apóstolo São Tiago, Lisboa recebeu a notícia da libertação, e grande foi o regozijo tanto em Portugal como em Espanha. Tão grande que deu origem a inúmeras publicações celebrando o acontecimento, em contraste com a sobriedade de relatos sobre outras vitórias que não despertaram semelhante exuberância laudatória e narrativa.

A este acontecimento se referiram, por exemplo, para além dos historiadores de profissão: D. Manuel de Menezes, que comandava os navios portugueses na batalha, no manuscrito *Recuperação da Cidade do Salvador*, que se conserva na biblioteca da Real Academia de Historia, de Madrid; Lope de Vega no *El Brasil Restituido*, de 1525; o P.e Bartolomeu Guerreiro em *Jornada dos Vassalos da Coroa de Portugal, pera se recuperar a cidade de Salvador, na Bahia de todos os Santos, tomada pollos Olandezes, a oito de Mayo de 1624, e recuperada ao primeiro de Mayo de 1625*; Juan de Medeiros Correia, *Relação Verdadeira de todo o sucedido na restauração da Bahia de Todos os Santos*, Lisboa, 1625; Juan António Correa, *La Pérdida y Restauración de la Bahia de Todos los Santos*, 1625; Tomás Tamayo de Vargas, *Restauración de la Ciudad del Salvador I Bahia de Todos - Santos en la Província del Brasil. Por las armas de D. Felipe IV*, Madrid, viuda de Alonso Martins, 1628; Jacinto de Aguilar e Prado, *Escrito histórico de la insigne y baliente lornada del Brasil, que se hizo en España el año 1625*; Juan de Valencia y Guzmán, *Compendio Historial de la Jornada del Brasil y Sucesos della, donde se da cuenta de como gano el rebelde holandés la ciudad del Salvador y Bahia de Todos Santos, y de su restauración por las armas de España, cuyo general que D. Fadrique de Toledo Osorio, Marqués de Villameva de Valdueza, capitan general de la Real armada de el mar Océano y de la gente de guerra de el reino de Portugal en el año de 1625*; P.e António Vieira, *Carta Ânua de 1626*; Johann Gregor Aldenburgk, *Relação da Conquista e Perda da Cidade de Salvador pelos Holandeses*, 1627; João Franco Barreto, *Relação da Viagem que a armada de*

Portugal fez à Bahía de Todos os Santos, e da restauração da cidade de S. Salvador ocupada pelas armas Olandezas, de 1624; Gaspar von Barleus, *Rerum per Octennium in Brasilia et alibi nuper certarum sub Praefectura Illustrissimi Comittis J. Mauritti Nassoviae*, 1647; Duarte de Albuquerque Coelho, *Memórias Diárias da Guerra do Brasil*, 1654.

Pela própria ordem natural das coisas, são diversos os pontos de vista defendidos nos textos que narram a perda/restauração e a reconquista/perda da Bahia, em função da nacionalidade dos seus autores e tipo de profissão-formação, deixando transparecer os ideais e objectivos que os norteavam nessa leitura.

1. *O ponto de vista castelhano: boas novas para a conservação das conquistas.*

Começando pelo texto mais antigo e mais prestigiado, *El Brasil Restituido*, de Lope de Vega, o tom é de grande satisfação, compensatória de muitas más notícias anteriores.

Lope assinou-o em 23 de Outubro de 1625, dando-lhe a forma de uma comédia em que personagens históricas se misturam a personificações alegóricas, segundo o costume da época: O Brasil, a Fama, a Monarquia de Espanha, a Religião Católica, a Heresia. Personificações estas que funcionam como verdadeiros actantes, subsumindo as outras personagens como suas variantes ideológicas e estilísticas.

O tónus triunfal é patente na evocação das batalhas e façanhas, e na grandiosidade institucional e mítica das personificações, insinuando que as vulgares acções humanas positivas ou negativas só aparentemente o são, porque entidades superiores intocáveis e sagradas as assumem e transfiguram.

O clima é de festa, a representação é majestática, o contentamento assenta na fundada esperança de que, daquele episódio em diante, a sorte que a fama auspicia não vai faltar, sendo já tempo que voltasse a bafejar favoravelmente as coroas ibéricas.

É que não eram boas as novas anteriores referentes ao mesmo inimigo holandês na sua expansão comercial e política, atrás referida, e parecia ser de bom augúrio esse seu desastre na Bahia, capaz de conter a *hybris* expansionista dos hereges calvinistas.

Mas as esperanças de então não iriam ser confirmadas, pois Lope viveria o suficiente (morreu em 1635), para assistir ao progressivo declínio do império, patente em episódios como o do aprisionamento da armada espanhola, carregada de imensas riquezas, por Pieter Heyn em 1628, junto a Cuba, novos ataques ao Brasil e, sobretudo, a ocupação do Pernambuco durante cerca de 30 anos agravados pelo brilhante e eficaz governo de Maurício de Nassau.

O êxito da reconquista da Bahia justificava bem o enaltecimento de Lope de Vega, e a comédia exalta o valor tanto de espanhóis como de portugueses, colocando-os em pé de igualdade («Notable es la arrogancia portuguesa! / Terrible la soberbia castellana»).

Pode até falar-se, como o fez Viqueira Barreiro[2], em «lusitanismo de Lope de Vega», pois é patente a simpatia pelos Portugueses no engrandecimento tanto dos chefes como dos soldados, e na enumeração das suas qualidades de valentia e nobreza, dentro do contexto da unidade das duas monarquias ibéricas reunidas sob a coroa de Filipe IV.

Esta outra ideia da união e comunhão de interesses, dando, aliás, tradução afectiva e artística, à política de Olivares de «unión de armas», não podia deixar de pretender um maior envolvimento de Portugal no esforço bélico de Espanha, o que era subtilmente encarado com reserva pelos Portugueses, como o irão demonstrar, doutra forma, pela ruptura de 1640.

A personagem modelo que encarna esse projecto e é objecto de tratamento especial simbólico, é o soldado Machado que a si próprio se apresenta, orgulhoso das suas origens mistas:

Fue mi padre castellano,
y mi madre portuguesa,

No soy de linaje obscuro;
que, Machado y portugués,
soy hidalgo, como lo es
melón bueno y no maduro[3].

---

[2] José Maria Viqueira Barreiro, *El Lusitanismo de Lope de Vega e su Comédia «El Brasil Restituido»*, Coimbra, Coimbra Editora, 1950.

[3] As citações de *El Brasil Restituido* são feitas da edição das *Obras de Lope de Vega*, da Biblioteca de Autores Españoles, tomo CCXXXIII, Madrid, Atlas, 1970.

A libertação da Bahia na narrativa e na épica

Tão nobres origens e tanta valentia guerreira iriam ser recompensadas pelo poeta, concedendo-lhe os amores da bela hebreia Guiomar, desiludida com a cobardia do hereje holandês Leonardo e desvanecida com a sua coragem.

E é sobretudo pela boca deste soldado modelo que as proclamações de fé, feitas pela figura alegórica «Brasil», ao longo da 2.ª jornada da peça, são concretizadas em braço armado. Machado orgulha-se também da sua fé, sobretudo quando afirmada contra a heresia.

Tendo-lhe um holandês chamado «papista», afirma com algum humor o seu orgulho:

> Pero, pára qué me ofendo
> de um nombre de tanto honor?
> Pues sepan los majaderos
> que me honro de ser papista
> y que son vinistas ellos.
> Pruébolo: si se deriva
> del Papa, cuyos pies beso,
> mi nombre, el infame suyo,
> de Calvino y de Lutero.
> Vinistas no solo son
> por el vino, que añadiendo
> tres letras, son calvinistas,
>
> (Jornada segunda)

Pela boca de Brasil, figurado por uma índia com uma roda de plumas e flecha dourada, se diz que aquelas terras arrancadas à idolatria e passadas à salvação estão novamente a ser arrastadas pelos Holandeses «por medio de unos barbaros hebreos para o erro e a apostasia, de que as livrou "Felipe hispano"».

A reconquista da Bahia em «virtuosa emulação» toma assim a mais alta justificação e dignidade, porque é a luta pela fé ortodoxa, incutindo-se ao mesmo tempo a ideia de que Filipe IV desempenhou um papel providencial e redentor, e de que é também do interesse português a dupla luta contra o hereje holandês e contra os bárbaros hebreus.

Anti-semitismo, aliás, um tanto forçado, porque ao tempo esse tipo de oposição aos judeus estaria quase só confinada ao burlesco do teatro[4]. Para o justificar, Lope fez avultar alguns factos que atribuíam

---

4 José Maria Viqueira Barreiro, *ibidem*, p. 239.

a judeus conversos em Salvador, manobras conspirativas, pois eles estavam em contacto com os Holandeses, passando-lhes informações que facilitaram a invasão, esperando que a vitória dos Flamengos os livrasse dos zelos da Inquisição que não deixava de os incomodar.

Com isto Lope servia a política de Olivares, procurando motivar os Portugueses para a sua causa, identificando os Flamengos com a heresia e os delitos judaicos com as medidas de expulsão e perseguição de que os judeus foram objecto pelos Reis Católicos, desde 1492.

Segundo Lope de Vega, a libertação da Bahia foi a libertação de um pesadelo que ameaçava a fé católica e aumentava as razões de solidariedade política e económica luso-espanhola.

O *Compendio Historial de la Jornada del Brasil*[5], de Juan de Valencia y Guzmán, de 1625 também, não se notabiliza pela forma, mas pelo contributo documental que presta para esclarecer os acontecimentos.

Descreve as lutas de maneira minuciosa, pois o autor foi testemunha presencial de tudo, com grande abundância de dados.

Tem mesmo algumas pretensões de fazer crónica, segundo o estilo das obras de achamento de novas terras, pois é pela descrição da terra que começa, suas belezas e riquezas, descrição dos índios e seus costumes, sem omitir as práticas de antropofagia.

Como Lope, fala da desorganização e corrupção do inimigo, talvez mais para desacreditar os herejes do que para explicar o seu fracasso.

Relata, assim, como os Holandeses, depois da vitória, se entregaram a toda a espécie de excessos, à ociosidade e ao vício, tendo-se a incompetência e a desordem generalizado ao ponto de os soldados amotinados deporem o governador Guilherme Oustens.

Diferentemente de Lope, favorável aos lusos, é pouco indulgente na interpretação da fuga dos portugueses logo que chegaram os invasores, julgando severamente os seus capitães porque «no se atrebieron a defenderles la tierra y asi sin pelear poco ni mucho ni ber la cara al enemigo se retiraron y le dexaron el passo libre con tanta cobardia quanto dejo aqui de dezir por no pareçer posible mi creedero tal hìciese naçion tan belicossa como es ya sído siempre la portuguessa» (caps. III e IV).

Integrando na perspectiva espanhola do entendimento da guerra, julgamos dever situar-se também a peça teatral do português Juan An-

---

5 Juan de Valencia y Guzmán, *Compendio Historial de la Jornada del Brasil*, Recife, Pool, 1984.

tónio Correa, *Pérdida, y Restauración de la Bahia de Todos los Santos*[6], que a escreveu em castelhano, em 1670.

Segundo Barbosa Machado, João António Correa nasceu em Lisboa, mas viveu em Castela, onde compôs muitas comédias que eram representadas nos teatros de Madrid, com geral agrado.

Escreveu em espanhol, pois a prática do bilinguismo era corrente na época (desde o século XV ao XVIII), até porque vivendo em Espanha e escrevendo para público espanhol, não seria muito natural que escrevesse em português. Os seus pontos de vista, até por isso, eram, naturalmente, os do seu público.

A comédia *Pérdida, y Restauración de la Bahia de Todos Los Santos* não se notabiliza pela urdidura ou efeitos dramáticos especiais, mas pela mensagem político-ideológica que serve, e pela forma de imitar Lope de Vega no *El Brasil Restituido*.

Com efeito, a narrativa dramatizada dos acontecimentos é contrapontada pelas histórias dos amores, como em Lope, do general e dos soldados holandeses Rugero e Rigepe que pretendem os favores de duas mulheres portuguesas.

E tanto dessas histórias amorosas, como da celebração dos sucessos bélicos, emergem os mesmos pontos de vista favoráveis à «unión de armas», à igual valentia dos combatentes portugueses e espanhóis, à desqualificação dos hereges inimigos da fé católica.

A simpatia e opção da «unión de armas» é permanente, pois os louvores pela vitória se repartem mais ou menos igualmente por lusitanos e castelhanos.

Na jornada segunda, D. Fadrique de Toledo, o general comandante chefe espanhol, exclama:

> Ea, famosos Lusitanos
> Ea
> Valientes, Castellanos, trabajemos,
> que eternos en la fama nos hazemos

E o mesmo pensa e diz, em àparte ao seu general, um soldado holandês:

---

6 Juan António Correa, *Pérdida, y Restauración de la Bahia de Todos los Santos*, in *Uma Peça Desconhecida sobre Holandeses na Bahia*, ed. de J. Carlos, Lisboa, MEC, 1996.

Con dos mil hombres pretendes
resistír los Portugueses?
que mal su valor entiendes,

un Don Manuel de Meneses
qual sabes, General es
de los bravos Portugueses,
y él por si tan Portugues,
como saben los ingleses.

Don Fadrique de Toledo
es el otro General,
de quien Marte tiene miedo.

A mensagem política da igualdade e união não deixa, contudo, de, subliminarmente, lembrar a primazia de Espanha, porque Filipe II e a Espanha eram as referências últimas.

Com efeito, a peça inicia-se com um *incipit* significativo: por entre o rufar dos tambores e a vozearia da batalha irrompe um «viva España», a que se contrapõe um «Olanda viva», como que a dar o mote de que esses são os verdadeiros contendores.

E, na mesma ordem de ideias termina, pois o clímax das histórias amorosas foi deslocado para os diálogos finais da peça, para fazer uma revelação que, antes entrevista, é agora espectacularmente anunciada: Rugero, o soldado holandês que já antes se tinha declarado cristão e não hereje, herói terno e amoroso apaixonado por uma mulher portuguesa que lhe corresponde (em contraste com o seu colega holandês herético e antipático, Rigepe), declara solenemente a D. Fadrique e ao público suspenso: «Yo soy, Señor, Español.»

Conta então a história de seu pai que foi para Inglaterra e lá casou com uma inglesa, acrescentando que veio para aquela guerra «forçado del miedo», que sempre esteve desgostoso com as profanações que o seu exército fazia, etc.

Tudo termina no apoteótico e simbólico *happy-end* do casamento desse espanhol reconvertido à fé e à causa luso-espanhola, com uma portuguesa, tendo-se D. Fadrique de Toledo oferecido para padrinho da boda, declarado restaurada a Bahia e concedido, a quem o mereceu, o prémio e o perdão.

Casamento este carregado de simbolismo, porque, sabendo-se qual o papel desempenhado na sociedade pelo homem e pela mulher, no século XVII, sobre quem é quem, fácil é tirar a conclusão sobre quem mandava efectivamente, se o homem (Espanha) se a mulher (Portugal). Aliás, mais explicitamente, a Fama se encarregou na última jornada da peça de o dizer, lembrando o papel de Filipe IV:

> El Reyno de Portugal
> no se descuyda, que causas
> de su Rey, son propias suyas.

Em toda esta glorificação da primazia de Espanha e da unidade dos povos ibéricos, raros são os sinais de relevância lusitana efectiva. Talvez o mais visível, sob o ponto de vista da identidade própria, seja a da invocação que o Bispo faz de Santo António, exortando os portugueses à luta no dia de «nuestro Portugues António Santo.»

Ainda de assinalar nesta peça, como na de Lope, não só a divisão e corrupção dos holandeses e seus mercenários mas, sobretudo, a sua condição de heréticos «cães luteranos» e de profanadores, em contraste com o papel desempenhado por Filipe IV e seus representantes, campeões da fé ortodoxa.

Naturalmente que as falas deste último tipo aparecem especialmente na boca do Bispo e na de Rugero, espanhol, no final.

2. *Um ponto de vista holandês: a verdade na boca dos mercenários?*

O texto de Johann Georg Aldenburgk, impresso em 1627 em Coburgo, *Relação da Conquista e Perda da Cidade do Salvador pelos Holandeses em 1624-1625*, na tradução de Alfredo de Carvalho completada e revista por Agrippino Martins, apresenta sobre a guerra e os pressupostos que a envolvem uma perspectiva completamente nova em relação à patenteada nos textos de Lope e Correa.

Relatando os acontecimentos do ponto de vista de um mercenário alemão ao serviço dos holandeses, cuja fidelidade é balizada pelos termos do contrato de recrutamento e pelos regulamentos militares, Aldenburgk está menos condicionado para referir os lances em toda a sua crueza de verdade e crueldade de procedimentos.

O seu ponto de vista é já aquele que Paul Hazard, no seu estudo sobre as grandes mudanças da sociedade europeia, identificava como o de uma sociedade de direitos em ruptura com o da sociedade de deveres, que era a anterior, e se iria consumar no século XVIII.

Em oposição ao ideal do «discreto» proposto por Baltasar Gracián no *El Heroe* e no *El Discreto* (em Lope e Correa, explícita ou implicitamente, o adjectivo *discreto* aparece com esse sentido), o seu tipo ideal é o do «mercador» ou aventureiro, descrito por Hazard.

O *ideal*[7] do homem que Aldenburgk protagoniza, inconscientemente, é, portanto, o do homem moderno, civil, não solidário com os grandes objectivos políticos ou religiosos que fizeram os séculos anteriores, e voltado para a defesa dos seus interesses pessoais.

A característica dominante do seu texto é a de juntar a uma grande agilidade narrativa (mistura da primeira com a terceira pessoa, citação de provérbios populares, bordões latinos de linguagem, jogos de palavras, humor risonho ou negro, etc.) uma não menor flexibilidade de sentimentos, desde o sentir cristão da vida até à cupidez do lucro ou à independência não solidária do «salve-se quem puder», e à disponibilidade permanente para entrar em outras aventuras.

Por isso, entendemos que a sua descrição da terra brasileira e o relato dos acontecimentos bélicos se aproximam mais da verdade das armas do que os traçados pelos panegiristas ou simples patriotas.

A descrição da terra, enquadrada na tradição dominante de todas as relações que pintam o novo mundo como um Éden de fartura e riqueza, tem o realismo do predador ao serviço de predadores.

Relata, intempestivamente, logo no prefácio, e dispensando quaisquer outras considerações que aí são habituais, a beleza e riqueza da terra, a começar pelas «frutas que crescem na Terra do Brasil, como as nozes de côco que são do tamanho de uma cabeça», continuando a mencionar a noz de cassa, o tabaco, o açúcar, o gengibre, a pimenta, as cabaças, o aloés, o algodão etc., e prosseguindo essa matéria no primeiro capítulo, de maneira mais demorada.

Ainda no prefácio, e talvez para explicar o porquê desse e doutros inventários de riquezas, esclarece que, quando na narrativa empregar o pronome *nós*, tal não se deve a um hipotético plural majestático, mas à identificação de um sujeito colectivo, pois se identifica com os seus patrões: «as palavras nós, nos, nosso e outras, o leitor benévolo

---

7 Paul Hazard, *La Crise de la Conscience Européenne*, Paris, Fayard, 1961, p. 130.

não as deve restringir somente à minha apoucada pessoa mas sempre foram usadas de referência ou a toda a armada da Companhia Neerlandesa das Índias Ocidentais, ou a uma parte dela, da qual fui membro, como obviamente se compreende do que precede e do que se segue».

Esclarecido tudo isto no prefácio, já o autor se pode alongar em considerações que relevam sempre da mesma óptica mercantil e mercenária, nos sentidos mais positivos das palavras.

O relato de Aldenburgk assemelha-se muito ao diário de um aventureiro a soldo, registando todos os acontecimentos que na sucessão das jornadas iam ocorrendo. Nele, a referência aos combates e heróis tem quase a mesma importância que o contar de outros episódios a eles alheios, ou de problemas pessoais seus, ou das canseiras por que passou para continuar a sua carreira de mercenário.

Assim, acrescenta à narrativa bélica a das andanças a que se entregou logo após a libertação, para entrar ao serviço de outros príncipes e senhores na Inglaterra, na Holanda e na Alemanha, pois a Guerra dos Trinta Anos, conflito político e religioso que de 1618 a 1648 devastou a Europa, baseada nas lutas entre católicos e protestantes, oferecia inúmeras possibilidades de contratação. E difíceis foram as suas diligências na própria Holanda que, finalmente, depois de uma tentativa de recurso a Maurício de Nassau, entretanto falecido, lhe concedeu, através do Fiscal Geral, e após interrogatório, «um atestado de exame, juntamente com uma coroa dinamarquesa, para Amsterdam». A recompensa que, provisoriamente, a Casa das Índias Ocidentais lhe deu foi a de um mês de salário, com a proibição de alguém o ajudar até conclusão de um inquérito sobre a sua actuação. «Com aquela insignificância», e «como todos os nossos coronéis, capitães, mestres, altos negociantes, caixeiros, que haviam assentido no acordo estavam presos, nós a quem não se podia, em virtude do exame, imputar nenhuma culpa, preparámos um inquérito ao Príncipe Henrique de Nassau, bem como aos senhores dos Estados, a propósito dos salários, ao qual tivemos deferimento favorável». Por isso exibe no fim do seu livro um certificado de bom comportamento militar, passado pelo notário público Simon Keyserlijcken em 18 de Novembro de 1625, que o declara «isento de culpa, após julgamento em Haia».

Estava assim disponível para o serviço de outras causas. A *Relação* esclarece, pois, de modo mais independente que outros textos, os móbeis que levaram os holandeses à conquista da Bahia e que se resumem, fundamentalmente, aos de explorar as suas riquezas, primeiro pelo saque e despojos de guerra, depois pelo encaminhamento para as provinciais flamengas do açúcar, tabaco, pedras e metais preciosos.

Aldenburgk anota, por exemplo, logo após o desembarque, que lhes foi servido «excelente vinho doce, e, no respectivo convento, as mesas eram postas com baixela de prata e deliciosos confeitos [...]. Na mencionada cidade de São Salvador, não encontrámos outra gente senão negros, mas grandes riquezas em pedras, pedras preciosas, prata, ouro, âmbar, muscada, bálsamo, veludo, sedas, tecidos de ouro e prata, cordovão, açúcar, conservas, especiarias, fumo, vinho de Espanha e de Portugal, vinho das Canárias, vinho tinto de Palma, excelentes cordiais, frutas e bebidas com o que muito nos maravilhámos, e alguns soldados denominaram a terra de "batávica"; não tardou em começar o jogo *à vous, à moi*, dividindo-se o ouro e a prata em chapéus e havendo quem arriscasse numa carta trezentos e quatrocentos florins»[8].

Do mesmo modo são relatados outros casos de sangue e tomada de despojos de guerra, como procedimento habitual nestes casos.

Assim, logo após a conquista da cidade foram enviados para a Holanda, juntamente com os prisioneiros de guerra mais ilustres, quatro navios mercantes «carregados de veludos, sedas, açúcar, fumo, vinhos generosos, ouro e prata [...] para serem entregues aos directores da Companhia das Índias Ocidentais».

Conta ainda como se procedeu em todo o exército ocupante ao recrutamento de um em cada dez homens para uma expedição à costa de Angola para «conquistar as minas de ouro ali existentes»; e que os holandeses, à aproximação da Bahia de um navio espanhol, se lançaram à abordagem, tendo feito prisioneiro um vice-rei que governara o Chile e o Peru, «proporcionando-nos assim uma magnífica presa, visto como o dito navio estava carregado de pedras preciosas, grandes folhas de ouro e prata, uma cadeira de ouro na qual constava haverem trabalhado diversos ourives durante cinco anos, toda a casta de baixela de boa prata clara, entre a qual um caldeirão contendo tantas tigeli-

---

8 Johann Gregor Aldenburgk, *Relação da Conquista e Perda da Cidade do Salvador pelos Holandeses em 1624-1625*, Brasiliensia Documenta, pp. 232, 229, 173-74.

nhas quantos são os dias do ano, tudo destinado para presente ao rei de Espanha».

Indiciando esse clima habitual de ocupação predatória, estão mencionados na *Relação* diversos episódios de indisciplina severamente punidos. Por exemplo, quando «em razão do furto de algumas garrafas de vinho de Espanha, foram enforcados dois soldados»; ou quando se verificou um roubo no paiol de pólvora, o que obrigou a deslocar-se toda a munição para outro lugar.

Situações como estas podem ocorrer em qualquer exército, mas devem ser mais frequentes neste tipo de expedição militar, pelo que o narrador não só lhes dá importância relevante, como chama a atenção para o tipo de justiça que vigora, especialmente quando se encontravam a bordo, e que contemplava diversas espécies de delitos que iam da blasfémia às desordens, a que correspondiam diversificados castigos escalonados desde o ser o culpado batido contra o mastro diversas vezes para não se poder sentar sem dor, até ao de o condenado ser posto no mastro, furado, e aí ser estrangulado, e depois lançado ao mar [9].

Contudo, não pode entender-se a acção expansionista neerlandesa como de exclusivo mercantilismo, pois sabemos que outros objectivos mais civilizados e altruístas foram defendidos. Nomeadamente pelo esclarecido Maurício de Nassau, que os desejava concretizar desde que desembarcou no Recife em 1637, durante os anos do seu governo, contrariando os excessos de mercantilismo e realizando inteligente política cultural e de desenvolvimento.

Mas não parece ter sido essa a corrente dominante, pois a perca de prestígio do príncipe e a sua deslocação em 1644 para outros teatros de acção contribuíram para o não prosseguimento do sonho de uma nova Holanda no Brasil.

Dentre outros aspectos relevantes deste relato avulta o do seu entendimento do conflito das forças em presença nas lutas da Bahia.

Como uma espécie de *vox populi*, que na ingenuidade das suas simplificações desmitifica «verdades» artificiosamente construídas, é para ele claro que não só o problema da força, mas também o da autoridade, passaram a ser muito diferentes após a chegada de Fadrique de Toledo.

9 *Ibidem*, pp. 179, 192, 186, 198, 168.

Para Aldenburgk, é óbvio que quando os holandeses apareceram, a Bahia era dos portugueses-brasileiros, sem qualquer menção do senhorio ou autoridade de Espanha: «indo à terra em vários lotes com marinheiros armados e, desembarcando naquele lugar em que os brasileiros se defenderam valentemente [...] Uma parte da nossa frota, de parceria com o almirante, combateu os navios portugueses e as barcas; como seus tripulantes se recusassem a render, foram incendiados e postos a pique».

Mas quando chegou a armada luso-espanhola comandada pelo general Fadrique de Toledo, tudo muda: é sempre na «armada espanhola» e nos espanhóis que fala, e só de vez em quando, e sem qualquer incidência nos combates, os portugueses são referidos.

Mais, a força lusitana aparece quase sempre diluída no conjunto dos contingentes não espanhóis que se integram na batalha, sem qualquer relevância mesmo entre estes, por exemplo: «alojaram-se os espanhóis na cidade, ao passo que os italianos, napolitanos e portugueses permaneceram em seus acampamentos»[10].

E quando nesta nova situação se refere aos portugueses, o autor evidencia o lugar de subalternidade dos mesmos, que não só não foram compensados das espoliações sofridas mas tiveram de pagar o esforço de guerra espanhol, como se fossem culpados do que acontecera: «tiveram os portugueses de resgatar de novo a cidade de São Salvador e pagar dobrado tributo anual ao tesouro espanhol» e de «resgatar os seus velhos canhões em poder dos espanhóis, que muito espoliaram a cidade, carregando os navios da frota com pau-brasil, fumo, açúcar, especiarias e tudo quanto poderam arrebanhar de mesas, cadeiras, tapeçarias e móveis.»

Isso sem contar com humilhações diversas, como a da recusa, por parte do general espanhol, de queimarem os navios inimigos como represália, «uma vez que haviam espoliado a sua Terra», e a desconsideração pública de cobardia feita pelo mesmo «admirando-se de que não os houvessem enfrentando antes, por ocasião da tomada da cidade»[11].

Por outras palavras, a «unión de armas» não era mais que uma subordinação, e a participação portuguesa envolvia recusas que não transpareciam na retórica oficial.

---

10 *Ibidem*, pp. 172, 212.
11 *Ibidem*, pp. 21, 217.

A libertação da Bahia na narrativa e na épica

Gaspar von Baerle, mais conhecido pelo nome alatinado de Gaspar Barléu, escreveu em Amesterdão, em 1647, uma crónica dedicada aos oito anos de governo do príncipe Maurício de Nassau no Pernambuco, e os seus pontos de vista são semelhantes aos de Aldenburgk.

Exalta com orgulho a mentalidade holandesa do comércio como filosofia social e política: «Nossos mercadores se fizeram guerreiros, e nossos guerreiros se fizeram mercadores, defendendo uns o seu bom nome e segurança e os outros os seus interesses. E fica em dúvida quem alcançou maior glória, se os mercantes, se os batalhadores, pois Mercúrio e Marte prestaram-se mútuos auxílios, aquele com dinheiro, este com as armas [...] somos cúpidos onde o inimigo é rico; inofensivos, onde é pobre; vitoriosos onde é belígero. [...] Os romanos consideravam indecoroso para os senadores qualquer negócio. Mas aos senadores neerlandeses se permite, pois neles a ambição é condenada pela liberalidade, e a sovinice pela magnificência, e a vulgaridade da mercancia é compensada pela aprovação dos governantes e pelo respeito do povo»[12].

Dificilmente se encontra melhor elogio do ideal humanista moderno do mercador, também explicado por Hazard. E de como o mercenário autor da *Relação* sente grande orgulho em colaborar com as Companhias das Índias: «Grande e invejável conquista foi que uma sociedade particular de comerciantes haja sujeitado ao seu poder vastíssimas regiões do Oriente; que cause ela as alegrias e as tristezas dos povos; que tire a coroa aos reis e a coloque na cabeça de outros; que sob o seu império, cresçam umas nações e caiam outras: que a umas se conceda a liberdade, e a outras se arrebate ou cerceie».

Para tanto, pouco importa que a qualidade humana dos soldados flamengos não seja a melhor, pois nesta «tão importante empresa se poderiam utilizar milhares de homens, os quais pela sua indigência e planos sediciosos seriam de temer, se não fossem desviados da ociosidade e das revoluções por trabalhos dessa espécie: que é útil, numa população densa, fazer-se o expurgo da ralé e afastarem-se os elementos nocivos.»

Não admira, pois, que narrando a conquista e perda da Bahia em 1625, faça a unanimidade com os narradores portugueses e espanhóis

---

12 Gaspar Barléu, *História dos Feitos Recentemente Praticados durante Oito Anos no Brasil*, Belo Horizonte, 1974 (1647) pp. 8, 9.

afirmando: «Os vencedores não se defenderam com a mesma coragem com que triunfaram. Efeminando-se e entregando-se à licença, engolfaram-se em insólitos prazeres tanto mais aridamente quanto mais bravamente se haviam portado: perdeu a lascívia, a cidade ganha pelo valor».

E com a mesma lógica com que para os holandeses os interesses da fé vinham depois dos do lucro, «era necessário e possível associar às vantagens dos comerciantes o cuidado de se salvarem tantas nações: que assim os negócio seriam pios, e a piedade útil»[13].

3. *O ponto de vista português: vassalos leais mas reticentes defendendo a Fé e o Império contra o «furor herético».*

A perspectiva portuguesa das lutas da Bahia pode considerar-se definida logo nos anos de 1625 e 1626 por dois jesuítas ilustres: o P.e Bartolomeu Guerreiro, prefeito da Universidade de Évora, pregador considerado e respeitado em todo o país, e o P.e António Vieira.

O primeiro escreveu e publicou, ainda no ano da sua vitória, o seu *Jornada dos Vassalos da Coroa de Portugal, para se Recuperar a Cidade de São Salvador na Baía de todos os Santos*, o segundo relatou, em carta ânua, ao Geral da Companhia, em 1626, os acontecimentos mais notáveis, demorando-se, naturalmente, na descrição dos acontecimentos da ocupação e libertação da cidade.

Os dois relatos completam-se, adoptando um modo semelhante de julgar o que ocorrera: Guerreiro reflectindo os sentimentos dominantes em Portugal, Vieira os do Brasil, pois lá se encontrava, na periferia da cidade, entre os resistentes; Guerreiro aparentando uma versão pública aprovada pelo bispo inquisidor-geral e com todas as licenças necessárias para livro impresso. Vieira em versão que se poderá considerar particular, pelo circuito que percorria.

O texto de Guerreiro obedece em tudo ao que no título se anuncia, constelando-se as suas ideias de base à volta de três palavras-chaves do título: jornada, vassalos, Portugal.

Tudo é visto sob a óptica de uma jornada, isto é, dum grande empreendimento mobilizador, de guerra intensamente preparada e pla-

---

13 *Ibidem*, pp. 10, 11.

neada, obedecendo a uma disciplina militar rígida em que os ideais e objectivos justificam todos os esforços e sacrifícios, não deixando, contudo, de permitir que, subliminarmente, algumas reticências se insinuem. Demora-se na enumeração dos meios utilizados, sua proveniência, multiplicidade de donativos e subsídios, origem e composição das esquadras, lista exaustiva dos membros da nobreza, do clero e da burguesia que financiaram ou integraram a expedição, e faz o relato minucioso das lutas.

De certo modo, a obra é homóloga da de Guzmán que nesse mesmo ano descreve o contributo de Espanha, reflectindo ambos, certamente, a emulação no esforço de guerra, que significava para os espanhóis direitos acrescidos às pretensões de união das duas coroas e seus senhorios, e para os portugueses razões justificativas de estarem a defender o que era seu e não queriam alienar.

Assim, também na *Jornada*, há o contraponto permanente na narração do que fizeram os espanhóis e do que nós realizámos, apresentando-se a par do esforço espanhol o português, a par da valentia dos seus soldados a dos nossos, que ainda a sobrelevava, tendo-se sempre como pano de fundo o zelo de Filipe IV em libertar a Bahia, talvez para evitar suspeitas de pouca lealdade.

E talvez também pelo seu excesso retórico, para dar cobertura a algumas críticas subtis que, subliminarmente, faz aos espanhóis.

Essas críticas disfarçadas, apenas visíveis no contraponto dos factos e não no seu comentário, naturalmente impossível, aparecem, por exemplo, no contraste entre o zelo e pressa portuguesas em acudir à Bahia e a lentidão espanhola que sustentava exactamente o contrário.

Guerreiro, depois de ter relatado a «Pressa com que sua Magestade tratou de acudir à Bahia», mostra no capítulo XIV a «Pressa que se deu a armada da Coroa de Portugal» em largar para o mar. Alguns capítulos adiante mostra-a já em rota para Cabo Verde, onde esperaria pela armada castelhana, por ordem expressa do rei.

Assim o diz: «enquanto a armada da Coroa de Portugal espera em Cabo Verde a da Coroa de Castela, temos tempo antes dela chegar, para dar uma vista do Estado do Brasil».

Esperam os portugueses cerca de dois meses «entre 22 de Novembro de 1624 e 14 de Janeiro de 1625» pela armada espanhola, e esperaram os leitores cinco capítulos para saber o que fizeram depois as duas armadas sob o comando de Fadrique.

O que não deixa de ser irónico em relação à carta de Filipe IV aos governadores afirmando que D. Fadrique estava determinado a «não esperar as tardanças da armada de Portugal», e que os senhores governadores não descansavam «até que ele deu haver que a armada da Coroa de Castela não partiria sem a da Coroa de Portugal, por mais pressa que houvesse em Cádis, e vagares em Lisboa».

A ausência de comentários, porque Guerreiro não os podia fazer, saiu bem vingada pela pequena crónica destes desencontros.

A frequente afirmação da lealdade dos vassalos portugueses é de vez em quando posta em contraste com a injustiça espanhola no seu reconhecimento. Como o que aconteceu com as tropas a entrarem triunfalmente na cidade reconquistada, e em que um português merecia entrar entre os primeiros, mas foi preterido por um espanhol: «os primeiros que entraram [foram] o Marquez de Coprani Dom João de Orelhana, a quem não tocava a entrada, e tocava a António Moniz Barreto, Mestre de Campo de um terço Português [...] mas o certo foi que a milícia portuguesa se não deu por achada de outros interesses mais que do serviço de sua Majestade, honra e reputação da Coroa de Portugal».

Injustiça ainda maior aquando da distribuição dos despojos, emblematicamente ridículos no que foi atribuído aos nossos: «E digna cousa é de ter aqui sua lembrança que naquela conjunção de se aproveitarem do que havia na cidade, por fruto do seu combate, os despojos que vieram a dois portugueses, foi a um, um quadro de Nossa Senhora, a outro, uma sela holandeza», em contraste com os abundantes despojos atribuídos aos espanhóis e adiante descritos[14].

Um outro aspecto muito característico deste relato é o da insistência no esforço e heroísmo português, sem considerar pormenorizadamente o espanhol.

Logo no prólogo, justifica esta perspectiva unilateral declarando que «esta relação se não estendeu ao que da Coroa de Castela entrou na empresa [...] faltaram-me as particulares notícias e relações, sem que não pode haver história verdadeira».

O que, aliás, não parece muito exacto, pois as fontes a que recorreu eram mais que suficientes para tais informações, visto que exaus-

---

14 Padre Bartolomeu Guerreiro, *Jornada dos Vassalos da Coroa de Portugal*, Lisboa, Matheus Pinheiro, 1625, pp. 53-54, 58-59.

tivamente consultou «relações e cartas de mui qualificadas pessoas em sangue e autoridade de ofícios; e dos livros dos ministros de sua Magestade, sejam de militares matrículas, sejam de armazéns de contas e despesas, sejam de autos judiciais, sejam de cartas, regimentos e relações reais, ou mandadas ou recebidas por sua Magestade».

A preocupação de exaltar o esforço português e minimizar o espanhol parece ter presidido a esse «escrúpulo» de historiador, até por não se ter coibido de apontar alguns deslizes do exército espanhol. Por exemplo, pelo seu excesso de confiança diante do inimigo, provocando baixas inúteis, como se relata no capítulo XXIX dedicado ao valor dos fidalgos e capitães portugueses, «que melhor treinados e mais vigilantes contrastavam com os espanhóis: não havendo este estilo nos fidalgos da armada da Coroa de Castela».

Guerreiro, como Vieira ou os autores espanhóis, enquadra sempre as lutas da Bahia no confronto ideológico de hereges e católicos, apelidando os soldados flamengos, «de uma limitada ilha como é Holanda, mais para pastores que para capitães», de «piratas», «corsários», mais «ladrões e corsários que tratantes e mercadores, hereges e rebeldes a Deus na fé e a sua Majestade». Mas, sob esta perspectiva, é mais explícito e ousado o P.e António Vieira.

A descrição que faz das lutas da Bahia, em cartas de 1626, as considerações que faz sobre o hereje holandês, em alguns sermões, exprimem com eloquência o estado de espírito da nação, além do entendimento pessoal da vontade divina e do futuro do país.

A carta ânua que aos 16 anos, quando ainda era noviço, dirigiu ao Geral da Companhia de Jesus[15] relatando os acontecimentos vividos dia a dia, é uma espécie de diário da rectaguarda.

Através dela se pode fazer ideia do que se passava na frente de batalha e, sobretudo, dos efeitos da guerra sobre a população.

E que os jesuítas da cidade acompanharam a população em fuga, abrigando-os a todos nos aldeamentos dos índios, apoiados pelos outros padres da Companhia. Aí prestavam assistência social e religiosa, organizando a resistência civil aos invasores e apoiando os combatentes nas lutas de flagelação que, permanentemente, mantinham na cintura da cidade ocupada, até à vitória da armada libertadora.

---

15 Segundo Lúcio de Azevedo, Vieira teria redigido a carta primeiramente em português, vertendo-a depois para latim, havendo da primeira um texto de Setembro de 1626.

Apesar de muito jovem, o ponto de vista de Vieira é já o mesmo que o caracterizaria ao longo da vida: providencialista e visionário, em tudo impregnado dos valores cristãos tradicionais.

Para ele, tudo aconteceu por causa dos muitos pecados da colónia. Aliás, a Divina Providência, em seu entender, já tinha emitido vários avisos que não foram tidos em conta: «Alguns dias antes da chegada dos inimigos, estando no coro em oração dois dos nossos padres, viu um deles a Cristo Senhor Nosso com uma espada desembainhada contra a cidade da Bahia, como quem a ameaçava. Ao outro o mesmo senhor com três lanças, com que parecia atirava para o corpo da igreja. Bem entenderam os que isto viram que prognosticava algum castigo grande: mas qual houvesse de ser estavam incertos quando, em dia de aparição de São Miguel, que foi a oito de maio de 1624, apareceram de fora, na costa sobre esta Bahia, 24 velas holandesas de alto bordo, com algumas lanchas de gávea»[16].

A defesa da cidade e conservação do Brasil nas mãos dos portugueses é, portanto, solidária da defesa da fé cristã, ponto de vista que neste relato não precisava de desenvolver diante dos superiores, mas que abundantemente defendeu perante os ouvintes dos seus sermões: por exemplo, no sermão de Santo António, quando os holandeses sitiavam a Bahia em 1638, porque a Bahia, «Ela é a cidade do salvador, e ele salvou a sua cidade. Donde se segue que mais a salvou como sua, que como nossa e mais a salvou para si, que para nós [...] É verdade que também nós fomos salvos nela, pelo que devemos infinitas graças ao mesmo salvador; mas ele, como dizia, não nos salvou a nós tanto por amor de nós, quanto por amor de si».

Complementarmente, Vieira insiste no perigo de um Brasil conquistado ou colonizado pelos hereges holandeses, a avaliar pelos excessos, provocações e profanações a que se entregavam, logo a partir de 10 de Maio, na ocupação da cidade: «Saqueadas já e destruídas as casas, vão-se aos templos os sacrílegos, e aqui fazem o principal estrago. Arremetem com furor diabólico ás sagradas imagens dos santos e do mesmo Deus [...] A estas tiram a cabeça, àquela cortam os pés e as mãos, umas enchem de cutiladas, a outras lançam no fogo.

---

16 «Carta ânua de 1626», in Padre António Vieira, *Obras Escolhidas, Cartas (I)*, Lisboa, Livraria Sá da Costa Editora, 1951, pp. 3, 11.

Desarvoram e quebram as cruzes, profanam altares, vestiduras e vasos sagrados: usando dos cálices, onde se consagrou o sangue de Cristo, para as suas abominações e heresias»[17].

Por isso interrogará, indignado, o próprio Deus no «Sermão pelo Bom Sucesso das Armas de Portugal contra as da Holanda», em 1640: «Pois é possível, Senhor, que hão-de ser vossas permissões argumentos contra a vossa fé? [...] Que diga o herege (o que treme de o pronunciar a língua), que diga o herege que Deus está holandês?».

Para Vieira, era óbvio que isto não podia acontecer, e também que mesmo Deus iria desistir do castigo, dando a vitória aos Portugueses. Tal como afirmava ter sido prenunciado por um sinal miraculoso: quando os Holandeses, «levados de furor herético deram muitos golpes em uma cruz que à porta de uma ermida estava arvorada [...], a cruz, que antes estendia os braços de leste a oeste, se foi torcendo do meio para cima, ficando o pé imóvel, até que os braços se puseram de Norte a Sul, abertos para os que pelejaram. Parece dava mostras de que os ajudava a vingar suas injúrias».

O paralelismo com o episódio bíblico em que os exércitos israelitas passavam de vencidos a vencedores quando Moisés levantava os braços em oração é flagrante. Também o povo português é um povo escolhido.

Como o texto de Guerreiro, também o do Vieira guarda distância em relação aos Espanhóis. Todo o relato é feito com o pensamento nos Portugueses, e embora respeitoso para com o soberano e os Castelhanos, a eles muito pouco se refere. Por exemplo, a chegada dos libertadores merece pouco mais de um parágrafo, e nele a armada espanhola é mencionada juntamente com as outras, sem relevância: «vinham todas juntas as armadas, a de Espanha, a de Portugal, a Real de Castela, a do Estreito e a Capitania de Nápoles, com outros galeães e navios», seguindo-se apenas o elogio de D. Fadrique, «bem afamado pelos anos que há é general, e pelas vitórias que houve ainda contra os mesmos holandeses».

O que contrasta com a apresentação da armada invasora que chegou: «Com a luz do dia seguinte apareceu a armada inimiga que repartida em esquadras vinha entrando. Tocavam-se em todas as naus trombetas bastardas a som de guerra, que com o vermelho dos pave-

---

17 *Ibidem*, pp. 21, 37, 4, 38.

ses vinham ao longe publicando sangue. Divisavam-se as bandeiras holandesas, flâmulas e estandartes que, ondeando das antenas e mastaréus mais altos, desciam até varrer o mar com tanta magestade e graça que, a quem se não temera, podiam fazer uma alegre e formosa vista».

Para além disso, não deixa de mencionar, como fez Guerreiro, o episódio do excesso de confiança dos soldados que os holandeses dizimaram, fazendo «grande estrago em muitos soldados e alguns fidalgos castelhanos de muita importância e valor na guerra».

Aliás, estes silêncios, reticências e hesitações exprimem já o descontentamento que lavrava contra os espanhóis, pela constatação de que a união das coroas ibéricas estava a ultrapassar os eventos dinásticos e a transformar-se em verdadeira dominação.

O mal-estar contra os impostos, que aumentou nos anos 20, indispunha a nobreza e o clero, ao mesmo tempo que o povo se deixava impregnar por um sentimento profético de revolta e redenção que não tardaria a manifestar-se nos motins de 1630, 1634, 1637 e nos anos seguintes, até à proclamação da Restauração[18].

A ocupação e libertação da Bahia em 1625, como atrás foi afirmado, teve, entre outras consequências, a de provocar a escrita dos mais variados textos, em maior número do que em outras tentativas de ocupação do Brasil por estrangeiros, contribuindo tanto para a clarificação dos acontecimentos, como para uma profunda reflexão sobre as motivações desses lances históricos, evidentes perspectivas culturais diferentes e, mesmo, contraditórias.

Servindo essa meditação, escritores eminentes ou narradores ingénuos travam uma guerra paralela, em que as ideologias de suporte, servidas pelos sistemas retóricos mais próximos dos protagonistas, propõem uma verdade talvez mais autêntica que a das armas.

Guerra paralela manifestada nos três pontos de vista dos antagonistas que, a respeito dos mesmos acontecimentos, se encaminharam para interpretações bem diferenciadas.

O ponto de vista espanhol ainda era imperial, embora traduzindo inquietação pelos sinais de ameaça e ruína, então apaziguados. O seu homem-modelo ainda era o do herói conquistador, devotado ao ser-

---

18 Joaquim Veríssimo Serrão, *História de Portugal*, Vol. IV, Lisboa, Editorial Verbo, 1970, pp. 102-105.

viço de Deus e do Rei. Os textos são teatrais, fornidos de proclamações convenientes e respeitáveis, e já um tanto distantes da realidade.

A perspectiva dos textos holandeses é completamente diferente, é a da empresa privada emergente, laica, burguesa e rica que quer ser respeitável na prosperidade e na eficácia, expressa através de um novo modelo de homem, *o mercador*. O texto é solto, dialógico, laico, voltado para uma modernidade que iria triunfar.

A óptica portuguesa é, de todas, a mais tradicional: a da dilatação da fé e do império, de que *o jesuíta* é expressão privilegiada no Brasil (homóloga do *discreto* de Gracián), vigilante em relação ao castelhano, e contando, acima de tudo, consigo. O texto é sinuoso, inquieto, obedecendo às voltas do estilo maneirista ou barroco na expressão da crise.

Três tipos de cultura, três estatutos de homem, três estilos retóricos.

University of California, Los Angeles, 1995

O mar na Literatura Brasileira

Na tipologia temática desenvolvida ao longo dos séculos por uma literatura nacional, alguns temas se evidenciam como mais importantes.

De tal modo, que até é possível identificar uma literatura pela prevalência desses enfoques privilegiados, e apoiar neles algumas teorias sobre a identidade cultural de um povo que, se não o determinam para sempre, não deixam, contudo, de se erigirem em referências de grande relevância.

Daí, no espaço lusófono, um certo tipo de reflexões sobre a identidade lusa, a brasilidade, a cabo-verdianidade, etc., que não dizem respeito unicamente à psicossociologia cultural dos povos, mas têm forte incidência no construir de uma tradição literária, e nos consequentes problemas de intertextualidade.

Foi pensando nisto que este estudo se elaborou, pesem embora os riscos que, inevitavelmente, se correm no traçar de uma síntese que não é definitiva nem, certamente, isenta de omissões.

Síntese que, apesar de tudo, é útil porque, contando com outros contributos e outros pontos de vista, concorre para uma visão mais completa da questão em apreço.

A primeira observação que se apresenta como globalizante dentro do tema O Mar na Literatura Brasileira, é a de que a sua forma de tratamento no espaço literário brasileiro é muito diferente da que tipifica o espaço português.

E que, também nesta temática, cedo começou a diferenciação cultural e literária brasileira em relação à Cultura e Literatura Portuguesas transmissoras não só da língua, mas também dos modelos estéticos lusos e europeus.

Como ponto de partida se pode afirmar que uma das características da Literatura Portuguesa é precisamente a de que o mar, a viagem e a descoberta são suas componentes essenciais, quer em formulação abstracta quer nas concretizações da aventura, da expansão, dos naufrágios, da emigração, da descoberta de novas terras. Componentes essenciais, e quase obsessivas.

Muito diferentemente, na Literatura Brasileira o mar ocupa lugar secundário e auxiliar, quase ausente, ou de teor retórico.

Com efeito, o mar está no cerne da cultura portuguesa.

Fidelino de Figueiredo, quando procurou definir as *Características da Literatura Portuguesa* assimilou como primeira das cinco que a explicitam, «o Ciclo das Descobertas», insistindo em que «a característica mais diferencial, aquela que constitui a típica originalidade da Literatura Portuguesa é, por certo, a do que nós chamaremos o Ciclo das Descobertas, isto é, o conjunto de obras que têm por objecto as descobertas marítimas e as suas consequências morais e políticas.

«Este ciclo, que se corporiza no século XVI, é que tem feito chamar ao quinhentismo o século d'ouro da nossa literatura [...] É fora de dúvida que é no quinhentismo que o génio literário de Portugal mais originalmente se afirma».

No mesmo sentido vão as afirmações do etnólogo Jorge Dias ao avaliar *Os Elementos Fundamentais da Cultura Portuguesa*, e ao afirmar que «A cultura portuguesa tem carácter essencialmente expansivo, determinado em parte por uma situação geográfica que lhe conferiu a missão de estreitar os laços entre os continentes e os homens. [...] A força atractiva do Atlântico, esse grande mar povoado de tempestades e de mistérios foi a alma da Nação, e foi com ele que se escreveu a história de Portugal». E seria larga a série de afirmações semelhantes se nos fôssemos ocupar desta teorização onde avultaram ainda Latino Coelho, João de Castro Osório, Teófilo Braga e muitos outros, para não falar da convergência das nossas tradições épica e lírica de Camões a Fernando Pessoa. Em conceito lapidar, Vergílio Ferreira resumiu por todos: «Da minha Língua vê-se o mar.»

O mar visto da Língua e da Literatura Portuguesas é o mar da descoberta, da conquista da África, da Índia, do Brasil, da Austrália, da China e do Japão, da Terra Nova e outras paragens. É o mar das missões da soberania e dos afrontamentos navais, o mar da aventura e da evasão, do terror e da esperança, da pesca longínqua do bacalhau ou da baleia, dos naufrágios de que está cheia a nossa história trágico-marítima.

É, efectivamente, menor e secundária a presença do mar na Literatura Brasileira, apesar de uma extensa costa marítima de mais de 7000 quilómetros. E é indicador relevante o facto de grandes escritores como Machado de Assis, Coelho Neto, Manuel Bandeira, Carlos Drummond de Andrade e outros serem praticamente insensíveis a esta temática.

Os casos de Coelho Neto e de Martins Fontes são particularmente elucidativos da falta de substância dramática do tema do mar, pelo facto de ambos terem proferido conferências expressamente sobre este tema, provocadas por circunstâncias sociais que em muito podiam ajudar a uma dimensão épica ou de grande lirismo, e se perderam em considerações eruditas, de carácter mais ou menos abstracto. Conferências e tomadas de posição que se notabilizam não tanto pelo que nelas foi dito, mas sobretudo pelo que não foi afirmado ou evocado.

Coelho Neto, em conferência intitulada «O Mar», de 1917, divaga em considerações sobre os dias da criação e o aparecimento das águas, evoca Ulisses e a tradição clássica, cita um soneto de Humberto de Campos sobre a luta entre a serra e as águas que termina pela vitória da terra, lembra o dilúvio, os egípcios e as suas embarcações, cita Humboldt, e nada mais é capaz de acrescentar.

Quanto a Martins Fontes, a que voltaremos a referir-nos adiante, numa conferência também intitulada «O Mar», de 1922, limita-se a evocar Júlio Verne que «ensinou-me a ajoelhar diante do mar», e segue um caminho paralelo ao de Coelho Neto, juntando-lhe a memória de Horácio, do «suave Michelet», de Vieira, Garrett da Nau *Catrineta*, de Bocage, António Nobre, Vicente de Carvalho, Camões... mas para incentivar os jovens a praticarem desportos náuticos!

A partir destes e doutros autores que se ocuparam do mar, está pois afastada a ideia de um mar heróico, ou, melhor, de outro tipo de heroísmo, quando essa é a tónica dos textos.

O contraste, pois, entre a Literatura Portuguesa e a Brasileira, neste ponto, não podia ser mais radical.

Pode até afirmar-se que, culturalmente, é o mar que nos separa, não em razão da distância, mas da forma contraditória de o ver, de olhar a terra, de entender a história.

Tal radicalismo é particularmente visível quando confrontamos as citadas características da Literatura Portuguesa no seu todo, tal como as apresentou Fidelino de Figueiredo e ainda hoje válidas, com as da Literatura Brasileira definidas por Afrânio Coutinho em *A Literatura no Brasil*. Do confronto dos dois elencos salta à vista que as duas literaturas têm muita coisa em comum, em maior ou menor grau (predominância do lirismo, carência de pensamento filosófico e de teatro, afastamento do público...), mas diferem profundamente no entender do mar.

Como explicar este reduzido espaço e o interesse menor que, apesar de tudo, não deixa de estar presente nos textos literários elaborados no Novo Mundo?

Significará ele uma vontade deliberada de emancipação temática? Não parece.

Embora ainda se mantenham no Brasil-colónia tonalidades épicas, elas vão em acentuado decréscimo, e pertencem mais à Literatura Portuguesa a fazer-se no Brasil do que a manifestações iniciais de uma nova literatura nascente. Por isso vão sendo progressivamente abandonadas, por não corresponderem aos ideais que emergem.

Não são, porém, sinais explícitos de uma vontade de mudança, antes manifestações espontâneas de uma nova situação histórica, cultural e política que se desinteressou de alguns temas, antes favoritos. Esta nova atitude decorre, naturalmente, duma nova situação em que os navegadores se transformavam ou davam lugar aos povoadores. Os portugueses transformaram-se em «reinóis», e os reinóis em brasileiros.

Por outras palavras, o sentido da viagem passou a ser outro: para o Brasil ia-se para ficar.

Deste modo, podemos ler os textos literários segundo alguns vectores de análise que ajudem a clarificar a perspectiva tomada pela nova literatura que se formou no Brasil, desde a fase chamada colonial, comum a Portugal e ao Brasil, até aos nossos dias.

E o primeiro poderá ser o da constatação de que

1. *O mar dos navegadores é caminho para as terras do Novo Mundo ou caminho de regresso a elas.*

Deslumbrados, entusiasmados ou resignados com este novo mundo, que assim foi designado antes da América do Norte, como uma espécie de paraíso terreal, embora depois do pecado, os que aqui aportaram depressa esqueceram a aventura dos mares. Deixaram-se seduzir pela fertilidade tropical dos solos, pelo pau-brasil, pelo açúcar, frutos e tabaco, pelo oiro e pedras preciosas.

E o seu imaginário também sofreu modificações e conheceu sucedâneos, como o do sertão, que muito se assemelha ao mar, na vastidão, no mistério e nos perigos.

O sertão viria a ser o correlato do mar na sua substância mítica, porque no sertão ocorrem travessias semelhantes às dos mares: «o mar vai virar sertão».

Entre mar e sertão é tão grande a homologia, que não é difícil estabelecer-se um sistema de correspondências: vastidão do oceano/vastidão dos gerais e plagas sertanejas; rota dos navios/travessias de tropas e boiadas; marinheiros/vaqueiros; missionários/beatos sertanejos; piratas/cangaceiros; náufragos/retirantes; promessas a Deus e à Virgem/pactos com Deus ou com o Diabo...

A aventura passou a ser outra: a das bandeiras de mineração ou de presa de escravos. Os inimigos (ingleses, franceses, holandeses), embora os mesmos, tinham motivações diferentes, disputaram as mesmas riquezas, pelo que todos os de terra se uniram para os repelir.

As saudades do mar viriam depois, até porque nem a pesca abundante e fácil os seduziu. Disciplinarmente, Botelho de Oliveira no elogio barroco da fartura baiana que faz na *Ilha da Maré*, de 1705, esgota os adjectivos para louvar os frutos e a terra, apelando indirectamente para uma emigração de lavradores. O elogio dos peixes é moderado: «míseros peixes enganados», mas que fazem gostoso convite para serem comidos. E não encontra melhor expressão para designar os pescadores que chamar-lhes «pobres pescadores». Como também pobres e reduzidos são os versos que lhes dedica.

Não mais o medo dos oceanos, a descoberta de ilhas misteriosas, o pavor dos monstros marinhos, o canto embalador das sereias...

Os habitantes do Oceano não passam de «míseros», cujo préstimo maior é o de poderem ser comidos.

Foram de exaltação da terra e esquecimento ou secundarização do mar os textos de Pêro Vaz de Caminha, em parte, dos jesuítas, nomeadamente de Nóbrega, Anchieta, Cardim e de suas cartas ânuas, de Gândavo, Gabriel Soares de Sousa, António Brandão, Antonil, Rocha Pitta. E esta tradição persistiu até aos nossos dias, sendo a evocação do mar feita predominantemente na dependência da terra e dos seus problemas.

Com efeito, o mar é visto, ou lido, *a posteriori*, como caminho para a terra aonde aportaram os primeiros governantes e povoadores.

No período colonial, sobretudo no início, o mar é ainda integrado na perspectiva da gesta expansionista, mas já como caminho para as terras de Vera Cruz.

Caminho para povoadores e governantes, como Martim Afonso de Sousa, «Governador das terras que achar», segundo testemunham os textos *Diário da Navegação*, do seu irmão Pêro Lopes de Sousa, e *Caramurú*, enaltecendo as proezas de Diogo Álvares Correia, de Santa Rita Durão.

Caminho de evangelizadores franciscanos, jesuítas e outros, documentado pela abundante literatura dos religiosos.

Caminho forçado de escravos para as plantações de açúcar e tabaco, para tarefas nas minas e serviços das casas-grandes, evocado e dramatizado por Castro Alves no *Navio Negreiro*.

Caminho de movimentações bélicas de armas que deram origem a inúmeros relatos. Por exemplo, narrando a gesta da conquista e libertação da Bahia, em 1625.

Vários textos luso-brasileiros se foram juntar à vasta bibliografia que inclui também relatos espanhóis e holandeses, como os de D. Manuel de Menezes que comandava a armada (*Recuperação da Cidade de Salvador*), do padre António Vieira (carta ânua de 1626), do P.e Bartolomeu Guerreiro (*Jornada dos Vassalos*), Juan de Medeiros Correia, Duarte de Medeiros Correia (*Relação Verdadeira*); por parte de espanhóis, Juan António Correia (*Pérdida, y Restauración de la Bahia de Todos os Santos*), Tomás Tamayo de Vargas (*Restauración de la Ciudade del Salvador*), de Lope de Vega numa comédia (*El Brasil Restituido*); por parte dos holandeses Johann Gregor Aldenburgk (*Relação da Conquista e Perda da Cidade de Salvador pelos Holandeses*), Gaspar van Barleus (*Rerum per Octennium in Brasilia*), integrando bibliografia vasta que José Honório Rodrigues já inventariou.

Não teve continuidade viva esta tradição, precisamente porque o rumo do Brasil se fez mais por terra que por mar, e porque o tempo das descobertas marítimas com objectivos de conquista terminou.

Por isso, a inspiração épica do afrontamento dos medos e monstros do oceano, do achamento de novas terras ou das batalhas navais metamorfoseou-se ou em romance de aventuras, ou em evocações do passado de carácter mágico.

Virgílio Várzea, excelente manipulador de temas marinheiristas, deu-nos em *O Brigue Filibusteiro*, de 1904, um sugestivo romance de aventuras evocando os tempos coloniais.

Ao estilo condoreiro de Castro Alves no *Navio Negreiro* («Velas soltas e infladas pelo vento do sul, como as asas do estranho e gigantesco albatroz, o brigue filibusteiro voava») o herói, Afonso Morgan, enfrenta em abordagem outros navios. Fá-lo vitoriosamente, acumulando proezas sobre proezas «nos tempos da exportação do ouro para Portugal e Espanha», como se diz, intencionalmente, no subtítulo.

Proezas entre as quais se contam, como numa espécie de desforra histórica e patriótica, a abordagem e saque de uma nau portuguesa carregada com os tributos do quinto do ouro, e de um galeão espanhol, também carregado de riquezas, a caminho de Espanha.

O tom narrativo é épico, mas são visíveis as marcas típicas das narrativas dos modernos romances de série, recriando aventuras a partir de histórias antigas.

José Sarney em *O Dono do Mar*, de 1995, foi quem ousadamente se aventurou à evocação das navegações passadas, integrando-as no tipicamente regional da vida dos pescadores do Maranhão.

E fê-lo com êxito, recorrendo aos artifícios do realismo mágico ao entrelaçar a faina e os amores do pescador Cristório e seus companheiros com as tragédias e mistérios do mar.

Cristório, por várias vezes no decorrer das suas pescarias e na vastidão dos mares se cruzou com navios fantasmas, recolheu náufragos de há séculos que miticamente passaram a ter uma vida nova, efémera.

Não poucas vezes navegou perigosamente junto de naus antigas, isoladas ou em que vogavam como assombrações: Fernão de Magalhães, Vasco da Gama, F. Drake, Lapérouse, Cook..., navios negreiros e a famosa «nau do trato», Amacau, sempre errante a caminho de Nagasaqui...

E tal como personagens e factos do passado vêm conviver com os pescadores maranhenses, também alguns deles misteriosamente desaparecidos ou reaparecidos em clima fantástico em que o real não se distingue do imaginário.

O mar é também, no romance, lugar de monstros como os priocos, entes fantásticos de um só olho na testa, uma espécie de cruzamento poético do cíclope clássico com o boto amazónico, surpreendendo donzelas, não já como galãs namoradeiros, mas como monstros cruéis e violadores.

No final, em cenário de magia e loucura, um náufrago serve de epílogo a uma narrativa em que o fantástico transfigura capítulos inteiros.

Embora o romance não dê continuidade à tradição épica propriamente dita, pois é a tonalidade lírica que domina, pode, contudo, falar-se em tradição aculturada.

O passado é deste modo integrado no contexto do imaginário maranhense e amazónico de «causos» e assombrações.

De notar, ainda, o naufrágio com que encerra a narrativa, retomando também essa outra vertente disfónica da Expansão, representada no Brasil sobretudo pela história do *Naufrágio da Nau de Jorge de Albuquerque Coelho*, de autoria controversa, e que Bernardo Gomes de Brito incluiu na sua compilação *História Trágico-Marítima*.

Outras narrações de naufrágios ocorreram posteriormente, porque o mar é sempre o mesmo, por exemplo em *Maria de Cada Porto*, de Moacir Lopes. Aqui o estilo narrativo releva predominantemente da óptica moderna dos acidentes marítimos de bordo, cujos prejuízos podem ser cobertos pelas seguradoras, alheios, portanto, à perspectiva épico-dramática do passado.

Modernamente, o mar como caminho, voltou a ser tema de actualidade.

Não tanto por ser descrito em si ou nas circunstâncias da viagem, mas sobretudo como itinerário de artistas e intelectuais demandando a Europa e dela regressando.

Muitos foram os Brasileiros que, ao longo dos séculos, antes da era do avião, atravessaram os mares em navios para irem estudar em Coimbra, Lisboa, Paris ou Londres.

Contudo, poucos relataram essas travessias e, quando o fizeram, foram mais as saudades e as recordações deixadas ou a reencontrar, que ocuparam essas memórias.

Dois poetas merecem, especialmente, ser lembrados: Sousândrade e Osvaldo de Andrade.

Sousândrade em «Da harpa XXVI: Fragmentos do mar», na recolha dos irmãos Campos, assim recordou Paris, a Serra de Sintra, a ilha de São Vicente e outros lugares memoráveis:

> Adeus, ó Luxembourg d'árvores grandes,
> D'estátuas belas e marmóreo lago,
> Eu não vos verei mais! Chorai comigo,
> Eu só não vos amei, também me amastes,
> No estrondo vegetal ouvi meu nome –

Adeus, Luxembourg!
Tronco d'outrora

Eu parto, a torre já marcou meu tempo

Elo vasto de vozes grasnadoras
O horizonte cingiu, se enrouquecendo,
O vento alevantou; gritaram aves
Pelo em torno da nau; procura abrigo
A andorinha nas velas; meio corpo
Erguem-se os peixes; enfurece o mar;
Cruzam raios no céu em vez d'estrelas,
Pousam nos montes de suspensas núvens,
Raios nos mastros posam: tudo horrores
E raiva, tudo ameaça! o claro verde
O puro azul das águas florescidas,
Como campo murchou, que sangue anegra
Amo viver no seio compulsado.
Do vendaval batendo impuras asas
De nócteo corvo: os ares corta o bosque

Do mesmo modo, Osvaldo de Andrade, a figura mais dinâmica e agitadora do Modernismo, evoca em «Loide Brasileiro», de *Pau Brasil*, o seu regresso à pátria, lembrando o outro estrangeirado, Gonçalves Dias:

Minha terra tem palmares
Onde gorjeia o mar
Os passarinhos daqui
Não cantam como os de lá

   Tarde da partida
Casas embeiradas
De janelas
De Lisboa
Terramoto azul fixado
Nos nevoeiros históricos
O teu velho verde
Crepita de verdura

E de faróis
Para o adeus da pátria quinhentista
E o acaso dos Brasis

Cielo e mare
O mar
Canta como um canário
Um compatriota de boa família
Empanturra-se de uísque
No bar
Famílias tristes
Alguns gigolôs sem efeito
Eu jogo
Ela joga
O navio joga

2. *A praia, o porto e o cais como figuras do mar.*

Mas a forma mais comum, especialmente na prosa de ficção e na crónica, de evocar o mar, é a de se fazerem convergir para os lugares de chegada e partida – os portos ou as praias –, as lendas, histórias de amor e vingança, as fainas da pesca ou da estiva, os dramas da solidão e as vidas medíocres, alegres ou trágicas de velhos marinheiros retirados, das prostitutas e das crianças abandonadas.

De um modo geral, as histórias praieiras são mais simples, mais propensas ao lirismo. As dos grandes portos comerciais são histórias complexas, até porque nelas abundam os problemas sociais, frequentemente enredados nas ideologias.

Nas histórias praieiras evidencia-se a novela marinhista *Jana e Joel*, de Xavier Marques, versão romântica de amores bucólicos dos pastores arcádicos. É o mar que enquadra de sonho e poesia esses amores simples: «vinha espertando um vento brisa que fazia a canoa oscilar, como um berço, ao ritmo das pequenas ondas que lhe borrifavam os bancos. Pouco a pouco esse embalo foi-se alargando, nas pedras da restinga começaram a estalar-se os beijos da quebrança, um murmulhar confuso, misto de sonoridades líquidas e aéreas, cercava o batel esguio e como que abandonado no fundeadouro, ao jogo das águas reversas.»

Mar que não é só lugar idílico, mas também lugar onde se ganha o sustento de cada dia.

Praianista baiano também é James Amado em *Chamado do Mar*, em que a paisagem logo traçada no início do primeiro capítulo afirma a sua importância no desenrolar dos acontecimentos: «os rochedos protegem a pequena enseada dos ventos fortes. Para o sul, a pouca distância do porto natural assim formado, erguem-se as primeiras casas da cidade do cacau. Para o norte, a paisagem é agreste. [...] As cores são puras e simples. A praia é branca, o mar é verde pasto da areia, azul em em alguns pontos, negro em certas partes.

«As nuvens tingiram-se de vermelho, o sol desapareceu atrás dos coqueiros e do mar veio o vento da noite. As mulheres surgiram à porta das cabanas, a mão por sobre os olhos, espiaram longamente as águas.

«Como a cortina alva que o vento levanta com os grãos mais leves da areia, a noite de temporal se abateu bruscamente sôbre a paisagem. As mulheres acenderam os fifós, colocaram-nos no alto das cabanas para que os homens retidos no mar não errem seu caminho de volta.

«À porta de cada casebre uma mulher espia o mar. Entrecerra os olhos lutando contra a escuridão crescente, mas a noite se abateu sôbre a Colônia levando consigo a visão do mar vazio de barcos. Durante um longo momento elas permanecem ali, o rosto voltado para o vento que sopra das águas, ouvindo aquêle chamado, que agora vem apenas das trevas, contando o episódio rápido e terrível: a forma precisa da canoa oscilando com violência, o corpo desequilibrado mergulhando na água fria, o ventre branco do cação num movimento rápido e o sangue subindo lentamente e surgindo à superfície, manchando de vermelho a espuma alva».

Dos problemas do quotidiano dos pescadores do Sul, nomeadamente do litoral de Santa Catarina, a colectânea de contos de 1983, de autores diversos, organizada por Flávio José Cardoso, *Este Mar Catarina*, narra as pescarias de taínhas, garoupas, anchovas, robalos, badejos... que ora escasseiam ora quase afundam as canoas, tomando-as como pretexto ou cenário para o mais importante, narrar a complexidade dos problemas humanos de amor, solidariedade ou vingança.

Mas, inquestionavelmente, a grande crónica do mar projectado no porto e no cais é feita na Bahia e em Santos.

Sobretudo nos portos baianos, e o seu maior cronista é Jorge Amado.

Emblematicamente, Jorge Amado define no pórtico de *Mar Morto* a sua perspectiva do mar nesse romance, e em quase toda a sua obra: «Agora eu quero contar as histórias da beira do cais da Bahia. Os velhos marinheiros que remendam velas, os mestres de saveiros, os pretos tatuados, os malandros, sabem essas histórias e essas canções. Eu as ouvi nas noites de lua no cais do Mercado, nas feiras, nos pequenos portos do Recôncavo, junto aos enormes navios suecos nas pontes de Ilhéus. O povo de Iemanjá tem muito que contar [...] pois o mar é mistério que nem os velhos marinheiros entendem».

São narrativas de tonalidade picaresca, de viagens reais ou imaginárias, de marinheiros de verdade ou de aparência.

Em *Mar Morto*, como em *Os Pastores da Noite*, as histórias de amor e tragédia emaranham-se entrecruzadas, plurais, cheias de lirismo a esconder a fraqueza efabulatória.

Em *Jubiabá* – um típico *bildungsroman* de aplicação da pedagogia revolucionária a um negro socialmente ingénuo, Antônio Balduíno –, o importante é a aprendizagem da luta de classes e da eficácia da greve; ao mar e aos navios cabe o papel instrumental de levar a revolução a todos os portos.

Sobretudo a partir deste romance, os problemas sociais enunciados em *Suor e Cacau* ganham maior força, e vão estar cada vez mais a condicionar as histórias do porto e da praia. Assim ocorre em *Capitães da Areia*, onde a praia é palco de movimentação e convivência de menores abandonados.

Linha social esta de inspiração e doutrinação marxista, que será também a de outros, como Dalcídio Jurandir em *Linha do Parque*.

Como em *Jubiabá*, os navios são instrumentos privilegiados da difusão da ideologia comunista.

Do mesmo modo, a admirável história de *Gabriela Cravo e Canela*, tal como *São Jorge dos Ilhéus*, é cheia de amores, adultérios, mortes e desonras, e empresta ao debate sobre o crepúsculo dos poderes dos coronéis do cacau e da exportação, e ao emergir de outras forças políticas, um bom cenário e pretexto. O pretexto das obras do porto para o desencadear de várias linhas narrativas a caminho do seu desfecho, tal como todas as águas vão em direcção ao mar.

O ponto mais alto desta verdadeira personificação do mar, que é o porto e os seus frequentadores, acontece em *Os Velhos Marinheiros*, nas duas narrativas da morte e sepultura no mar de *Quincas Berro d'Água* e na do capitão Vasco Moscoso de Aragão. O primeiro encontrou na boémia do porto a «salvação» para a vida monótona e sem sentido de funcionário público exemplar, exemplarmente inútil e frustrado; o segundo alcançou a realização virtual do grande sonho da sua vida, ser capitão de navios. Dois pícaros que obtiveram felicidade por caminhos tão obscuros e caprichosos como o próprio mar. Um reencontrando a alegria e o riso, outro, a dignidade e o orgulho. Aragão, até ao momento de ver desmascarada a sua incompetência, mas que, por um golpe de mágica do romancista, que em questões de ficção é igual a Deus, acrescentou ao prestígio recuperado, a genialidade.

Nestes, principalmente, e em outros romances de Jorge Amado, o mar, o porto com seus bares e bordéis, estão sempre presentes, mesmo quando não explícitos.

Um outro porto, o de Santos, disputa ao da Bahia presença importante na poesia e ficção do mar e dos portos.

Nesses outros textos se sente de maneira mais realista o marulhar das ondas, a movimentação dos trabalhadores, os ruídos e azáfama dos navios.

As descrições do porto e das actividades navais não são mitificadas à maneira baiana, antes objecto de quase reportagem jornalística em directo, até porque alguns dos seus autores trabalharam nas docas e nos navios que utilizam o porto, como Gasparino Damata ou Virgílio Várzea.

De algum modo, se pode dizer que esta forma literária de tratamento do mar e do porto obedece à exigência de Ribeiro Couto, para quem o porto de Santos era uma verdadeira fixação poética.

Assim ele se exprime em «Balada Naval» de *Cancioneiro do Ausente*:

Ninguém espere que eu fale em mares comparativos
Mar dos olhos, mar de pranto, não sei que mais.
Falo do mar, do mar verdadeiro,
O mar com peixes, com peixes vivos,
O mar com fundo e tempestades – o mar inteiro
O mar com navios, e com bancos de corais,
E talvez sereias – mas isto é já dos mares irreais.

Navios Iluminados é precisamente o título do romance de Ranulfo Prata, verdadeira imagem da luz e das trevas do porto.

É num cenário social pesado que o romance se inicia: «magotes de homens abarrotaram o passeio da Inspetoria atrapalhando o tráfego do bonde [...] gente de todos os Estados do Brasil e de todas as partes do mundo, procurando emprego».

A partir deste primeiro quadro, uma obscura e complexa trama de interesses se enreda nas pessoas e nas instituições onde abundam a burocracia e o suborno: nas movimentações do porto, na contratação de trabalhadores, na exploração dos desempregados como o nordestino José Severino expulso da sua terra pela seca, nos jogos sindicais e patronais.

Sente-se o cheiro do mar e do óleo das máquinas, os ruídos do estaleiro e das actividades de dragagem, e a revolta dos sem-trabalho.

Adolfo Caminha, no seu tempo, tinha escandalizado a sociedade ao abordar o tema do homosexualismo nos navios, e em outros ambientes fechados, no *Bom Crioulo*, por isso as descrições da degradação moral em terra, nos cais e a bordo, passaram a fazer parte de qualquer cenário do porto, adquirindo, contudo, autenticidade especial no romance de Gasparino Damata, ao descreverem-se excessos de álcool e sexo.

Embora o lirismo não seja monopólio da poesia em verso (e textos vários em prosa de Xavier Marques e Jorge Amado já o ilustraram), o certo é que a emoção lírica no tratamento do tema do mar mais facilmente se espraia em poemas.

É em verso que o mar é o mais celebrado pelos poetas românticos parnasianos e simbolistas, com particular destaque para os primeiros.

Daí que apontemos, como terceiro vector importante de leitura, o da celebração do mar como

3. *Projecção dos estados de alma.*

Tomando como símiles as vagas alterosas, as tempestades, o dissipar das brumas e espumas, o marulhar das ondas, a serenidade líquida dos dias calmos ou das noites de luar, o poeta facilmente comunica tudo quanto sente.

Desde a evocação nostálgica de passado primigénito, até à expressão de orgulho, revolta, traição, paz, louvor à divindade, celebração da bem-amada.

Misturando sentimentos líricos com ardores épicos, não falta quem se orgulhe das suas raízes e dos seus antepassados.

Gonçalves Dias, em «Tabira», poema de *Segundos Cantos* dedicado aos pernambucanos, saúda essa «Veneza Americana transportada / Boiante sobre / as águas!», e Fagundes Varela, inflamado pelos sentimentos de revolta na questão anglo-brasileira, levanta o «Estandarte auriverde» para enaltecer o Brasil «pérola fina / dos mares do Ocidente», dirigindo-se assim ao povo:

> Não ouvis? ... Além dos mares
> Braveja ousado Bretão!
>
> Vingai a pátria, ou valentes
> Da pátria tombai no chão!
>
> Erguei-vos, povo de bravos,
> Erguei-vos, Brasíleo povo,
> Não consintais que piratas
> Na face cuspam de novo!

No mesmo tom heróico, embora mais comedido, Olavo Bilac no poema «Sagres», de *As Viagens*, faz o elogio do Infante D. Henrique porque afrontou os mares e criou um mundo novo:

> Em Sagres. Ao tufão, que se desencadeia,
> A água negra, em cachões se precipita, a uivar;
> Retorcem-se gemendo os zimbros sobre a areia...
> E, impassível, opondo ao mar o vulto enorme,
> Sob as trevas do céu, pelas trevas do mar
> Berço de um mundo novo, o promontório dorme.

E também Augusto Frederico Schmidt em *Mar Desconhecido* e *Estrela Solitária* associa ao mar a recordação dos seus maiores no soneto «Meus avós portugueses». Mas a expressão privilegiada é, sem dúvida, a que contempla as águas do oceano para nelas verter a subjectividade dos sentimentos: o espectáculo grandioso e terrível, a subliminar voz de Deus, o amor e a traição, a beleza das águas tranquilas, das espumas, das ondas.

Gonçalves Dias, no poema «O mar», de *Primeiros Cantos*, clama em cenário grandioso:

Oceano terrível, mar imenso
De vagas procelosas que se enrolam
Floridas rebentando em branca espuma
Num pólo e noutro pólo,
Enfim... enfim te vejo; enfim meus olhos
Na indómita cerviz trémulos cravo,
E esse rugido teu sanhudo e forte
Enfim medroso custo!

Donde houvéste, ó pelago revolto,
Esse rugido teu? Em vão os ventos
Corre o insano pegão lascando os troncos,
e do profundo abismo
Chamando à superfície infindas vagas
Que avaro encerras no teu seio undoso;
...
Ó mar, o teu rugido é um eco incerto
Da criadora voz, de que surgiste
...
Da voz de Jeová um eco incerto
Julgo ser teu rugir; mas só, perene,
Imagem do infinito, retratando
    As feituras de Deus.
Por isso, a sós contigo, a mente livre
Se eleva, aos céus remonta, ardente, altiva,
E deste lodo terral se apura

Esta ideia de ouvir nas ondas do mar a voz e as cóleras de Deus está, aliás, reforçada num outro poema, «Ideia de Deus», descrevendo os dias da criação e a Providência divina.

No mesmo sentido vai o poema de Fagundes Varela, também intitulado «O mar», de *Vozes da América*, cujo dístico final assim conclui:

Salvé, oceano omnipotente e eterno!
Santo espelho de Deus, três vezes salvé

Conclusão esta válida, segundo o poeta, para se entender a grandeza de Deus e também a sua, porque «só à tempestade e a Deus respeito».

Com efeito, a grande afeição do poeta pelo mar baseia-se no facto de esse «monstro sublime» e «abismo de mistério» ser uma força indómita que tudo vence, como a de Deus:

> Amo-te ainda, oh mar, amo-te muito,
> Mar não tranquilo humedecendo à proa
> Da gôndola lasciva, nem chorando
> Às carícias do luar! Amo-te horrível,
> Arrogante e soberbo...

Estando o mar tão próximo da divindade, não admira que o simbolista Cruz e Sousa o espiritualize de tal modo que, tal como fez para a liturgia dos sentimentos humanos, confundindo-a com a dos divinos, assim reze ao mar como a uma divindade, guardiã da memória da beleza, das artes e dos sentimentos nobres, em «Oração ao mar»:

> Ó Mar! Estranho Leviatã verde! Formidável pássaro selvagem, que levas nas tuas asas imensas, através do mundo, turbilhões de pérolas e turbilhões de músicas!
> Órgão maravilhoso de todos os nostalgismos, de todas as plangências e dolências... Mar! Mar azul! Mar de ouro! Mar glacial!
> Rogo-te, ó Mar sumtuoso e supremo! para que conservas no íntimo da tu'alma heroica e ateniense toda esta dolorosa via – láctea de sensações e ideias, estas emoções e formas evangélicas, religiosas, estas rosas exóticas, de aromas tristes, colhidas com enternecido afeto nas infinitas aléias do Ideal, para perfumar e florir, num abril e maio perpétuos, as asas imaculadas da Arte.

A grandiosidade do oceano foi utilizada por Castro Alves para encerrar a defesa de uma causa de grande nobreza e grandeza, a da abolição da escravatura.

A grandeza do ideal abolicionista é proclamada, teatralmente, em «O Navio negreiro», em que no cenário grandioso do Oceano, Deus, os Ideais humanitários, a Pátria brasileira são interpelados para intervir.

> 'Stamos em pleno mar... dois infinitos
> Ali se estreitam num abraço insano
> Azuis, dourados, plácidos, sublimes...
> Qual dos dois é o céu? qual o oceano?
> ...
> Senhor Deus dos desgraçados!
> Dizei-me vós, Senhor Deus!
> Se eu deliro!... ou se é verdade
> Tanto horror perante os céus...

Descrever o mar como terrível e indomado, também o fez o simbolista Vicente de Carvalho, projectando na inquietação das águas a sua agitação interior. Em *Poemas e Canções*:

>Mar, belo mar selvagem
>Das nossas praias solitárias! Tigre
>A que as brisas da terra o sono embalam.
>...
>Condenado e insubmisso
>Como tu mesmo, eu sou como tu mesmo
>Uma altura sobre a qual o céu resplende

A força espantosa do mar e as suas cóleras grandiosas nas tempestades fazem dos seus ruídos émulos dos poderosos trovões.

Tão impressiva foi essa manifestação da cólera oceânica, que Gilberto Amado, um dos memorialistas marinhos mais notáveis, assim a conta na sua *História da Minha Infância*, descrevendo o momento em que, em criança, acompanhado do pai foi ver uma baleia dada à costa e ouviu um estrondo que não mais esqueceria pela vida fora:

>A baleia estava longe. Íamos, uns quinze meninos. De repente, estrondo imemorável, uma explosão inconcebível me fez estremecer.
>— É o mar! exclamou meu pai, acolhendo-me nos braços, pois eu recuara para ele. A que distância estaríamos? Não o poderia precisar. O mar, que eu só havia visto justado, a sua revelação inicial foi pelos ouvidos: um trôo formidável, um medonho estrondejo de mil tiros de canhão fundidos num só, disparados ao mesmo tempo, dir-se-ia vir do ôco da terra.

A celebração dos amores, quer na vertente eufórica da mútua doação, quer na disfórica do ciúme e da traição, também encontra na beleza das águas marinhas, ou na sua inconstância, símiles para uma expressão frequentemente tocada pela tragédia.

São de Castro Alves, na barcarola «O Gondoleiro do mar», estes belos versos:

>*Dama-Negra*
>Teus olhos são negros, negros,
>Como as noites sem luar...
>São ardentes, são profundos,

Como o negrume do mar;

Sobre o barco dos amores,
Da vida boiando à flor,
Douram teus olhos a fronte
Do Gondoleiro do amor.

Tua voz é cavatina
Dos palácios de Sorrento,
Quando a praia beija a vaga,
Quando a vaga beija o vento.

Gonçalves Dias lamenta em «Rosa do mar», de *Segundos Cantos*, a donzela atraiçoada pelo amor e pelo mar:

Visto o mar que se encapela
A virgem bela
Recolhe e leva consigo;
Tão feliz em calmaria,
Como a fria
Polidez de um falso amigo.

E Joaquim Cardozo em «Espumas do mar», de *Poemas*:

Nas serenas curvas
Da carne marinha
Há sopros, há fugas
De seus a ondular;
Vestidos de rendas...
Vestidos, mortalhas
De noivas morenas
Que em noites de lua
Virão se afogar

Para Cecília Meireles, a similitude entre o mar e a mulher é tão grande que tanto se pode dizer que ele a significa, como ela lhe leva vantagem na beleza e no sonho. No poema «Sereia», de *Viagem*:

Na sua voz transparente
Giram sonhos de cristal

Nem ar nem onda corrente
Possuem suspiro igual,
Nem os búzios nem as violas
Ai!
Nem as vidas nem os búzios

Mas o mundo está dormindo
Em travesseiros de luar.
A mulher do canto lindo
Ajuda o mundo a sonhar,
Com o canto que a vai matando,
Ai!
E morrerá a cantar.

Paradoxalmente, ou talvez não, foi Cecília quem melhor foi capaz de exprimir o mar, ultrapassando a circunstância exterior da ecologia ou da meteorologia e do excessivo. Fez do mar o símbolo do fluir do tempo e da existência, do esbater das fronteiras humanas entre o ser e o não-ser, da corporeidade e da eternidade, celebrando-os ora melancolicamente porque ainda não somos o que viremos a ser, ora de modo encantado porque o sonho já antevê a plenitude.

É no mar que encontra as raízes e a memória dos seus antepassados, e o apelo que a leva a enfrentar a «empresa da vida».

Assim abre o poema e livro *Mar Absoluto*:

Foi desde sempre o mar.
...
E tenho de procurar meus tios remotos
afogados.
Tenho de levar-lhes redes de rezas,
Campos convertidos em velas,
Barcas sobrenaturais
Com peixes mensageiros
E santos náuticos.
...
Queremos a sua solidão robusta,
Uma solidão para todos os lados,
Uma ausência humana que se opõe ao
mesquinho
formigar do mundo
E faz o tempo inteiriço, livre das lutas de cada dia.

Em conclusão: o mar brasileiro é pouco o das caravelas, bastante o das canoas praieiras e dos navios de comércio e seus portos, um tanto o dos paquetes transoceânicos, e, acima de tudo, o das águas ora calmas ora tempestuosas que reflectem os sentimentos humanos.

Bruxelas, Université Libre, Setembro de 1998

O mito do «Novo Mundo» na Literatura de Viagens

Na Literatura de Viagens, como acontece em qualquer subgénero literário, seja ele pastoril, histórico, policial ou qualquer outro, os temas, motivos e tópicos obedecem a construções do imaginário que organizam e condicionam os textos nos seus aspectos semióticos, estilísticos ou de conteúdo.

Uma dessas referências do imaginário põe em relevo o conceito de «Novo Mundo», situando-o entre os sonhos dos descobridores e conquistadores, o proveito e as cobiças dos que exploram riquezas, os projectos utópicos de sociedade dos que às viagens transoceânicas preferiram a tranquilidade e a segurança das viagens imaginárias no remanso dos seus conventos e gabinetes de trabalho.

Contudo, algo de comum os une, um optimismo tipicamente renascentista, quer na concepção do mundo e do homem, quer na fruição das riquezas e bem-estar, quer na vontade de criarem uma nova cultura e um mundo diferente.

Cultura essa apoiada na *paideia* clássica e sublimada ou disfarçada pelos ideais cristãos, mas que, progressivamente, deles se vai afastando quando, pela influência modernizadora das navegações e suas descobertas, se alteraram, ou mesmo aboliram as «verdades» científicas, os valores, crenças e técnicas do mundo antigo e medieval, dando lugar a novos conceitos teológicos, filosóficos, científicos e sociais.

Com efeito, as navegações oceânicas iniciadas pelos Portugueses a seguir à conquista de Ceuta em 1415, com a descoberta do Porto Santo, do arquipélago da Madeira, em 1418, e a acção pioneira do Infante D. Henrique desde que foi nomeado administrador da Ordem de Cristo, em 1420, provocaram mudanças profundas no conhecimento do mundo e na mentalidade europeia.

Tudo foi posto em causa, porque a ciência geográfica e náutica e os conhecimentos da experiência que se ia adquirindo exigiam uma reformulação do saber herdado, e dos comportamentos medievais.

Cristóvão Colombo é bem um dos símbolos dessa mudança[1].

Quando partiu para a sua primeira viagem, em 1492, procurando atingir as Índias do Grande Kan de que falara Marco Polo, através de uma rota marítima pelo ocidente e não pela costa africana, era em tudo um homem medieval, cujo desígnio último era o de organizar uma cruzada para a libertação de Jerusalém, como repetidas vezes o afirmou na sua correspondência, e que Las Casas lembrou, evidenciando o seu profundo sentir religioso. Cheio das mesmas ideias e ilusões, procurava atingir as lendárias riquezas das terras donde eram originários os Magos que foram adorar a Jesus, demandando as ilhas e terras de Tarsis, Ofir e Cipango que julgava ter encontrado no mar das Caraíbas. Ou quando se convenceu de que tinha finalmente chegado ao lugar onde estava o Paraíso Terreal, em que acreditava piamente, como se lê no seu *Livro das Profecias*, a avaliar ainda pela sua descrição coincidente com a da *Imago Mundi* de Pierre d'Ailly, em 1493. E com ele também Vespúcio, em conformidade com as suas cartas de 1500 e 1502.

Mas se Colombo e outros se equivocaram na rota, abundando em confusões de crença, ficção e realidade, o Colombo que saiu das viagens americanas e aqueles que nelas interferiram encontraram-se, quase sem se darem conta, em plena idade moderna em que os critérios antropológicos se sobrepunham aos teológicos, e os económicos e sociais levaram de vencida o idealismo e os sonhos.

E isso deveu-se às consequências das descobertas e do que acabou por ser designado como «Novo Mundo».

Em perfeito paralelismo com os equívocos colombianos se processaram entendimentos diversos sobre os novos mundos descobertos e sobre a sua forma de os interpretar e dominar. Situação esta traduzida pela terminologia vária adoptada no baptismo que lhes conferiu nome.

Com efeito, a expressão «Novo Mundo» não aparece no *Diario* de Colombo, de 1493, onde se dá conta do achamento, e foi interpretada de maneiras variadas.

Para os Portugueses, que primeiro descobriram terras novas, «Mundo Novo» era o que Valentim Fernandes, em carta de 1502 ao rei D. Manuel, situava para lá do cabo das Tormentas, considerado que D. João II, como Moisés, tanto tinha trabalhado «pera entrar em a

---

1 Juan Gil, *Mitos y Utopias del Descubrimiento*, Madrid, Alianza Universidad, 1989.

terra da promissam, e em fim do monte Nebo olhou pera ela e a vyo». Por isso, o rei conseguiu «de ser digno como Josué de entrar em aquele mundo novo que bem podemos chamar a terra da promissam. E que proveyto trouve este tam nobre cabo da Boa Esperança»[2].

Mundo Novo não só por ser outro, mas sobretudo por se assemelhar à Terra da Promissão em que a fartura, simbolizada biblicamente pelo correr do leite e do mel, era agora concretizada em especiarias e outras novidades tropicais: «terra de promissam. onde há cravo, canella, gingivre, noz nozcada, maçes, pymenta preta, branca e longa, galangua, reubarbo, cardamomo, cassiafistola, agarico, turbith, noz de Índia, balsamo, almisquere, ambra líquida. Do estoraque três maneyras, benjoy, almeçega, oppopomaco, galbano, Camffora, bdelij, serapino, ençenso e myrrha, Dally ho ligno aloe, ebano, brasil, sandalo branco, vermelho e çitrino, mirabolano, jndio, belerico, etc. Alli ha aljoffar, perlas, diamantes, rubijs, esmeraldas, amatistas, topasias, jaçintas, çaffiras, turquesas. etc. Alli ha alifantes acostumados e brancos, unicórnios, papagaios brancos a vermelhos e de muytas coores. O que cousas tam maravilhosas»[3].

A mesma identificação com a Índia foi feita pelo humanista Marchionni que numa das suas cartas para Florença é de opinião de que o monarca português, com o feito de Vasco da Gama, acabava de descobrir «um novo mundo» que vinha aumentar as perspectivas do mundo novo, tanto nos aspectos geográficos como de comércio[4].

Novo Mundo era para os portugueses também o Brasil. Com esses olhos é contemplada a nova descoberta, em 1500, por Pêro Vaz de Caminha, escrivão da armada de Pedro Álvares Cabral, explicando que a designação do novo território foi de carácter religioso: «Terra da Vera Cruz».

Observa, justamente, Banha de Andrade, que se a carta de Caminha fosse conhecida na Europa, quando foi escrita, teria arrebatado para o Brasil a admiração universal e as honras que foram concedidas à descoberta da América: «se se lhe tivesse dado publicidade no século

---

[2] *O Livro de Marco Paulo – O Livro de Nicolau Veneto – Carta de Jerónimo de Santo Estevam*, conforme a impressão de Valentim Fernandes, feita em Lisboa em 1502, Lisboa, Biblioteca Nacional, 1922, Aij v.

[3] *Ibidem*.

[4] *Apud* A. A. Banha de Andrade in *Novos Mundos do Mundo*, Lisboa, Junta de Investigações do Ultramar, 1972, p. 235.

XVI, o êxito que lhe estava destinado não excederia apenas o interesse que despertou desde o século passado, mas ultrapassaria muito o que obtiveram as epístolas de Américo Vespúcio. Poderia acontecer que o geógrafo que propôs para o mundo novo, o nome de Vespúcio, o tivesse baptizado com o de Cabral»[5]. Com efeito, a carta de Pêro Vaz, só foi dada a conhecer na imprensa do Rio de Janeiro em 1817 pelo P.e Aires do Casal, e este é um dos casos em que o segredo mais prejudicou que favoreceu o que se pretendia acautelar.

Aliás, assim o entenderam o autor e anotador de uma carta geográfica de 1508, identificando o Brasil deste modo: «Terra Sanctae Crucis sive Mundus Novus [...] haec regio a plerisque alter terrarum orbis existimatur»[6].

Assim o designou igualmente Jean de Léry na sua *Histoire d'un Voyage en Terre de Brésil*, em 1578, ao exclamar, perante as maravilhas que observava: «Toutes les fois que l'image de ce nouveau monde que Dieu m'a fait voir se represent devant mes yeux [...] incontinent ceste exclamation du Prophete au Pseaume 104, me vient en mémoire, O Seigneur Dieu [...] la terre est pleine de ta largesse»[7].

Muito depois desta data, os portugueses continuaram a chamar ao Brasil Novo Mundo, como Frei António do Rosário que na «Prefaçam» do seu *Frutas do Brasil*, de 1702, diz: «As terras, segundo as influências várias do Céu, assim como produzem homens de várias cores e línguas, produzem com a mesma diversidade infinitas castas de frutas: esta América de Portugal, como um novo mundo que depois de muitos séculos descobriram os portugueses, como é o novo Céu e Nova Terra»[8].

E também, em 1733, Joseph-François Lafitau, considerado um dos maiores pioneiros da antropologia comparada, pensava de maneira semelhante. Por julgar que o mundo civilizado e cristão devia estar grato pelo que os portugueses fizeram, e se encontrava insuficientemente informado, resolvera escrever uma obra, em quatro tomos, historiando a expansão marítima lusa desde 1412 e do Infante D. Henrique, na África, Índia, Brasil e Ásia, apelidando-a no título da obra:

---

5 *Ibidem*, p. 22.
6 Antonello Gerbi, *La Natura delle Indie Nove*, Milano - Napoli, 1975, p. 367.
7 Jean de Léry, *Histoire d'un Voyage en Terre de Brésil*, Paris, Sd. de Frank Lestringaut, LGF, 1994, p. 334.
8 Frei António do Rosário, *Frutas do Brasil*, Lisboa, A. P. Galram, 1702, p. Aj.

«decouvertes et Conquestes des Portugais dans le Nouveau Monde.»

Novo mundo, portanto, que designava não apenas o Brasil mas as outras partes do mundo antes não conhecidas ou conquistadas pelos Europeus[9].

É em 1503, no *Novus Orbis* de Américo Vespúcio, que aparece a designação «Mundo Novo» aplicada à América: «com a armada e a expensas e por mandato do sereníssimo Rei de Portugal, procurámos e descobrimos [novos países], a que nos é lícito chamar Novo Mundo, porque no tempo dos nossos maiores de nenhum dele se teve conhecimento, e para quantos o ouviram deverá ser coisa novíssima, já que excede a opinião dos nossos antepassados»[10].

Esta designação de Novo Mundo fez o seu curso no título de várias obras de viagens, importantes, sobretudo desde que Pietro Martir d'Anghiera (1459-1526) a divulgou no *De Orbe Novo*, em cujo capítulo II assim descreve, ao príncipe destinatário, as novas terras: «Repertis illustrissime Princips cupere te q accidunt in Hispania de Orbe Novo cognoscere, placuisseque tibi...»[11].

É essa a óptica de Simão Grynaeus na *Novus Orbis Regionum ac insularum veteribus incognitarum*, de 1532; de Ramusio no *Navigationi et Viaggi*, editado de 1550 a 1559, que no terceiro volume conta as «navigationi al Mondo Nuovo»; de Théodore de Bry, na edição da *Historia Americae sive Novi Orbis*, de 1634, e de muitos outros.

É que, já em 1507, o geógrafo alemão Martin Waldseemüller, na *Cosmographiae Introdutio*, tinha começado a designar o novo mundo americano pelo nome de Américo Vespúcio.

Por algum tempo as duas designações conviveram pacificamente, mas a designação de Waldseemüller acabaria por vencer. Por muito injusta que ela fosse, era praticamente inevitável, não só pelo grande prestígio de Ramusio, mas também por razões práticas.

Embora Vespúcio não fosse responsável por essa atribuição, o certo é que ele não era homem para descurar a sua fama, atribuindo-se feitos reais, ou supostos. As suas obras, que circularam por toda a parte como primeira colecção de narrativas de viagens, fizeram rever-

---

9 Joseph-François Lafitau, *Histoire des Decouvertes et Conquestes des Portugais dans le Nouveu Monde*, Paris, 1734.
10 Américo Vespucci, «Mundus Novus», in *Cartas de Viage*, Madrid, Alianza Editorial, 1986, p. 89.
11 Pietro Martir d'Anghiera, *De Orbe Novo (Decades)*, Sedifus Michaelis de Egnia.

ter em seu favor o maravilhamento europeu perante tão estranhas e exóticas notícias e porque, insista-se mais uma vez, a esplendorosa narrativa de Pêro Vaz de Caminha continuaria em segredo até ao ano 1817.

Sendo inicialmente à América do Sul que se referia o Novo Mundo, posteriormente, sobretudo com Gerardus Mercator, passou a abranger também a do Norte, tendo-se aí fixado a expressão, para o futuro.

Para isso concorreram também razões de carácter prático que retiraram ou impediram o carácter simbólico e mítico que a expressão herdou dos sonhos e mitos da Antiguidade e da Cristandade medieval e se projectaram na aventura das navegações.

Novo passou a ser cada vez mais o adjectivo utilizado para significar a posse e o prolongamento do Velho, do Velho Continente.

Assim, vários territórios descobertos passaram a ter os mesmos nomes dos países de origem dos descobridores e conquistadores, antecedidos desse adjectivo, utilizado como uma espécie de prefixo.

Já em 1513 se referia a existência de uma Nova Inglaterra na obra de John Smith *The New England*. Os espanhóis, desde que em 1523 Cortés foi nomeado pelo rei capitão-general, passaram a chamar ao México Nueva España. Do mesmo modo, as possessões francesas do Canadá designavam-se, até 1763, como Nouvelle-France, desde que Jacques Cartier, em 1534, tomou posse dessas terras em nome do seu rei, da mesma maneira que mais tarde também os portugueses gostavam de se referir ao Brasil como Nova Lusitânia.

Richard Eden publica em 1553 o seu *Treatyse* sobre a *Newe India with other newe founde Lands and Islands*, e desde 1625 que o território que viria a ser Nova Iorque se chamou Nova Amesterdam, tendo os Holandeses dado à Austrália, muito provavelmente descoberta pelos Portugueses no século XVI, o nome de Nova Holanda, em 1606.

Para o confirmar, e para que a lista de exemplificações não seja demasiado extensa, basta consultar as dezenas de ocorrências de uma enciclopédia de qualquer país, ou as obras de cartografia, porque esta tendência se transformou num hábito, até aos nossos dias.

Na continuidade das ilusões bíblicas e escatológicas de Colombo, o grande continente americano, tão repetidamente apelidado de novo, no todo e nas suas partes, foi também visto, desde a sua descoberta, se não como o Paraíso Terreal reencontrado, pelo menos como uma sua reconstrução ou reflexo.

Mircea Eliade refere[12], citando as obras de Charles L. Sanford *The Quest for Paradise*, e de George H. Williams *Wilderness and Paradise in Christian Thougt*, que os Estados Unidos, mais do que qualquer outra nação moderna, eram o produto da Reforma protestante na busca de um paraíso terreal, havendo uma estreita ligação entre a Reforma e a recuperação do tema do Paraíso.

Para alguns teólogos protestantes, «a Reforma acelerava a chegada da grande era da bem-aventurança paradisíaca», ao ponto de nas colónias americanas «a doutrina religiosa mais popular ser a de a América ter sido escolhida dentre todas as nações da terra como o lugar para a segunda vinda de Cristo, e que o milénio, embora de natureza essencialmente espiritual, seria acompanhado de uma transformação paradisíaca da terra, como sinal externo da perfeição interna»[13].

Segundo o mesmo autor, assim se chegou às ideias do «Paraíso Americano», multiplicando-se as comparações com o Éden primitivo.

Ideias estas que conceituavam negativamente Roma, as nações católicas e a Europa como o Anticristo, como mundo caído, inferno.

Conclui Eliade: «Tanto os primeiros colonos como os emigrantes europeus mais tardios viajavam para a América como para o país em que podiam nascer de novo, isto é, começar uma nova vida»[14].

Algo de semelhante tinha ocorrido a respeito da América do Sul, mas com as grandes diferenças, ibéricas e católicas, de uma visão nem milenarista nem excessivamente maravilhada, embora saudosa da idade primigénita.

Argutamente observou Sérgio Buarque de Holanda, na sua *Visão do Paraíso*, logo no início do primeiro capítulo, como que a prevenir o leitor contra falsas expectativas, que nos escritos quinhentistas dos portugueses sobre o Novo Mundo o espaço ocupado pelas manifestações de maravilhamento e mistério era singularmente reduzido. Certamente, acrescenta, porque a sua larga prática das navegações no Mar Oceano e a experiência no trato com gentes desconhecidas já os tinham habituado ao exótico, ou porque o fascínio do Oriente ainda era demasiado. O certo é que do Brasil nem esperavam extraordinários por-

---

12 Mircea Eliade, «Paraíso y Utopía: Geografía Mítica y Escatología», in *Utopías y Pensamiento Utópico*, comp. de F. E. Manuel, Madrid, Espasa-Calpe, 1982.
13 *Ibidem*, p. 317; tradução do autor.
14 *Ibidem*, p. 321; tradução do autor.

tentos, nem previam que isso viesse a acontecer: «E o próprio sonho de riquezas fabulosas, que no resto do hemisfério há-de guiar tantas vezes os passos do conquistador europeu, é em seu caso constantemente cerceado por uma noção nítida, porventura, das limitações humanas e terrenas [...]. Mal se esperaria coisa diversa, aliás, de homens em quem a tradição costumava primar sobre a invenção, e a credulidade sobre a imaginativa. De qualquer modo, raramente chegavam a transcender em demasia o sensível, ou mesmo a colori-lo, rectificá-lo, complicá-lo, simplificá-lo, segundo momentâneas exigências»[15].

Por isso Sérgio, no subtítulo do livro, *Os Motivos Edênicos no Descobrimento do Brasil*, preferiu falar em *motivos*, no sentido literário do termo, em vez de temas, pois para eles não havia amplitude e matéria necessárias.

Para corroborar este ponto de vista, basta lembrar que o grande poema épico português, *Os Lusíadas*, tem por tema a Índia, a viagem do Gama até essas terras que fascinavam o imaginário luso e europeu. O Brasil, neste poema, é evocado muito discretamente, no Canto x, em quatro versos da estrofe 140, quando Tétis mostra ao Gama a grande máquina do mundo, na visão de Ptolomeu: «Mas cá onde mais se alarga, ali tereis / Parte também, co pau vermelho nota; / De Santa Cruz o nome lhe poreis; / Descobri-lo-á a primeira vossa frota.»

Para além desta referência, o Brasil não chegou a conhecer nenhuma epopeia portuguesa que se impusesse, e os poemas épicos que nele se escreveram ou o tomaram por objecto são de poetas lá nascidos ou que lá viveram, e de assunto local: o *Caramurú* de Santa Rita Durão sobre o descobrimento da Bahia, o *Uraguai* de Basílio da Gama sobre a luta dos índios contra o exército luso-espanhol, *Vila Rica* de Cláudio Manuel da Costa sobre a região de Minas Gerais, para não falar já no obscuro e ainda inédito *Brasília* de Gonçalo da Franca sobre o próprio descobrimento das terras de Santa Cruz.

Por isso, a descrição da terra brasílica é feita preferencialmente em linguagem «ufanista», ampliando tropicalmente a eloquência barroca europeia, não a reconstituir o Paraíso, mas a exaltar-lhe as adjacências da abundância, exuberância, beleza, colorido, superioridade em relação a realidades correspondentes europeias. E observando-se sempre

---

15 Sérgio Buarque de Holanda, *Visão do Paraíso. Os Motivos Edênicos no Descobrimento do Brasil*, Rio de Janeiro, José Olimpo, 1959, p. 3.

a advertência de Pêro Vaz de Caminha no final da sua *Carta de Achamento*, de que era indispensável o esforço humano do trabalho: «A terra em si é de muito bons ares, assim frios e temperados [...] águas são muitas; infindas. E em tal maneira é graciosa que, querendo-a aproveitar, dar-se-á nela tudo»[16].

É que o novo Paraíso era o Paraíso depois do pecado, em que, apesar de tudo, os frutos da terra só podiam ser colhidos com suor no rosto. E onde os índios, embora «inocentes» segundo Caminha, e viciosos segundo Anchieta e Nóbrega, precisavam de ser civilizados e evangelizados.

Este é o sentido da literatura ufanista de Ambrósio Brandão, *Diálogos das Grandezas do Brasil*, de 1618; de Botelho de Oliveira, *Ilha da Maré*, de 1705; de André João Antonil, *Cultura e Opulência do Brasil por suas Drogas e Minas*, de 1711; de Sebastião da Rocha Pita, *História da América Portuguesa*, de 1730; da abundante literatura jesuítica, principalmente de Manuel de Nóbrega, *Informação das Terras do Brasil*, de 1550, de Anchieta (1534-97) *Informação do Brasil e de suas Capitanias*.

Quanto à visão e descrição da América Espanhola, ela é substancialmente diferente. Por pouco tempo os índios foram encarados como gente inocente e de paz, porque a cobiça do ouro e de outras riquezas depressa transformou aquele paraíso num inferno, quer nas ilhas primeiramente descobertas, quer na expansão continental que se lhe seguiu, em que foram destruídas civilizações avançadas como as dos Incas e dos Aztecas.

Segundo o testemunho de Las Casas na *Brevisima Relación de la Destrucción de las Indias*, de 1552, eram os índios gentes «las más simples, sin maldades ni dobleces, obdientisimas, fidelísimas a sus señores naturales y a los cristianos a quien sirven; más humildes, más pacientes, más pacíficas y quietas, sin rencillas ni bollicios, no rijosos, no querulosos, sin rancores, sin odios, sin desear venganzas que hay en el mundo»[17]. Tudo mudou rapidamente com a obsessão da busca do ouro, porque, conforme concluiu o bispo de Chiapas: «En estas ovejas mansas y de las calidades susodichas por su Hacedor y Criador asi dotadas entraron los espanoles desde luego que las conocieron como

---

16 *A Carta de Pêro Vaz de Caminha*, edição de Jaime Cortesão, Lisboa, Portugália, 1967.
17 Bartolomeo de Las Casas, *Brevisima Relación de la Destrucción de las Indias*, 5.ª ed. Madrid, Catedra, 1991, pp. 75-77.

lobos y tigres y leones crudelísimos de muchos dias hambientos. Y otra cosa no han hecho de cuarenta anos a esta parte, hasta hoy y hoy en este dia lo hacen, sino despedazallas, matallas, angustiallas, afligillas, atormentallas y destruillas».

Visão diferente dessa bondade paradisíaca dos índios tiveram outros que presenciaram igualmente os acontecimentos: Alonso de Ercilla, que escreveu um poema épico[18] glorificando a conquista espanhola e sua «guerra justa», *La Araucana*, de 1569 («Canto... el valor, los echos, las proezas / de aquellos españoles esforzados, / que a la cerviz de Arauco no domada / pusieron duro yugo por la espada»), e o governador D. Bernardo de Vargas Machuca.

Segundo este capitão-general que escreveu *Apologias y Discursos de Las Conquistas Occidentales*, de 1612, refutando ponto por ponto a *Brevisima Relación* de Las Casas, não eram os índios tão pacíficos como o dominicano o queria fazer crer: «Cuando el indio se ve libre y sin temor no tiene ninguna virtud, y cuando se halla opreso y temeroso hace muestra de tenerllas todas juntas», e lembrava que, frequentemente, arremetiam contra os missionários, «matandolos y comiendo los más de ellos». Por isso, quis demonstrar na sua apologia, servindo-se da experiência de soldado e de governador, que nem as coisas se passaram como Las Casas as descreveu, nem se podia proceder de modo diferente do que seguiu a colonização: «Como hombre que tanto los he tratado y que tiene experiencia dellos en las conquistas y fuera de ellas, y créanme como cristiano que soy que para que se conviertan conviene que entren a la par los religiosos y la gente de guerra, porque será más breve la conversión y más almas las que se salvarán pues todo este mundo no se puede estimar en tanto como el valor de una sola»[19].

Depois de tantos sonhos e projectos, as desilusões sobre a novidade das Américas sugestionaram os utopistas a apresentarem as suas alternativas.

Tomás Morus, no livro primeiro da *Utopia* diz claramente que os relatos de maravilhas e de medos, a que se estava habituado, já não

---

18 Alonso de Ercilla, *La Araucana*, 3.ª ed. México, Porrúa, 1979.
19 Bernardo de Vargas Machuca, *Apologias y Discursos de las Conquistas Occidentales*, Ávila, Junta de Castilla y Léon, 1993, pp. 59-61.

convenciam ninguém: «os monstros tão famosos outrora, já não têm interesse algum: Scilas, Celenos, lestrigões antropófagos e outras harpias do mesmo género que existiam quase por toda a parte. O que é mais raro e digno de interesse é uma sociedade sã e sabiamente organizada»[20].

Afinal, o chamado Novo Mundo não era mais do que o prolongamento do Velho, nas suas estruturas e práticas religiosas, políticas e sociais cheias de injustiças e de corrupção.

A explicação que Antonio Herrera tinha dado nas suas *Decadas* sobre a razão por que chamaram ao México *Nueva España* revela uma conclusão pragmática que se podia aplicar a tudo nas terras descobertas e conquistadas. Chamava-se *novo* o que lhes fazia ver de novo o que já conheciam da velha Espanha: as casas e as povoações eram semelhantes às da pátria. Era novo o que de novo se fazia ou via, à semelhança do modelo original ibérico.

Surgiram, por isso, as propostas dos utopistas, em suas viagens imaginárias distanciando-se, por igual, quer do Velho Mundo quer do Novo Mundo das Américas, como explicitamente o afirmaram, só considerando verdadeiramente nova a cidade-modelo que propunham.

Para aí convergem as principais utopias dos séculos XVI e XVII: *Utopia, sive de Optimo Reipublicae Statu*, de 1516, de Tomás Morus; *Civitas Solis*, de Frei Tomás Campanella, de 1623; e *New Atlantis*, de 1627, de Francis Bacon.

É clara a oposição destes modelos de novos mundos, tanto ao da Europa como da América.

E para os descrever, os utopistas utilizaram as mesmas formas, ambiente e linguagem dos navegadores e da Literatura de Viagens em que se inspiraram.

Tal como aconteceu a Colombo, e talvez também a Cabral, a ilha de Tomás Morus foi encontrada por acaso, por força de uma tempestade.

E também o narrador dessa utopia é um navegador, português, capitão de navios, chamado Rafael Hitloden.

A cidade de Campanella situa-se numa ilha perdida no Oceano, encontrada, por um almirante, genovês como Colombo, depois de longa viagem à volta da terra.

---

20 Tomás Morus, *A Utopia*, 10.ª ed. Lisboa, Guimarães Editores, 1996, p. 28.

A ilha de Francis Bacon, a Nova Atlântida, naturalmente que também foi descoberta por um navegador que viajava desde o Peru para a China e o Japão, arrastado pelos ventos. E assim por diante.

Comum a todos os textos é a ideia de que a perfeição e a virtude não se encontram realizadas em nenhum mundo conhecido, e serem possíveis unicamente através de leis justas e sábias.

Das três ilhas se pode dizer que se situam onde Bacon imaginou a sua: «simultaneamente, para além do Velho Mundo e do Novo Mundo.»

Todos, igualmente, são solidários na crítica aos políticos e magistrados, apontando como principal agente corruptor a cobiça do oiro, do dinheiro, da propriedade privada.

E unânimes são no louvor dos grandes inventos do tempo: a imprensa, a pólvora, as novas armas, a bússola, sendo deles o mais entusiasta Bacon, o autor da nova bíblia científica do empirismo e da classificação das ciências, o *Novum Organum*.

O novo deslumbramento é mais com o homem do que com o mundo, porque, com o auxílio da ciência, os seus poderes crescem extraordinariamente, levando a Natureza a produzir tudo o que ele quiser.

Emblematicamente, na Nova Atlântida, as maravilhas de frutos e plantas não são dons espontâneos da natureza como nas narrativas ufanistas barrocas, mas produtos fabricados em laboratórios, «fazendo-se misturas e cruzamentos de espécies diversas, que têm produzido muitas espécies novas e que não são estéreis, como geralmente se crê dos híbridos», lançando-se mão de intervenções laboratoriais que antecipam a moderna engenharia genética.

No final da *Utopia*, Morus rende-se às ideias utopianas de Rafael, «de que o fundamento sobre o qual se edificou aquela estranha república» é «a comunidade de vida e de riquezas sem intervenção do dinheiro».

Quanto a Campanella, insiste ainda mais do que os outros em que o mundo só poderá ser melhor se viver a unidade religiosa, sob a égide do Cristianismo.

Já foi dito que a história e o progresso são o cemitério das utopias[21], mas talvez seja mais exacto afirmar-se que tanto umas como outras são antes a sua consolidação e purificação, porque foi estimulado,

---

21 «Utopie», in *Dictionnaire Historique, Thématique et Technique des Littératures*, dir. de Jacques Demougin, Paris, Larousse, 1986.

guiado mesmo pelas utopias que o homem deu passos significativos na busca incansável da felicidade e do bem-estar.

As utopias são tão úteis nos seus acertos e incentivos à realização dos melhores desejos, como nos seus erros, pois a experiência também ensina, pelo absurdo, o que é preciso exorcisar: unidade do mundo e dos homens, sob as grandes metáforas do Estado Todo-Poderoso e da Religião única; aposta nas capacidades do homem e nas possibilidades da ciência e da natureza; indispensabilidade da crença em Deus na busca do sentido, eis o lastro positivo mais relevante destas utopias. Aniquilação da liberdade, da criatividade e da diferença, criação de uma nova escravatura, eis a sua preversão, que a história já exemplificou e proscreveu.

Passadas que foram estas propostas utópicas, o Novo Mundo americano iria conhecer durante os séculos XVIII e XIX outra fase de interpretação negativa que degenerou numa teoria geral da inferioridade, tanto da terra como do homem americanos, quando comparados com as realidades europeias. Por ela foram responsáveis Raynal, Buffon, de Pauw e, sobretudo, Hegel.

É que o Século das Luzes achava que devia ler tudo com olhos críticos, e que era preciso ultrapassar as «singularidades» demasiado abundantes nas narrativas de viagem, e substituí-las por «verdades» científicas. Era imperioso testar a conformidade dos factos narrados com a razão, e reduzir às suas verdadeiras proporções as tão propaladas maravilhas. E também se impunha aprofundar o conceito de homem selvagem.

Chegou assim o momento das «viagens filosóficas» e dos viajantes ideais, bem diferentes dos narradores ingénuos e grosseiros que descreveram as navegações.

Tudo considerado, não era difícil concluir pela inferioridade da terra americana, dos seus animais, plantas e gentes[22].

Teoria esta tanto mais arbitrária quanto dependente de preconceitos racistas, cheia de vícios de raciocínio, e que nos nossos dias seria refutada, dentre outras obras, pela *Casa Grande e Senzala* de Gilberto Freire, de 1933, e por *O Novo Mundo* de Antonello Gerbi, de 1943.

---

22 Hélène Clastres, «Sauvages et civilisés au XVIIIe siècle», in *Histoire des Idéologies*, Paris, Hachette, 1978, pp. 220-221.

O Novo Mundo só nos tempos modernos voltaria a recuperar o sentido positivo de «Terra de Promissão» identificada com a América do Norte, em função de dois factores que o constituíram como um modelo a imitar. Um, no aspecto político e social, o de pátria da democracia; e outro, no aspecto económico e social correspondente, o do extraordinário progresso técnico e da riqueza, ligado à igualdade de oportunidades.

Assim o diagnosticou a síntese de Braudel na *Grammaire des Civilisations*: «L'Amerique offre deux grandes ensembles culturels. L'"Amerique", sans plus, c'est-à-dire les États Unis (auquels il faut joindre le Canadá, entraîné dans leur silage): c'est le noveau monde par excellence, celui des merveilleuses réalizations, celui de la "vie future". L'autre Amerique, la plus vaste, moitié du continent, semble s'accomoder de l'épithète de "latine" [...] une Amerique une et multiple, haute en couler, dramatique, déchirée, divisée contre elle-même»[23].

O «Novo Mundo», afinal, só do homem é que pode receber a novidade. E a novidade, como a perfeição, não são fáceis de encontrar nem de receberem a unanimidade das opiniões.

Deste modo, outros novos mundos irão sendo descobertos ou imaginados, porque tanto a realidade como a utopia são inesgotáveis.

---

23 Fernand Braudel, *Grammaire des Civilisations*, Paris, Flammarion, 1993, p. 467.

Yale University, EUA, 1998

Da grandiloquência lusa ao ufanismo brasileiro

A atitude ufanista de descrever a terra, sobretudo a do mundo brasílico, em termos superlativos, configurados em motivos estilísticos bem definidos, vai buscar a sua dinâmica a duas áreas culturais que, cruzando-se, possibilitam uma forma original de olhar a realidade: a da temática da viagem na sua vertente de viagem de expansão, e a da Literatura Portuguesa renascentista.

Surge como consequência natural das viagens que, a partir do século xv, os Portugueses iniciaram, e que tão grande fortuna iriam conhecer, e manifesta-se em abundantes relações, viagens, roteiros, jornadas, itinerários, diários, etc.

Obedecendo ao mesmo móbil dominante de conhecer, achar e tomar posse que lançou para o mar oceano marinheiros, soldados, missionários, mercadores, aventureiros, a viagem implicava, naturalmente, tanto o desembarque, conhecimento e ocupação da terra, como o seu relato, sobretudo de quanto se revelasse novo ou insólito.

E para os mais variados fins, que vão da simples curiosidade e fome do maravilhoso, às ambições da ocupação e conquista, ao zelo religioso de evangelizar os naturais, às cobiças de inventariar riquezas, à sua extracção, troca ou saque.

Assim, a literatura geralmente chamada *de achamento*, sendo parte ou prolongamento da literatura europeia e portuguesa de viagens, é na cultura e literatura portuguesa renascentistas que mergulha as suas raízes mais profundas, quer nas formas de olhar a realidade, quer na sua enunciação estética.

Não significa isto que a literatura ufanista do Brasil não seja mais do que a repetição da literatura portuguesa de engrandecimento e encómio, mas que, tal como aconteceu na arte, por exemplo na arquitectura, na talha e no azulejo barrocos, afeiçoou e recriou as formas importadas a uma dinâmica tropical.

E é precisamente na classificação do que era importado ou resultou da elaboração local, que melhor se pode avaliar o novo da recriação ufanista. Dum modo geral, se pode afirmar que existiu nos cronistas e outros escritores do século xv, por influência das correntes culturais europeias, uma atitude propícia à louvação e engrandecimento das realidades nacionais e das personalidades que se distinguiram na vida colectiva.

Pelo teor dos exageros retóricos se podem entender tais excessos como provenientes da tradição romana e medieval, particularmente visíveis, por exemplo, nas *Etimologias* de Santo Isidoro de Sevilha e actualizadas pelo optimismo renascentista.

Assim, a copiosa literatura das *imago mundi* e dos livros de maravilhas que em Marco Polo encontraram bons incentivos para a imaginação de portentos, monstros, fenómenos singulares meteorológicos, estranhas plantas e animais fabulosos, facultou modelos e atitudes psicológicas de espanto e exaltação que, da retórica lusa de engrandecimento, transitariam para o ufanismo brasileiro.

Com efeito, em Portugal, o discurso grandiloquente encontrou inspiração nos entusiasmos de Fernão Lopes que, no dizer de Herculano, é «o homem da grande epopeia dos gloriosos portugueses», torna-se mais expressivo em Zurara na *Crónica da Guiné* ao fazer-se o elogio do Infante D. Henrique e dos feitos portugueses contrapostos aos dos estrangeiros: «quantos foram os clamores da grandeza e da gentileza da França e da fortaleza da Inglaterra, e da sabedoria de Itália, acompanhados doutros de diversas nações e linguagens, toda a gente estremada em linguagem e virtude [...] E que posso eu dizer de sua grandeza, senão que foi extrema entre todos os príncipes do mundo»[1].

Semelhante é o tom de Duarte Pacheco Pereira no *Esmeraldo*, elogiando D. Manuel: «entre todolos príncipes ocidentais da Europa Deus somente quis escolher Vossa Alteza, que este bem soubesse e recebesse e possuísse os tributos dos reis e Príncipes hárbaros do Ocidente, os quais Roma no tempo da sua prosperidade, quando mandava grande parte do orbe, nunca assim os pôde haver, nem fazer tributário»[2].

E, passando das pessoas para os lugares, é do mesmo tipo encomiástico o discurso *de situ* do mesmo Duarte Pacheco Pereira, conformando-se, aliás, com a tradição inaugurada pelo *De Situ Orbis* do

---

[1] Gomes Eanes de Zurara, *Crónica da Guiné*, Porto, Civilização, 1973.
[2] Duarte Pacheco Pereira, *Esmeraldo de Situ Orbis*, 3.ª ed. Porto, Civilização, 1993.

romano Pompónio Mela, do século I, que encarecia a importância das cidades, continuado na Idade Média e recebido pelo Renascimento.

De início, o tema que servia a expressão do espanto e do elogio era o da forma da Terra, da localização das populações e da salubridade, sobretudo das grandes metrópoles urbanas, porque a simples descrição da realidade parecia insuficiente.

Proliferaram, primeiro, as teorias sobre se a Terra era redonda, oval, cilíndrica ou plana, e muitas páginas foram escritas sobre a localização do paraíso terreal e sobre o lugar ocupado pela cidade santa de Jerusalém, tendo surgido descrições que, para além do minucioso da geografia urbana, não recuaram perante fantasias geocêntricas, exaltando determinados lugares como grandiosos, únicos e dignos de atenção generalizada.

Tornou-se corrente escrever sobre o *de situ* ou sítio de Lisboa e outras cidades.

Damião de Góis prestou o seu contributo com a obra *Urbis Olisiponis Situs et Figura*, onde começa por afirmar grandiloquentemente: «Há duas cidades que nesta época poderíamos com razão chamar senhoras e, (por assim dizer), rainhas do oceano: pois é sob a sua direcção e domínio que hoje em dia se processa a navegação em todo o Oriente e o Ocidente»[3], e é para justificar esta relevância que faz a descrição empolada do Tejo, desde a sua origem histórica aos seus predicados.

Cristóvão de Oliveira escreveu, em 1551, um *Sumário* da grandeza da capital, estribando-se, fundamentalmente, em estatísticas, como forma de engrandecimento: «Tem Lisboa dez mil casas em que há dezoito mil vizinhos, sem a corte, afora que entram cada dia mais naus, e há muitos mercadores estrangeiros e muita outra gente de fora, e as mais das casas são de dois, e três e quatro e cinco sobrados; tem trezentos e vinte e oito ruas e cento e quatro travessas e nove becos, e sessenta e dois postos que não são ruas»[4].

É do ano seguinte, 1552, da autoria de João Brandão, outro relato muito pormenorizado de Lisboa, do seu porto, casas, ruas, igrejas e capelas, escolas, instituições, multiplicidade de ofícios, rendimentos, etc.,

---

3 Damião de Góis, *Descrição da Cidade de Lisboa*, Lisboa, Horizonte, 1988.
4 Cristóvão Rodrigues de Oliveira, *Sumário em que brevemente se contém algumas cousas assim eclesiásticas, como seculares, que há na cidade de Lisboa*, Lisboa, 1755.

feito a modo de inventário, e também este com o objectivo de enaltecer «a grandura da cidade [...] E para mais mostrar as grandezas da cidade, direi dela, pois o meu fim não é outro senão engrandecê-la»[5].

Também movido pelo mesmo espírito do louvor *de situ*, Manuel Severim de Faria, ainda que mais propenso à análise fria das mazelas nacionais e das medidas práticas tendentes ao progresso, enaltece a sua cidade de Évora: «[É] este sítio tão agradável à vista que aos de Itália lhes pareceu que era Roma; e aos de Castela o seu Madrid e Toledo. Esta é aquela cidade que sendo fundada por Elisa, primeiro povoador de Espanha, tem sustentado por tantos séculos, o mesmo nome e lugar, quanto das metrópoles das maiores monarquias não se sabem já os vestígios donde foram»[6].

E à semelhança do louvor de Lisboa ou Évora, outros se encarregaram de exaltar várias outras cidades, os acontecimentos ou as personalidades. Lisboa, porém, mereceu sempre uma atenção especial por parte dos panegiristas.

Assim, no primeiro quartel de Seiscentos surgem três obras que podem ser consideradas modelos directos das obras mais significativas do ufanismo brasileiro: os *Diálogos do Sítio de Lisboa*, de 1608, da autoria de Luís Mendes de Vasconcelos; a *Descrição do Reino de Portugal*, de 1610, embora composta em 1599, de Duarte Nunes de Leão; e o *Livro das Grandezas de Lisboa*, de 1620, de Frei Nicolau de Oliveira.

Para exaltar a cidade do Tejo, Frei Nicolau escolhe para contraste Sevilha, a outra grande cidade já apontada por Damião de Góis como ombreando com Lisboa.

O louvor é especialmente interessante pela circunstância de o frade trinitário se ter deslocado a Sevilha para tratar de um resgate e de lá o terem interrogado por «algumas cousas de Portugal, e em particular da cidade de Lisboa, e seu sítio, e se seria tão grande como a de Sevilha, cidade tão famosa e nomeada, e tida em tanta estima (e com razão) de grande, rica e bem provida em toda a Espanha».

Respondendo à questão, diz Frei Nicolau: «Bem se deixa ver (respondi eu) a opulência, riqueza e grandeza, cerco de muros e trato desta mui nobre cidade, a qual assi eu, como alguns, julgara pela

---

5 João Brandão, *Tratado da Magestade, Grandeza e Abastança da Cidade de Lisboa*, Lisboa, Livraria Ferin, 1923 [1552].
6 Bento José de Sousa Farinha, *Colleçam das Antiguidades de Évora*, Lisboa, 1755, p. 177.

maior da Europa, ou ao menos de Espanha em todas as cousas ditas, se não houvera visto a cidade de Lisboa, e notado tão particularmente (como natural dela) suas grandezas, diferença de edifícios, ruas, casarios, e cerco de seus muros e arrabaldes, pelo que me parece é assim, julgo (depois de haver bem considerado o sítio que ocupa uma e outra cidade) ser mui maior de muros dentro de Lisboa que Sevilha, e na quantidade das casas e vizinhos assi dentro como fora dos muros em seus arrebaldes ter Lisboa (quando for pequena) ao menos três Sevilhas, não falando em seu terno [...] acho ser a maior cidade da cristandade»[7].

Frei Nicolau dá assim forma ao que era ideia generalizada na época renascentista: Lisboa é uma das maiores e mais belas cidades do mundo cristão.

Tão convincente pareceu a sua descrição, que o erudito viajante e autor do *Hispaniae et Lusitaniae Itinerarium*, publicado em Amesterdão, em 1656, reteve: «Lisbona, Lisboa, Olisippo inter Europa civitates potentissimas, ditissima numerata; inter Hispaniae Urbis percipua habita, et lusitaniae impresso sequentia tradit»[8].

O que, aliás, já tinha sido observado por viajantes estrangeiros desde o século XV.

Do mesmo ano da obra de Oliveira é uma descrição anónima, semelhante, a *Relação em que se trata e faz uma breve descrição dos arredores mais chegados à cidade de Lisboa... até Enxobregas...*, considerando «a cidade de Lisboa, cujas famosas grandezas excederam quaisquer do mundo, no valor e na opulência, cujos nobres edifícios abatem aos da soberba Babilónia, que de todos foi maravilha primeira»[9].

Os *Diálogos do Sítio de Lisboa*, de Vasconcelos, impõem-se por várias razões.

Antes do mais, por demonstrarem a importância da sua localização em termos de estratégia militar e económica: «seria coisa utilíssima mostrar como a cidade de Lisboa é a mais apta para as cousas do mar, a respeito desta Monarquia, que outra alguma, e que nela terá abundantemente a Corte de Sua Majestade não só tudo o que para sustento comum é necessário, mas as mais preciosas cousas do mundo, e el-rei as melhores recreações que se podem desejar: para que, por todas

---

7 *Livro das Grandezas de Lisboa*, Lisboa, 1804 [1520], pp. XII, XIII e 111.
8 *Hispaniae et Lusitaniae Itinerarium*, Amstelodani, 1656, p. 213.
9 Lisboa, António Alvares, 1626.

estas razões se reconheça que esta cidade é mais digna que todas, da sua assistência»[10].

Impõem-se ainda pelo estilo literário utilizado, uma das componentes estéticas que muito valoriza a literatura ufanista, a do emprego do diálogo entre interlocutores simbólicos, imprimindo à obra uma feição apologética em que a argumentação quer vencer e convencer.

São diálogos vivos obedecendo aos convencionalismos do género, em que o opositor objecta mais para dar pretextos a uma demonstração, do que para enfraquecer a posição contrária, e onde não faltam os motivos típicos da prosa ufanista: não só o engrandecimento do «sítio», cuja tipologia traça em seus itens (orientação, relevo, ausência de paúis ou terra de má qualidade, água potável, qualidade dos mantimentos, proximidade do rio ou mar, limpeza), mas igualmente a generosidade da terra. Diálogos que não deixaram, certamente, de inspirar Ambrósio Fernandes Brandão nos seus *Diálogos das Grandezas do Brasil*[11].

Não faltam em Lisboa, segundo ele, o bom «pão de trigo, mantimento de todo o mundo aprovadíssimo, em bondade, gosto e substância, cópia grandíssima de vinhos, abundância de caças, pescados, frutas, hortaliças, pelo que por todas as razões a cidade de Lisboa é alimentada dos melhores mantimentos de todo o mundo»[12].

Duarte Nunes de Leão concretiza as razões do seu entusiasmo, dedicando alguns capítulos da sua *Descrição* a enumerar laudativamente tudo o que é português, desde «rios caudalosos de que os geógrafos não fazem menção, às minas, pedras preciosas, sal, azeite, vinhos, mel, cera, de toda a sorte que há nestes reinos», o sabor das carnes e frutas, sem esquecer a lealdade dos homens e a inteligência das nossas «mulheres científicas», bem como os santos que honraram a fé dos nossos antepassados.

E é tanta a vontade de louvar que chega ao enaltecimento daquilo que, embora já não exista, houve em tempos ou poderá voltar a haver.

Diz, a propósito dos recursos do subsolo: «Além da muita cópia de metais que contamos há muitas pedras preciosas que se davam em Portugal e se levaram para fora, de que algumas eram rubis que Plínio

---

10 *Diálogos do Sítio de Lisboa*, Lisboa, Biblioteca Nacional, 1924 [1608], p. 4.
11 Ambrósio Fernandes Brandão, *Diálogos das Grandezas do Brasil*, Recife, Imprensa Universitária, 1966 [1618-30].
12 *Ibidem*, p. 112.

chama carbúnculos [...] Isto tinham os portugueses não por lhes vir da Índia, senão porque a Terra os dava [...] estes mesmos se achariam agora se os buscassem com a indústria e curiosidade dos antigos»[13].

Curiosamente, este louvor do que poderá haver anda de mistura com uma outra razão para o exaltar das nossas coisas: a de contrariar a tendência nacional para apreciar mais o que é estrangeiro, incutindo-se a ideia de que o alheio não é melhor que o próprio.

Esta atitude voluntarista tinha, aliás, os seus antecedentes, pois Francisco de Holanda era nesta perspectiva que dava o seu contributo para o engrandecimento de Lisboa, criticando os que «consideram que há mister Lisboa de fortaleza, porque a fortaleza dela são os portugueses». E, apresentando planos para o preenchimento dessa lacuna grave: «Porque não terá Lisboa fortaleza, pois é tão nobre e presunçosa cidade, como tem Milão, Nápoles, Florença, Ancona, Treviso, Génova, Ferrara, Nice e outras menores cidades que ela, e que não dominaram Oriente nem Poente, como Lisboa?»[14].

O que apelidámos de tom grandiloquente, de origem portuguesa, e ufanista, na versão brasileira, põe em evidência não só a continuidade do sentido que lhe serviu de base mas, por igual, um acréscimo qualificativo, identificando um vector importante da literatura brasileira de informação da terra.

Diferença essa patente até nos títulos das duas obras que, neste século, se tornaram emblemáticas das duas atitudes: *Porque Me Ufano do Meu País*, de 1900, do Conde Afonso Celso, do Brasil, e *Porque Me Orgulho do Meu País*, de 1926, de Albino Forjaz Sampaio, de Portugal.

Idênticos na causalidade e nos objectivos nacionalistas, algo diferenciados a partir já dos verbos que lhes servem de base: *ufanar* e *orgulhar*.

Compare-se ainda a *Relação em que se trata e faz uma breve descrição dos arredores mais chegados à cidade de Lisboa e seus arrabaldes [...] até Enxobregas e daí pela parte de cima...*, de autor anónimo, de 1620, com a silva *A Ilha da Maré, Termo da Cidade da Bahia*, de Botelho de Oliveira, de 1705.

Garante o lusitano: «mil milhares de maçãs aqui vendem, colarejas,

---

13 Duarte Nunes de Leão, *Descrição do Reino de Portugal*, Lisboa, Jorge Rodrigues, 1785 [1610], p. 43.
14 Francisco de Holanda, *Da Fábrica que Falece à Cidade de Lisboa*, Lisboa, Livros Horizonte, 1984 [1571], p. 18.

a rubicunda chaínha, pero do Rei, camoesas. Laranjas, limas, limões, as mais das limas azedas que a gente de Portugal não planta como em Valença [...] muitos melões, imensidade de peras, das carvalhais infinitas que é fruita só portuguesa. Uvas de mui várias castas [...] marmelos, pêssegos de mil diferenças, damascos, figos, castanhas, balancias e cerejas, nozes, junças, avelãs doces, azeitonas Delvas...»[15].

Replica-lhe o baiano:

As frutas se produzem copiosas
e são tão deleitosas. As laranjas da terra
poucas azedas são, antes se encerra
tal doce nestes pomos
Que o tem clarificado nos seus gomos;
Mas as de Portugal entre alamedas
são primas dos limões, tão azedas.

E feita esta crítica desprimorosa às laranjas reinóis, lança-se na enumeração e louvor dos limões, das cidras amarelas, das uvas moscatéis

tão raras, tão mimosas,
que se Lisboa as vira, imaginara
Que alguém dos seus pomares as furtara.

Vêm a seguir os melões, as «romãs rubicundas» e, sobretudo, as frutas tropicais: cocos, cajús, pitangas, ananases, bananas, mamões, maracujás, etc.[16].

Só mais um exemplo tirado da comparação de seres humanos, para encerrar o confronto, sobre uma certa visão do índio expressa por Pêro Vaz de Caminha, em 1500, e por Pêro de Magalhães de Gândavo, em 1576.

Observa o escrivão da armada de Pedro Álvares Cabral, a propósito das atitudes dos índios durante a missa de Frei Henrique: «E quando levantaram a Deus, que nos pusemos de joelhos, eles se puseram assim todos, como nós estávamos com as mãos levantadas, e em tal maneira sossegados, que, certifico a Vossa Alteza, nos fez muita devoção [...] a

---

15 *Relação em que se trata e faz uma breve descrição dos arredores mais chegados à cidade de Lisboa e seus arrabaldes [...] até Enxobregas e daí pela parte de cima*, Lisboa, 1620.
16 *Música do Parnaso: A Ilha de Maré*, Rio de Janeiro, Anuário do Brasil, 1929 [1705], pp. 39-40.

inocência desta gente é tal, que a de Adão não seria maior, quanto a vergonha».

Por isso já tinha observado antes: «Parece-me gente de tal inocência que, se homem os entendesse e eles a nós, seriam logo cristãos, porque eles, segundo parece, não têm nem entendem em nenhuma crença»[17].

Haveria lugar para suspeita de plágio no texto de Gândavo, em relação a Vaz de Caminha, se não soubéssemos que a *Carta de achamento* só foi divulgada a partir de 1817, pois é notável a semelhança das reflexões. O que indicia, sem dúvida, a existência de fontes ou estereótipos comuns, que a ambos serviram.

Com efeito, escrevendo a *História da Província Santa Cruz*, Gândavo relata assim os sentimentos dos índios na missa em Porto Seguro: «Se disse logo missa cantada, e houve pregação: e os índios da terra que ali se ajuntaram, ouviram tudo com muita quietação, usando de todos os actos e cerimónias que viam fazer aos nossos: e assim se punham de joelhos e batiam nos peitos como se tiveram lume de fé, ou que por alguma via lhes fora revelado aquele grande e invejável mistério do Santíssimo Sacramento, no que se mostravam claramente estarem dispostos para receberem a doutrina cristã a todo o tempo que lhes fosse denunciada como gente que não tinha impedimento de ídolos, nem professava outra lei alguma que pudesse contradizer a esta nossa, como adiante se verá»[18].

Certamente que aos encómios ufanistas não era alheio o apelo de aliciamento para que maior número de colonos demandasse aquelas paragens, a fim de se garantir, pela ocupação do povoamento, tanto a dilatação da fé como a da soberania e da exploração das riquezas. Isso está bem patente na *Relação Sumaria das cousas do Maranhão dirigida aos pobres deste Reyno de Portugal*, de Simão Estácio da Silveira, de 1624, endereçada, como se diz no prólogo, «Aos que esta relação (e as mais informações que tomarem) persuadir a que vão viver nesta terra»[19].

Mas não parece ter sido esta razão do aliciamento determinante, porque também em Portugal faltavam braços, e bem se esforçou

---

17 *A Carta de Pêro Vaz de Caminha*, edição de Jaime Cortesão, Lisboa, Portugália, 1967 [1500].
18 Pêro de Magalhães de Gândavo, *História da Província Santa Cruz*, introdução de Capristano de Abreu, São Paulo, Obelisco, 1964 [1576-1837], pp. 24-25.
19 *Lisboa*, por Giraldo da Vinha, 1624.

Manuel Severim de Faria para encontrar «Remédios para a falta de gente»[20].

Em conclusão, o elogio das cidades e dos campos, em grande parte copiado de modelos europeus, mais parece tributário do optimismo português renascentista da expansão ultramarina, herdeiro da tradição medieval do olhar maravilhado e da retórica barroca, que da objectividade política ou económica.

E foi esse discurso lusitano grandiloquente que, transplantado ao Brasil, floresceu e frutificou nas admiráveis realizações barrocas do ufanismo.

---

20 Manuel Severim de Faria, *Notícias de Portugal*, Discurso I, Lisboa, 1791 [1655].

Lisboa, 1994.

Uma poética pastoril em evolução

A literatura pastoril corresponde a uma das mais antigas e persistentes tradições culturais e literárias europeias e suas derivadas latino-americanas.

Originada nos *Idílios* de Teócrito (III a. C.) e nas *Bucólicas* e *Geórgicas* de Virgílio (I a. C.), alastrou ao longo dos tempos para outros espaços, aperfeiçoando-se desde a Idade Média com o *Carmen Bucolicum* de Petrarca e o *Ninphale d'Ameto* de Boccacio e, especialmente, com as obras-primas do Renascimento Italiano.

Algumas dessas obras permaneceram, ao longo dos tempos, como referências e modelos a imitar: a *Arcádia*, de Sannazzaro (1502), a *Aminta* de Tasso (1573), *Il Pastor Fido*, de Guarini (1589), *Los Siete Libros de la Diana*, do português Jorge de Montemor (1559), a *Galatea*, de Cervantes...

E, ao mesmo tempo que assim alargava o seu espaço histórico e geográfico, também se diversificava, passando da poesia (e nela a égloga foi a sua forma de expressão mais notável) ao romance e ao teatro.

Em Portugal, apadrinhada por esses modelos de prestígio, a pastoril veio a conhecer a mesma voga de que gozava nos outros países, sobretudo no século XVI.

Impulsionaram-na Gil Vicente em seus «autos pastoris», Samuel Usque na *Consolação* fazendo dialogar os pastores sobre os males de Israel, Bernardim Ribeiro, Cristóvão Falcão, Sá de Miranda, Francisco Manuel de Melo, Rodrigues Lobo, Jorge de Montemor...

Várias são as tradições culturais e poéticas, tanto europeias como portuguesas, que se cruzam nesses diálogos pastoris: a do louvor das virtudes patriarcais, do contraste entre a cidade e o campo, da oposição entre a corte e a aldeia, da exaltação da pureza e sanidade moral dos rústicos da vida campestre, do bom senso, equilíbrio, justiça e saber dos antigos, em suma, das reminiscências de uma idade de ouro isenta de corrupção.

Não faltava, por isso, matéria para os pastores dialogarem em lugar ameno, perto de suas cabanas ou choças, sobre sofrimentos de amor, até porque, adoptando pseudónimos arcádicos, mais facilmente se integravam na atmosfera feliz e tranquila de outros tempos.

Clima esse de paz e felicidade de que comungavam também os honrados lavradores em seus labores rústicos, porque bucolismo, pastoreio e lavra da terra sempre andaram tão juntos como ângulos interdependentes de um triângulo produtivo e poético.

Aliás, a complementaridade já vem de Virgílio, porque *Bucólicas* e *Geórgicas* se completam.

Foi este movimento cultural e literário que emigrou para o Brasil, pois que, com a língua e a cultura foram transplantados à terra de Santa Cruz também os poetas, os modelos literários, o público, as condicionantes das mensagens literárias, mesmo na sua vertente editorial.

Tanto os autores como o público e as mensagens que entre si trocavam eram, nos primeiros séculos da colonização, portugueses: funcionários judiciais e administrativos, clérigos, colonos ilustrados, militares.

E pela lógica desta transplantação humana e cultural e seu prolongamento, o bucolismo-pastoralismo, começou bem cedo no Brasil, ainda que de maneira hesitante.

Não foi sensível a ele Bento Teixeira, porque a *Prosopopeia* impunha o tom épico. Mas se interpretarmos como de pastoralismo religioso alguns versos de Anchieta, poderá dar-se como iniciada no Brasil esta corrente poética, ainda no século XVI.

Com efeito, o subtema do pastoralismo místico era inicialmente de raízes bíblicas e alimentava-se do clima religioso e literário da época, pois outros contemporâneos de Anchieta o desenvolviam em simultâneo, cruzando a tradição bíblica com a tradição clássica. Assim o fizeram Frei Luís de Léon, inspirando-se no *Cântico dos Cânticos*, e Lope de Vega nos textos evangélicos. Foi nessa dupla inspiração que Lope escreveu *Pastores de Belén*, essa espécie de novela de ambiente pastoril.

Em consonância, também no interior dos sertões brasílicos compunha Anchieta[1] o poema «A Santa Inês», dividido em três partes e andamentos: de vilancete, cântico e, no final, de aclamação cantada por um coro:

---

1 José de Anchieta in *Antologia da Poesia Brasileira*, de Alexandre Pinheiro Torres, Vol. I, Porto, Chardron e Lello, 1984, p. 37.

Cordeirinha linda,
Como folga o povo
Porque vossa vinda
Lhe dá lume novo

Cordeirinha santa,
De Iesv querida
Vossa santa vinda
O diabo espanta.

E por que não dar um tom pastoril à missão pastoral de um companheiro jesuíta em visita à missão, no poema «Ao P.e Costa», ultrapassando as significações do capítulo x do Evangelho de São João?

Vossa vinda, Bom Pastor,
De todos tão desejada,
Do Senhor foi ordenada
Porque sois consolador
Desta pequena manada.

Deseja ser conservada
No seu pequeno curral...[2]

Gregório de Matos, em plena época barroca, um século depois, apesar da visível antipatia por essa estética, não deixou de se servir dela para panegíricos, certamente por tê-la na conta de usual e aceite por muitos. Em soneto laudatório de D. Frei João da Madre de Deus, assim o saúda:

Sacro Pastor da América florida
Que para o bom regímen do teu gado
De exemplo fabricastes o cajado,
E de frauta te serve a mesma vida.[3]

Noutro poema, intitulado «Recatava-se prudentemente esta beleza das demasias do seu futuro esposo», apela para a inspiração da natureza, a fim de melhor cantar a sua amada:

2 *Ibidem*, p. 41.
3 Gregório de Matos, in *Obra Poética*, 2.ª ed., Vol. I, ed. James Amado, Rio de Janeiro, Record, 1990, p. 210.

Montes, eu venho outra vez
Aliviar-me convosco,
Perdoai se com meus ais,
Vosso silêncio interrompo.
....
Lembra-me o rico cabelo
Que na oficina dos ombros
Me reforma, estas meninas
De seus anéis preciosos.
....
Tende-me montes, segredo,
Não saibam nestes contornos,
Quem é a ingrata Marfida
E o triste Pastor Ausônio.[4]

Como era inevitável em poeta satírico, até as histórias eróticas e obscenas podem ter cândido início pastoril, como no poema «Ausente de sua casa pondera o poeta o seu mesmo êrro, em ocasião de ser buscado por sua mulher»:

Brás, um Pastor namorado
Tão nobre, tão entendido
Das Pastoras tão querido.
Como na aldeia foi invejado:
Dos arpões do Amor crivado
Tanto os sentidos lhe enleia,
Menga, e tanto se lhe afeia
Gila em seu ciúme esquivo,
Que por um, e outro motivo
Foi-se Brás da sua aldeia.[5]

Quanto a Botelho de Oliveira, tão interessado estava em se mostrar poeta erudito capaz de escrever em quatro línguas, que lhe não sobrou tempo para evocar os pastores namorados. O que se evidencia na sua «Ilha de Maré» é a exuberância barroca, sensual, de formas e cores que extravasam da cornucópia abundante de frutas e legumes, bem longe da simplicidade pastoril.

---

4 *Ibidem*, pp. 509-510.
5 *Ibidem*, Vol. II, p. 821.

Vai ser com a implantação das Academias e com o movimento arcárdico que o pastoralismo se afirmará no Brasil.

Academias que em 1641, como é sabido, foram de início efémeras realizações celebrativas, e só progressivamente passaram a instituições de funcionamento regular, sendo a primeira delas a Academia Brasílica dos Esquecidos, na Bahia[6].

Mercê de actividade intensa em prol da nova estética arcádica, buscando a espontaneidade e a simplicidade, em reacção ao chamado mau gosto «barroco», concorreram para o triunfo de uma visão da natureza repassada de emoção e bucolismo, fiel ao sentimento horaciano do *fugere urbem*.

1. *A fase híbrida da transição.*

Os primeiros textos bucólicos pastoris, se considerarmos os citados versos de Anchieta apenas como seus precursores prováveis, aparecem no primeiro quartel do século XVIII, encaixados na vasta produção das Academias.

O ano de 1724 pode ser assinalado como do seu início, através de décimas, sonetos e romances de autores vários.

Tal como é normal acontecer na passagem de uma corrente cultural para outra, não é difícil encontrar uma fase de transição em que, na vasta produção académica, se enxerta a novidade arcádica.

Os primeiros passos da nova estética são especialmente visíveis em dois aspectos culturalmente relevantes: pela mistura, por vezes não conseguida, da famosa retórica das academias com a simplicidade pastoril dos diálogos bucólicos. E também na fusão de duas tradições temáticas: a da celebração cristã do Bom Pastor que cuida e dá a vida pelas suas ovelhas (Evangelho de São João, X, 1-18), com a dos diálogos pagãos dos pastores da Arcádia, bucólicos e campestres.

Percorridos os caminhos iniciais no interior do Movimento Academicista, triunfaria por um período aproximado de dois séculos o gosto inaugurado pela Arcádia Romana de 1690, mediado pela cultura portuguesa da Arcádia Lusitana, no seguimento das quais se forma-

---

[6] José Aderaldo Castello, *O Movimento Academicista no Brasil*, Vol. I, Tomo I, São Paulo, Conselho Estadual de Cultura, 1969.

riam a Academia Brasílica dos Esquecidos em 1724-25 e outras academias do Novo Mundo, até que o Romantismo imporia uma concepção diferente da natureza, da sociedade e do amor.

Esta confluência ou mistura dos hábitos poéticos academicistas com o gosto bucólico e pastoril é perceptível, por exemplo, nas «Décimas» de José da Cunha Cardoso[7].

Obedecendo ao «assunto» proposto aos académicos, o poeta transfere para uma disputa de pastores e ninfas o debate um tanto maneirista e barroco de se resolver o «Problema, quem mostrou amar mais finamente Clície ao Sol, ou Endimião à Lua».

> Uma ninfa, e um pastor
> São hoje os dois pleiteantes
> Qual com acções mais amantes
> Foi nas finezas maior.
> Louvaram-se sem temor
> Ambos no meu parecer;
> Mas eu já quero entender
> Que um deles me há-de informar;
> E só do, por quem votar,
> Juíz louvado hei-de ser.
>
> Se é do fogo a maior chama
> Melhor prova em tal questão,
> Eu julgo contra Endimião
> Ser Clície a que mais ama.
> Inclinei-me para a dama?
> Não estranhe isto, a Academia;
> Que inda que a justiça é fêmea
> Da razão, lá lhe dão jeito,
> E se é fêmea o que tem pleito,
> Todos pendem para a fêmea.

Como se constata, a menção dos pastores é apenas um começo de construção de um novo enquadramento poético.

Nada mais do que isso, porque entre o pastor e a ninfa se introduz um narrador heterodiegético, o «eu... juiz» que se dirige a um narra-

---

7 José da Cunha Cardoso foi secretário da «Segunda Conferência» de 7 de Maio de 1774 da Academia Brasileira dos Esquecidos, presidida por Sebastião da Rocha Pitta.

tário do mesmo estatuto semiótico, a Academia, para proferir uma sentença.

Porque é de um pleito que se trata, certamente inspirado no famoso concurso mitológico da atribuição do pomo de oiro à mais bela das deusas, e que Páris arbitrou. Também ainda não existe um cenário campestre, porque tudo é suposto passar-se em local urbano, num salão da academia.

Um passo em frente dão, na mesma conferência, e obedecendo ao mesmo mote, dois romances «joco-sérios». No de Francisco Pereira do Lago Barreto, em 23 quadras, Clície e Endimião a natureza já se revela como o local mais adequado para cenário de amores:

> Nas inclemências da noite,
> Já nos montes, já nos campos,
> Como gado sem pastor
> Este pastor era achado
> Porém, vendo-se perdido
> Pela da Lua o retrato,
> Com desejos de ganhá-la
> Ele mesmo andava ao ganho.

O romance, contudo, ainda participa da perspectiva erudita e de salão das academias, pois a sua qualificação de «joco-sério» obriga a integrá-lo no tipo de actividades dessas agremiações.

Com efeito, e em conformidade com as informações facultadas por José Aderaldo Castello ao estudar o movimento academicista no Brasil[8], sobretudo nos primeiros tempos, essas disputas poéticas estavam enquadradas num conjunto de inspiração religiosa, especialmente jesuítica, havendo no seu programa uma parte «séria» (missa, sermão, procissão, etc.) e um conjunto jocoso e teatral.

Na écloga pastoril em vinte e cinco oitavas, de Frei Felisberto António da Conceição, já com todas as características de um poema pastoril e bucólico, o pastor Frondoso conta ao pastor Felício as festas em que participara em honra do seu «maioral»[9]:

---

8 José Aderaldo Castello, *Ibidem*.
9 O maioral objecto desta e de outras éclogas laudatórias era o General Governador de São Paulo, D. Luís António de Sousa, que mandou construir um altar a Santa Ana, objecto da devoção dos pastores. A academia fez-se na igreja do Colégio, onde o altar foi erigido em Agosto de 1770.

> Enfim, Felício amigo, o tempo é breve
> Para tudo contar com miudeza:
> Houve missa e sermão, e o mais que deve
> Ter uma festa feita com grandeza:
> Na procissão não falo, porque teve
> Empenhos e arte, e a mesma natureza:
> As pastoras lá viam seus amores.
>
> Três dias de argolinha se correram
> Nas Canas, Laranjinhas bem mostraram
> Que os pastores de gosto se fizeram
> Eminentes nas sortes que intentaram
> No jogo do Cajado desfizeram,
> O da luta, e da Funda desprezaram,
> Que por usuais serem cá do monte
> Não querem que entre os mais destes se conte.

Todos os ingredientes pastoris aqui se manifestam: os pastores, pastoras e ninfas, o monte, os jogos populares, a palhoça, a aldeia, o gado...

Só muito timidamente se esboça o tópico *locus amoenus*, aqui reduzido a «um campo matizado de mil flores», mas alheio ao bucolismo virgiliano.

Quanto ao outro aspecto de se fazerem confluir duas tradições, a do Bom Pastor e a dos pastores arcádicos, pode ser surpreendido no «Idílio Pastoral» de António Lourenço da Silva, de 1799.

Neste poema narrativo iniciado pela interrogação sobre quem estaria a ser homenageado no momento, porque era grande o clamor e o esplendor da recepção que a todos surpreendia, o poeta exclama:

> A quem se aplicarão, a quem são dados
> Tantos vivas? Bem claro se presume
> Ser Tutelar d'Aldeia, aquele Nume,
> Que a regência conserva entre os cajados;
> Será, se não me engano,
> A chegada de Pan, ou de Silvano?

Com festejos assim tão grandiosos, dignos dos deuses dos pastores Pan e Silvano, certamente a personagem que estava a ser celebrada era de grande importância, não apenas pela grandeza do seu estatuto, mas também pelos seus predicados e carácter:

Presta atento os ouvidos ao queixume
Contra os reveses da cruel desgraça,
O pranto o enternece, a dor enlaça
Seu coração que é nobre por costume.
Oh! Como vigilante
Ao rebanho conduz a ovelha errante;
E se acaso imagina
Que a falta de beber é quem a amofina,
Obrando o quanto a caridade pede
Ao pé da fonte vai faltar-lhe a sede.

Uma tarde, em que ao Sol pouco restava
A esconder suas luzes no Ocidente,
Por espessas veredas diligentes
O ilustre Pastor se encaminhava,
Quando ternos balidos
De uma ovelha penetram seus ouvidos:
Oh! Como ele assustado
Busca a serra veloz, salta o valado,
Té que a encontra do lobo assaz ferida,
De quem apenas escapou com vida.

É óbvia a referência ao Bom Pastor do Evangelho tal como é apresentado na iconografia clássica de carregar aos ombros a ovelha perdida, até porque o «Idílio Pastoril»[10] é feito em honra do Bispo do Pernambuco D. José Joaquim da Cunha de Azeredo Coutinho, membro do Governo Interino. Por isso os símiles se acumulam:

Que dor! Que mágoa! Em que pesares fica,
Observando na ovelha estrago tanto,
A ela chega, e com desvelo canto
Remédio salutífero lhe aplica;
Atónito, e absorto
Com as próprias mãos prestando-lhe conforto,
A ver se poderia
Conduzi-la ao curral com melhoria,
Mas eis que o não consegue, acelerado
Carrega-a aos ombros, qual Pastor Sagrado.

10 José Aderaldo Castello, *Ibidem*, Vol. II, Tomo 2, p. 175.

Levados pela mão do poeta, tanto este pastor cristão como as suas ovelhas entram, com naturalidade, na festa pagã de faunos e sátiros, porque também estes participam do mesmo universo pastoril:

> Vós, Faunos, vós, ó Sátiros silvestres,
> Que das Ninfas gentis sois amadores,
> A cujos sacrifícios os Pastores
> Preparam sempre dádivas campestres.
> ....
> Dríades, que dos campos sois Tutelas,
> Festivas destoucando vossas tranças,
> Traçai novas Coreas, novas danças,
> Todas vestidas de custosas telas;

Para melhor se ordenar a festa, até o poema deixa as solenes e académicas décimas decassilábicas e passa a processar-se em quadras populares de quatro sílabas, com vista a uma verdadeira sintonia de sentimentos e ritmos.

A este tipo de pastoril em transição temática não foi alheio Cláudio Manuel da Costa na Cantata I, «O pastor divino», em que celebra o «nascido Infante».

Para esse ambiente natalício são convocados cristãos e pagãos, a fim de aclamarem o infante nascido da «raiz de Jessé» que viria a ser o «bom pastor»:

> É este o Pastor belo,
> Que o rebanho espalhado
> Vem acaso buscar! É este aquele,
> Que por montes, e vales,
> Conduz a tenra Ovelha,
> E maior que a própria vida,
> Ama o rebanho seu! É este aquele
> Que as ovelhas conhece, e a seu preceito
> Obedecendo belas,
> Também o seu Pastor conhecem elas!

E entre os que testemunham e saudam o Menino, não estão só Abraão e Jacó, também os representantes do mundo pagão:

Brandas Ninfas, que no centro
Habitais dessa corrente,
Vinde ao novo Sol nascente
Vosso obséquio tributar.

Já do monte descendo
Vem o pobre pastor: de brancas flores,
Ou já grinaldas, ou coroas tece,
E ao novo Deus contente oferece.

E, como é próprio das cantatas, composições de origem italiana de tipo lírico-dramático que no século XVIII combinavam a recitação e o canto, esta está composta de modo a que um coro de pastores possa executar, por três vezes, cantos e danças diante do Menino Jesus.

Dentre os poemas «joco-sérios» destas conferências de 1724, o romance de Francisco Pereira do Lago Barreto «Qual se mostrou mais amante», e o de Geraldo Fonseca Carssão «Qual mais amou, por assunto» em tudo obedecem aos modelos de transição empenhados em dirimir pleitos amorosos. Mas quanto ao de Anastácio Ayres de Penhafiel, «Problemática questão», um outro aspecto surge, o da prevalência da veia satírica.

Com efeito, e retomando a tradição de Gregório de Matos, Anastácio Ayres põe a ridículo o tema proposto, embora se conforme com ele, podendo nós concluir, apesar da ambiguidade usada, pelo seu desejo de uma ruptura com as ideias e práticas académicas.

É assim que caricaturiza o pastor:

Quem vira o Pastor berrante
Esgotando a Astrologia
Para observar influências
De sua própria ignomínia.
Quem o achara embasbacado
Quando o pescoço enteriça,
Com seu pelote amarelo,
Gibão de mangas perdidas
Ei-lo com mantea roçado,
Seu bigode à fernandina,
Carapuça de pisão,

Sua capa de parilha:
Os olhos como dois fechos
Nariz, beiços sem medida,
Com cajado de forcada
Calção de alvenaria:
Barrigudo, alcorcovado,
Sem dentes, barba de frisa
Vermelho como um lacão
Babando, e entortando a língua:
Uma mão na sobrancelha,
Outra na borracha à cinta,
Quando aqui chimpa uma perna
Acolá já outra chimpa:
Parecendo porque estava
Coa bôca a meia escotilha.
Camaleão que por ela
Os ventos e ares bebia:
Dizendo à dama requebros
Mais que aqueles com que obriga
Dom Quixote a Dulcineia.

Discordando deste tipo de amores de Clície e Endemião, do Sol e da Lua, considera Anastácio Ayres, filosoficamente, que mulher querida de Plutão e de Pã, como as dos amores propostos ao certame, não merece nem o amor nem o certame:

Por que dela te não livras?
Oh que se o pastor falara,
Dissera que não convinha
Amar com tantos assombros
Querer com tantas fadigas.
Porque mulher que se porta
Em condições tão malignas,
Em vez de ser para amada,
É mais para aborrecida.[11]

---

11 José Aderaldo Castello, *Ibidem*, Vol. I, Tomo 1, pp. 216-221.

2. *Um árcade nem sempre bem comportado.*

Foi em 1768 que viu a luz da imprensa a obra poética de Cláudio Manuel da Costa, que a si mesmo se apresentava como «Bacharel formado na Faculdade de Cânones, Académico da Academia Litúrgica de Coimbra, e Criado pela Arcádia Romana, Vice-Custode da Colónia Ultramarina, com o nome de Glauceste Satúrnio».

Essa honra concedida pelo Custode da Arcádia Romana, de ser Vice-Custode da Arcádia Ultramarina (o Custode era o governador Valadares), impôs a Cláudio algumas responsabilidades.

Certamente que a não menor foi a de teorizador e guardião dos cânones estéticos tradicionais da pastoril, apesar de, em regiões de clima tropical, não se revelarem convincentemente adequados à passagem e estilo de vida dos mesmos árcades.

Mas Cláudio manteve-se fiel, sem deixar de introduzir a sua capacidade de adaptação a novas circunstâncias.

Foi capaz de evoluir do barroco para o arcadismo, dos mestres antigos para os modernos, esforçando-se por deixar as fontes lusitanas de inspiração para as do Brasil de Minas Gerais.

Esse é o sentido da advertência que faz no «Prólogo ao Leitor» das suas *Obras*, lamentando que muitos dos seus poemas ainda sejam demasiado barrocos, facto que se justifica por serem os mais antigos, compostos ainda em Coimbra: «nos meus primeiros anos, tempo em que Portugal apenas principiava a melhorar de gosto nas belas letras».

Mas depois evoluiu para esse bom gosto: «encontrarás alguns lugares que te darão a conhecer como talvez me não é estranho o estilo simples, e que sei avaliar as melhores passagens de Teócrito, Virgílio, Sanazzaro e dos nossos Miranda, Bernardes, Lobo, Camões, etc.».

Lamenta o estilo sublime e as metáforas do gosto anterior, mas não rejeita os belos sonetos feitos sob essa inspiração. E andou bem, porque essas composições são de uma beleza admirável, rivalizando com as melhores da língua portuguesa.

O fino gosto de Garrett já o assinalara no seu *Parnaso Lusitano*: «Mui distinto lugar obteve entre os poetas portugueses desta época Cláudio Manuel da Costa: o Brasil o deve contar seu primeiro poeta, e Portugal entre um dos melhores.

«Deixou alguns sonetos excelentes a rivalizaram no género de Metastásio com as melhores cançonetas do dedicado poeta italiano»[12].

E João Ribeiro, na sua carta a José Veríssimo, de 1901, chegou mesmo a afirmar: «os sonetos de Cláudio em todas as literaturas latinas só têm superiores nos de Petrarca e nos de Camões. E, como diz Sílvio Romero, os nossos poetas jamais poderiam no gênero, disputar-lhe a palma».

É perfeitamente justificável esta solidariedade do poeta com toda a sua obra, pois não se renega toda uma formação cultural seriamente absorvida e reelaborada, do mesmo modo que não se recusa a evolução do gosto não só dele, mas também do seu público.

E tal como não renega a sua tradição, também não renega os mestres antigos, apenas lhes acrescentando os modernos. Assim sente-se igualmente tributário de Teócrito, Virgílio, Góngora, Quevedo, Dante, Petrarca, Metastásio, Sá de Miranda, Camões...

Nem põe de lado as referências poéticas mais antigas e profundas: os rios Tejo, Lima, Mondego, os seus prados e ninfas. Referências tão queridas e integradas num património, como as mitológicas e topográficas da antiga Grécia e de Roma.

E tal como da inspiração barroca passou à arcádica, também dos símiles da tradição lusitana transitou para uma tradição mineira, brasileira, celebrando o «pátrio Ribeirão».

Emblematicamente, na égloga «Sei, Orisênio meu, que entre os pastores» resume essa ambivalência:

> Tudo delícias vejo
> No Ribeirão ditoso.
> Só triste, do meu Tejo
> Ele comigo chorará saudoso.

Ou, na Égloga «Albano»:

> De Meandro e Caisto
> Cessarão as memórias;
> Do Douro ao Ganges, e do Tejo ao Istro
> As lusitanas glórias
> Levará meu canto,
> Se o pátrio Ribeirão me inspira tanto.

---

12 Almeida Garrett, *Parnaso Lusitano*, Paris, Aillaud, 1926, p. XVII.

Uma poética pastoril em evolução

Tem-se acentuado demasiadamente o desabafo de Cláudio no «Prólogo ao Leitor» das *Obras*[13] «aqui, entre a grossaria dos seus génios, que menos pudera eu fazer que entregar-me ao ócio, e sepultar-me na ignorância», palavras que têm de ser entendidas também num contexto evolutivo, até porque, para além de outras referências, a «Fábula do Ribeirão do Carmo» e o poema «Vila Rica» são testemunhos eloquentes de apreço pelo «pátrio génio», sobretudo se considerarmos o estado de desenvolvimento do Brasil nessa data.

Considerar a Terra de Santa Cruz, nos primeiros tempos, inculta e grosseira, era lugar-comum.

Assim pensava também Botelho de Oliveira que, na introdução à *Música do Parnaso*, publicada em 1705, explicava: «Nesta América, inculta habitação antigamente de bárbaros índios, mal se podia esperar que as Musas se fizessem brasileiras; contudo, quiseram também passar-se a este empório, aonde como a doçura do açúcar é tão simpática com a suavidade do seu canto, acharam muitos engenhos que imitando aos poetas de Itália e Espanha, se aplicassem a tão discreto entretenimento, para que se não queixasse esta última parte do mundo que, assim como Apolo lhe comunica os raios para os dias, lhe negasse as luzes para os entendimentos»[14].

Constatação esta que, de dia para dia se tornava cada vez mais verdadeira, na passagem da incultura à cultura, da grosseria à suavidade, da valorização da Metrópole ao elogio da Colónia.

Mas, fiel à estética aristotélica da imitação, Cláudio segue em tudo o modelo canónico, poetando tanto em português como em italiano, e utilizando variadas formas estróficas e ritmos: o soneto, a écloga, a ode, a epístola, o romance, a fábula, a *canzonetta*, a cantata, e combinações de vários metros e rimas.

O cenário é, obrigatoriamente, o *locus amoenus* clássico onde um prado verdejante é sulcado por um ribeiro, e povoado discretamente de árvores escolhidas: cedros, plátanos, salgueiros, faias, álamos, choupos, carvalhos, devendo as árvores da exuberante flora tropical esperar que outros poetas mais ousados as introduzissem.

---

13 Cláudio Manuel da Costa, *Obras*, ed. António Soares Amora, Lisboa, Bertrand, s/d., pp. 45-46.
14 Manuel Botelho de Oliveira, *Música do Parnaso*, Tomo I, prefácio e organização de Antenor Nascentes, 1953, p. 3.

Quanto aos ribeiros e rios, na obra de Cláudio a primazia vai para os lusitanos Tejo, Mondego e Lima, mas os ribeirões vão ocupando cada vez maior espaço em poemas não estritamente pastoris, maximamente na «Fábula do Ribeirão do Carmo».

Neste enquadramento dialogam pastores e ninfas sobre mágoas de amor, ou exaltam os seus protectores e «maiorais».

Naturalmente, os pastores adoptam os nomes da tradição, a começar pelos de Virgílio: Titero, Melibeu, Albano, Glauceste, Alfeu, Eulino, e as pastoras comportam-se da mesma maneira porque se chamam Lise, Nise, Anarda, Lisarda, Filis, Francelisca, Marília, Amarilis...

Quanto às referências mitológicas, balizam permanentemente esse universo artificial: Jove, Vénus, Marte, Diana, Ceres, Flora, Dante e bom número de outros habitantes do Olimpo, sem esquecer as ninfas, os faunos, os sátiros, os cíclopes, as parcas.

À fidelidade aos cânones arcádicos Cláudio juntava a fidelidade à sua fé cristã, tal como era norma estatutária dos árcades, por isso, e apesar de não existirem dúvidas nem dos censores nem dos leitores sobre a sua ortodoxia, e em conformidade com a prática da época, declarava bem explicitamente na «Protestação»: «Protesta o autor que somente por adorno da Poesia usou das palavras Deuses, Numes, Divindades, Agouros, etc. e outras expressões dissonantes aos dogmas da Santa Madre Igreja de Roma: o que tudo sujeita a sua correcção, como verdadeiro católico, etc.».

Prática esta que não só sujeitava à chancela do *imprimatur* as obras de tipo doutrinário, mas também as fazia obedecer aos princípios de carácter moral e religioso que regiam as Arcádias.

São, pois, de grande serenidade clássica e beleza os poemas de Cláudio, bem retratados em versos como os da Égloga «Os Maiorais do Tejo»:

> Eu canto os dous Pastores
> Que o Tejo cristalino
> Na bela margem viu: canto o divino
> Assunto dos amores,
> Que de inveja, e de agrado
> O céu, a terra, o mar tem namorado.
> ....
> Dum lado e doutro lado

Se estende uma campina,
Em que traz a pascer o manso gado
Tanto a formosa Elina,
A filha de Silvano,
Como o destro Corebo, o fiel Montano.

Em uma tarde, quando
Os músicos Pastores
Ao som do acorde flauta afinavam,
Deste modo a cantar se preparavam:
………
Estão por toda a parte
As tochas incendiadas
De Himeneu: o festejo se reparte
Entre as ninfas luzidas
Cercando em roda as teias
Náiades, Hamadríades, Napéias.

Podem ver-se os Sivanos,
Os Sátiros das covas
Deixar o triste abrigo: mais que ufanos,
Em seus hinos e trovas,
Com tal contentamento
Que enchiam de alegria o mesmo vento.

Neste contexto dialogam Montano, Corebo, Lige e Laura, e a todos são comuns as mágoas de amor e a necessidade de as confidenciarem no meio de uma natureza bela e cúmplice, porque pastoralismo e bucolismo andam sempre juntos e interdependentes. Cada um implica outro.

O elogio dos campos e da vida isolada numa cabana, junto dos rústicos, faz-se porque favorece a fuga da corrupção da Corte e da cidade, a prática da virtude e o exercício da amizade. E os diálogos de amigo e amiga são possíveis porque se abandonam os pensamentos de domínio e riqueza das preocupações urbanas para se viver como os pastores entre a gente simples das aldeias. Como na Égloga XIX, «Vida no campo»:

Ó doce soledade
O pátria do descanso!
Da paz e da concórdia

Grosseira habitação, tosco palácio.
....
Não fere os meus ouvidos
O estrondo cansado,
Que levanta a lisonja,
Junto aos pórticos d'ouro em régio Paço.

A macilenta inveja
Não derrama o contágio
Nas inocentes almas,
Que são de seu furor mísero estrago.
....
Aqui tem a virtude
Erguido o seu teatro,
E nas rústicas cenas
Aqui mostra a pobreza os aparatos.

E tal como no Livro II das *Geórgicas* Virgílio lamentava que os camponeses não fossem capazes de avaliar convenientemente a sua felicidade (*O fortunatus nimium, sua si bona norint agricolas!*), o poeta brasílico exclama:

Ó sítio venturoso
Quanto te invejo, quanto!
Ditoso quem possui
O suave prazer de teu descanso!

Se tu bem alcançaras,
Pastor, um bem tão raro,
Não cessara o teu culto
De consagrar obséquios a teu fado.

Como era inevitável, nas academias e festejos públicos o elogio do soberano, do governador, do bispo ou de outras grandes personalidades era de bom tom. Cláudio também observou essa prática em panegíricos laudatórios de personagens importantes. Tanto em momentos alegres e festivos, como em epicédios ou sonetos, em momentos fúnebres.

Contudo, a sua elevação poética ainda conseguiu superar o prosaísmo do encómio em que tantos outros soçobraram.

Daí os louvores aos vivos (ao conde de Valadares, à glória dos Menezes e dos Noronhas), os desagravos e louvores ao Marquês de Pombal, e a evocação dos mortos (de Gomes Freire de Andrade, dum amigo…), mas sem comprometer demasiadamente, nesses louvores, o tom pastoril que soube conservar bastante puro.

3. *O triunfo da nova estética.*

A perfeição que Cláudio imprimiu ao novo modo de poetar contribuiu, sem dúvida, para que ele se impusesse e passasse a moda cultural dominante.

Por isso, nos anos de 1768 a 1775 e depois, no quadro das sessões académicas, outros poetas de menor estatura mantiveram viva a tradição pastoril. Merecem especial menção Frei Felizberto António da Conceição, Frei António de Santa Úrsula Rodovalho, P.e José Vitorino Pereira Torres[15].

Na écloga «De Júpiter o filho já servia», de 25 oitavas em decassílabos, de Frei Felizberto, o pastor Frondoso conta ao seu companheiro Felício o sonho que tivera e que, surpreendentemente, se tornou realidade.

Aproveita depois esse expediente para narrar os festejos que se realizaram em honra do «maioral» General Luís António de Sousa, que quer homenagear fazendo desfilar a narração pormenorizada das cerimónias religiosas, dos jogos populares, das representações teatrais, e convidando os outros pastores para uma festa paralela «lá na cabana».

Os excessos da descrição-reportagem tornam aqui excessivamente convencional o artifício pastoril, até porque a solidez das estrofes e a dureza do metro não ajudam.

O «Diálogo» de Frei António Rodovalho, embora também enredado na mesma descrição das festas, apresenta uma leveza maior, apesar dos decassílabos, porque foi capaz de individualizar como personagens teatrais os pastores Alcino e Gil, mas ainda se vê em dificuldades para cumprir o prosaísmo descritivo.

Quanto à «Écloga» do Padre José Vitorino, dialogada por três pas-

---

15 José Aderaldo Castello, *Ibidem*, Vols. IV e V.

tores-personagens (Alcino, Lisardo e Fileno), é composição mais feliz na sua inspiração e arranjo estrófico.

Com efeito, a égloga desenvolve-se em séries estróficas de tercetos e quadras que, de quando em quando, ultrapassam a mudança de personagens e se organizam como sonetos, também eles ordenados em séries. Por duas vezes, a intervenção de um coro, supondo a música e a dança, imprimem ligeireza à composição.

A musicalidade seria excelente se o abuso de rimas ricas não tornasse algo pesado e de efeitos fáceis o andamento poético. Contudo, revela-se uma composição agradável, até porque consegue, sem demasiados custos poéticos, elogiar o «maioral».

Com o ambiente pastoril se conjuga bem a paisagem bucólica e a celebração dos trabalhos agrícolas, porque é a mesma a naturalidade com que, no modelo virgiliano, as *Geórgicas* completam e prolongam as *Bucólicas*, e ambas celebram a natureza e a integração do homem nela.

Assim, por essa época, mais precisamente em 1781, veio à luz da publicidade o *De Sacchari Opificio Carmen* do P.e Prudêncio do Amaral (que viveu de 1675 a 1715), mas que só foi publicado em 1781 em Roma, antes de, em 1798, ser editado com outros poemas do mesmo teor da autoria do P.e José Rodrigues de Melo, sob o título englobante de *De Rusticis Brasiliae rebus* (*De Cultura Radicis Brasilicae*, *De Usu Vario Radicis Brasilicae*, *De Cultura Herbae Nicotianae in Brasilia* e, sobretudo, *De Cura Boum in Brasilia*). Obras estas traduzidas e publicadas em 1830 por João Gualberto dos Santos Reis e por ele apelidadas de *Geórgicas Brasileiras*.

Obras que prolongam os louvores dos *Diálogos das Grandezas do Brasil*, de Ambrósio Fernandes Brandão, de 1618, ou da *Cultura e Opulência do Brasil*, de André João Antonil, de 1711, exemplos típicos da atitude ufanista de celebração das terras do Novo Mundo.

Prolongam essa atitude mental, mas algo lhe acrescentam, porque a perspectiva já é outra, dada a sua participação na nova mentalidade e estética da Arcádia, a que não é alheio o facto de serem obras escritas em latim por jesuítas, sob forte imitação de Virgílio, embora, como observa Wilson Martins[16], essa emulação com o poeta latino tenha sido bastante acentuada pelo seu tradutor.

---

16 Wilson Martins, *História da Inteligência Brasileira*, Vol. I, São Paulo, Cultrix, 1978, p. 279.

Uma poética pastoril em evolução

É intenção de Amaral cantar as searas de açúcar do Brasil e as suas diversas operações de semear, cortar, esmagar, purgar as canas, até que surja o açúcar, riqueza esta que será exportada para a mãe-pátria, juntamente com outras riquezas:

> Quando esvaído o humor, de todo empedra
> O assúcar, o trabalho derradeiro
> Expedem os escravos: quais apanham
> Os pedaços, quais prontos os repartam,
> Pesam, nivelam: parte em longas caixas
> Os lançam, e com golpes repetidos
> Ferindo alternos, com pilões apertam
> Té que côncavos lenhos arrasando
> Fixam-lhe a tampa com robustos cravos.
> ....
> Em comércio e delícias; exportados
> Por quantiosa soma além dos mares,
> E em quilha impostos de arrogante mole;
> Transpondo o mauro Abíla, o Hispano,
> Às plagas chegam da gelada Areturo.
> D'aqui vem, que esta, que Brasil nomeam,
> Famosa Terra, entre as remotas Gentes
> Não tanto a louvem, porque exímios lenhos
> Porque nas matas bálsamos valiosos
> Crie, derrame; porque carregada
> De preciosos metais, pedras preciosas,
> Nela corusquem os diamantes, o oiro:
> Quanto porque os convívios enriqueça
> C'os sacarinos dons, e ambos os Mundos
> Com Divinos manjares afortune.[17]

Os cuidados a ter no cultivo do tabaco (*De Cultura Herbae Nicotinae*) são paralelos aos cuidados com a cana de açúcar, e semelhante é o teor virgiliano do *De Cura Boum*, de Rodrigues de Melo:

> Agora se compraz, folga o desejo
> Nos exercícios seus, nos seus amanhos
> O Vaqueiro instruir. Dizer compete

[17] Prudêncio do Amaral e José Rodrigues de Melo, *Geórgicas Brasileiras*, Rio de Janeiro, Academia Brasileira de Letras, 1941, pp. 198-199.

Em que pastos os bois melhor se nutrem,
O modo de os pascer, e os mais deveres
Ao bucólico Servo acomodados;
Que males afinal o Armento ofendam
E com que meios moderar-se possam.

Mas se a celebração destas riquezas brasílicas é já tributária de uma nova mentalidade quanto à visão neoclássica da natureza, ainda não o é quanto à sua integração no novo modo de a relacionar com a visão social, nos seus aspectos de adesão ou fuga à cidade.

Seriam os devaneios poéticos dos árcades a realizá-lo, mesmo no louvor dos trabalhos agrícolas, até porque representavam uma corrente cada vez mais laica e de fruição da vida, em alternativa às tradições latinistas dos eclesiásticos.

Esta é a atitude da Marília de Dirceu, de Tomás António Gonzaga também louvado por Garrett no *Bosquejo*, e por Teófilo Braga, que nele reconhecia «gozo eterno pela verdade do sentimento»[18]. Opiniões mais objectivas, ao mesmo tempo que contrárias às de Camilo Castelo Branco que, no seu estilo polémico, nessas rimas só encontrava uma «moita de flores [de] que não se evola um perfume que nos chame a alma captiva às melancolias da saudade»[19].

Ombreando com Cláudio, Tomás António Gonzaga apresenta, em *Marília de Dirceu*[20], um conjunto de composições notáveis pela musicalidade e beleza. onde a monotonia das ideias e emoções consegue ser ultrapassada pela autenticidade do sentimento.

Diferentemente de Cláudio e de muitos outros que dedicavam versos amorosos a diversificadas inspiradoras, entre as quais figuravam várias Marílias, fez convergir toda a sua poesia para uma só, apesar de outras serem também mencionadas: Anarda, Ormia, Lidora...

Marília foi o pólo aglutinador de toda a sua poesia, por isso há uma unidade especial nas suas liras, até porque tal obsessão amorosa tinha correspondência na vida real (Maria Doroteia Joaquina de Seixas).

O cenário é o mesmo dos outros poetas, lugar ameno de paz e confidências «enquanto pasta alegre o manso gado».

---

18 Teófilo Braga, *História da Literatura Moderna: Os Árcades*, Lisboa, Europa-América, s/d.
19 Camilo Castelo Branco, *Curso de Literatura Portuguesa*, Lisboa, Matos Moreira, 1876, p. 250.
20 Tomás António Gonzaga, *Marília de Dirceu*, prefácio e notas de Manuel Rodrigues Lapa, Lisboa, Livraria Sá da Costa Editora, 1937.

E mesmo na prisão, onde foi lançado por acusação de ter participado na Inconfidência, persiste a lembrança desses lugares e momentos:

> Onde levares, Marília
> Teu ledo rebanho ao prado
> Tu dirás: *Aqui trazia*
> *Dirceu também o seu gado.*
> Verás os sítios ditosos
> Onde Marília te dava
> Doces beijos amorosos
> Nos dedos da branca mão.
> Mandarás aos surdos deuses
> Novos suspiros em vão.
> ...
>
> Tu dirás então contigo:
> *Ali Dirceu esperava*
> *Para me levar consigo;*
> *E ali sofreu a prisão.*
> Mandarás aos surdos deuses
> Novos suspiros em vão.
>
> (II, 12)

Talvez por motivo da sua obsessão amorosa que o fazia ver em toda a parte a figura da sua amada, Gonzaga desenvolveu, mais do que qualquer outro árcade, o tópico horaciano do *ut pictura poesis* interpretado à letra, multiplicando os retratos de Marília, ou tentativa deles, e referindo abundantemente tudo quanto se relacionava com a arte de pintar: tintas, pincéis, cores, pigmentos, retratos, molduras, galerias de arte, exposições de pintura, pintores.

De tal modo que chegou ao ponto de transformar os pastores em pintores, sendo possível ler a sua poesia descritiva como representação poética dos vários tipos da arte de pintar: histórico e religioso, mitológico e alegórico, de paisagens e cenas da natureza, de pintura «de género», sendo esta a que mais usou para exprimir usos e costumes, naturezas-mortas, cenas familiares, retratos, de uma maneira geral[21].

Por isso, depois de se apresentar através de um auto-retrato moral

---

[21] Fernando Cristóvão, *«Marília de Dirceu» de Tomás António Gonzaga, ou a Poesia como Imitação e Pintura*, Lisboa, Imprensa Nacional - Casa da Moeda, 1981, p. 97.

e psicológico de pastor, acumulou esboços sobre esboços do retrato físico de Marília. Retrato de meio corpo, em tintas suaves e pálidas:

> Eu Marília, não sou algum vaqueiro,
> Que viva de guardar alheio gado;
> De tosco trato, de expressões grosseiro
> Dos frios gelos e dos sois queimado.
> Tenho próprio casal e nele assisto.
> ...
>
> Eu vi o meu semblante numa fonte:
> Dos anos inda não está cortado; (I, 1)

> Vou retratar a Marília,
> A Marília meus amores;
> Porém como? Se eu não vejo
> Quem me empreste as finas cores:
> ....
> Busquemos um pouco mais;
> Nos mares talvez se encontrem
> Cores, que sejam iguais.
> ....
> Ah, socorre Amor, socorre
> Ao mais grato empenho meu!
> Voa sobre os astros, voa
> Traze-me as tintas do céu. (1, 7)

> A minha bela Marília
> Tem de seu um bom tesouro;
> Não é, doce Alceu, formado
> Do buscado
> Metal louro
> É feito de uns alvos dentes
> É feito de uns olhos belos,
> De umas faces graciosas,
> De crespos, finos cabelos,
> E de outras graças maiores. (I, 15)

Estamos, sem dúvida, perante um desvio da inspiração pastoril cujo artificialismo parecia já não ser suficiente para a celebração de um grande amor.

Uma poética pastoril em evolução

Desvio acentuado por uma forma de expressão tendencialmente romântica no celebrar do herói, de maneira individualista, conduzido pela força dos sentimentos e não da razão[22].

De maneira mais ortodoxa se processa a poesia de Domingos Caldas Barbosa na *Viola de Lereno*[23], cujo primeiro volume foi editado em 1798 e o segundo em 1826. Para este poeta, sentimental e dengue, muito popular em suas modinhas, lundus e peças teatrais musicadas de inspiração italiana, a utensilagem poética é a habitual, pródiga em tópicos como o da gravação dos nomes, da amada e seu, nos troncos das árvores, e o da pintura de sucessivos retratos da sua Anarda.

Diga-se, de passagem, que Anarda, como Marília, são nomes de musas inspiradoras de amores muito frequentes nas rimas arcádicas.

Basta lembrar os poemas de Botelho de Oliveira e de Alvarenga Peixoto[24], este também pintor-retratista minucioso da sua Anarda.

Assim se exprime Barbosa em «O nome do teu pastor»:

No tronco de um verde Loiro
Me manda escrever Amor,
Misturado com teu nome,
O nome do teu Pastor:
Mil abelhas curiosas
Revoando derredor,
Chupam teu nome, deixando
O nome ...

De um raminho pendurado
Novo emplumando Cantor
Suspirava ali defronte
O nome...

Ou em «Retrato de Anarda 2»:

Pastores acompanhai-me
Cada um sua flauta tome
E de Anarda o doce nome

---

22 Fernando Cristóvão, *Ibidem*, p. 90.
23 Domingos Caldas Barbosa, *Viola de Lereno*, Rio de Janeiro, Imprensa Nacional, 1944.
24 Inácio José de Alvarenga Peixoto, *Obras Poéticas*, ed. Joaquim Norberto, Rio de Janeiro, 1865.

> Vinde todos festejar
> Anarda gentil Anarda
> Vem nossos hinos honrar.
> Aquelas formosas tranças
> De finíssimos cabelos
> A luz viva de olhos belos
> São dignos de se louvar.

Como se vê, poesia de efeitos fáceis que convida à participação do leitor-ouvinte através do canto ou da dança.

4. *Aculturação e metamorfose.*

Teófilo Otôni[25], menos popular mas não menos pastoril, gosta de acentuar na celebração de amores o tópico da vida simples e da fuga à cidade e ao ambiente de malidecência e intrigas da colónia, sentimentos que mais se coadunavam às suas tendências religiosas e místicas:

> É Jozino Pastor d'estranha aldêa;
> O rebanho, que tem, não cobre o prado:
> Porém, nos campos que ele tem lavrados
> O bom vinho cultiva, o pão semêa.
> > Colhe a fructa, o legume, o milho, a avêa:
> > Vive contente, dorme socegado.
> > Enquanto sobre a relva pasta o gado,
> > Jozino ao som da frauta se recrêa.
> Não inveja da Corte o trato urbano.
> Os empregos, as honras não aspira,
> Assim passa Jozino o mez e o ano.
> > Porém, desde que Análía amor lh'inspira
> > Não repara Jozino ao próprio dano;
> > Jozino por Análía em vão suspira.

---

[25] José Elói Otôni, *Análía de Jozino*, Lisboa, Oficina de João Procópio Correa da Silva, 1801; *Análía de Jozino*, Lisboa, Oficina de João Procópio Correa da Silva, 1802. Note-se que os dois livros de poemas, apesar de terem o mesmo título e terem sido impressos pelo mesmo editor em anos contíguos, são completamente diferentes, não repetindo qualquer composição, embora mantenham unidade de inspiração.

Assim agradado da simplicidade, abomina a ambição das riquezas que perturba o coração do fatigado mineiro:

> De barras d'oiro chapeada burra
> Ávido objecto de opulenta fome,
> Menos sensível é, quando arrebata
> O feito avaro, que a ambição consome.

Os afastamentos temáticos em relação ao cânone pastoril, em que a natureza brasílica cada vez mais se sobrepõe à paisagem convencional arcádica, e as emoções fortes são cada vez menos de «varões discretos».

Esses desvios já esboçados por Cláudio, Gonzaga e Otôni, mais pronunciados se tornaram com Manuel Inácio da Silva Alvarenga, o poeta de *Glaura* (1789).

E tanto nesses «poemas eróticos», como em *Canto dos Pastores* (1780).

Assim, o respeitável tópico do *locus amoenus* foi por ele alterado de modo a incluir elementos tropicais, especialmente no que respeita a espécies arbóreas.

Em vez das tradicionais faias, cedros, choupos, carvalhos, as árvores poéticas são bem brasileiras: a mangueira, o cajueiro, o jambeiro, a laranjeira… Por exemplo, no rondó II, «A luz do sol»:

> Quando puro se derrama
> Vivo ardor no ameno prado,
> Pelas brenhas foge o gado
> Verde rama a procurar.
> ....
> Assim Glaura que inflamada
> Perseguiu aves ligeiras,
> Quer à sombra das mangueiras
> Descansada respirar.

Ou no rondó III, «O cajueiro»:

> Cajueiro desgraçado,
> A que fado te entregaste
> Pois brotaste em terra dura

Sem cultura e sem senhor!
....
Mas se estéril te arruinas
Por destino te conservas,
E pendente sobre as ervas
Mudo ensinas ao Pastor
Que a fortuna é quem exalta...

E não foi só o *locus amoenus* que teve de adaptar-se, foram também os costumes.

Os pastores agora não se limitam a oferecer leite, queijo e produtos agrícolas, devem oferecer coisas mais valiosas tais como conchas, pérolas, pedras preciosas, barras de ouro que, obviamente, já não guardam em toscos surrões, mas em «chapeada burra» ou «cintados cofres», até porque alguns deles, tanto na poesia, como na vida real, trocaram a pastorícia pela mineração...

Joaquim José Lisboa que deixou obra poética relativamente abundante[26], embora observe conscienciosamente as regras tradicionais, não deixou de marcar a sua originalidade levando mais longe que Alvarenga a utilização dos elementos locais, sobretudo no que diz respeito a metais e pedras preciosas.

Em *Joquino e Tamira*, ao celebrar o idílio desses apaixonados, imagina a visita do pastor a uma gruta onde encontra o deus Cupido.

A gruta, sucedâneo da cabana ou choça tradicional, é descrita como um verdadeiro museu de faustosas riquezas:

No centro d'um campo
De relva mimosa,
Crisolita bruta,
Formava espaçosa
Selvatica gruta
   Inteiros rubis
   Colunas formavam

---

[26] Joaquim José Lisboa, *Joquino e Tamira*, Lisboa, Oficina de Thaddeo Ferreira, 1802; *Descripção Curiosa das Principais Produções, Rios e Animais do Brasil, principalmente de Minas Gerais*, Lisboa, Impressão Régia, 1806 (segundo Varnhagen); *Lyras de Jonino, Pastor do Serrão*, Lisboa, Impressão Régia, 1807; *Jonino de Aónia*, Lisboa, Oficina de Thaddeo Ferreira, 1808; *Obras Poéticas*, Lisboa, Impressão Régia, 1810; *Lyras*, Lisboa, Impressão Régia, 1812.

Uma poética pastoril em evolução

    E eram as piras
    Que ali se observavam
    De ricas safiras
Alâmpadas d'oiro
Na gruta se viam
Formando conchinhas
E se guarneciam
Com águas marinhas
    Com ígneos topázios
    As taipas se adornam
    E luzes brilhantes
    Do mais alto entornam
    Quadrados diamantes
....
Hum dia pascendo
O meu pouco gado
À gruta cheguei,
Aonde o vendado
Menino encontrei.

Aliás, esta vontade de descrever poeticamente o Brasil real e as riquezas de Minas, já bem patente na «Fábula do Ribeirão do Carmo», de Cláudio, é entrevista em poemas como o «Idílio», de Frei Carlos, onde um «rio obsequioso» arrasta areias de oiro, em algumas liras de Gonzaga (I, 22; II, 10; III, 13, na edição de Cortesão); e se exprime, exuberantemente, fora da poesia pastoril de Joaquim José, na sua *Descripção Curiosa*, êmula dos *Diálogos das Grandezas do Brasil* e de outras prosas ufanistas.

É que o poeta queria a todo o custo fazer «do Brasil uma pintura», que embora declarasse não poder ser tão importante como a de Portugal (tópico de humildade ou de ironia perante tão faustosas riquezas?), devia contemplar «os dotes que a Natureza lhe deu com mão liberal».

Semelhante é o procedimento de Joaquim Ribeiro[27] que num engenhoso poema descritivo e laudatório, dedicado ao conde de Sarzedas, Bernardo José de Lorena, governador de Minas, embeleza a cena

---

27 Manuel Joaquim Ribeiro, *Obras Poéticas*, Lisboa, Impressão Régia, 1805 (Tomo I); Impressão Régia, 1806 (Tomo II).

pastoril com o colorido e perfume das flores locais, e com o brilho e riqueza das pedrarias que a todos fascinavam.

Descrevendo os amores dos pastores Jónia e Almeno, o poeta faz este ver em sonhos a sua amada a escolher os presentes que ele irá oferecer ao conde.

Como que a conciliar a poesia pastoril europeia com a brasileira, e a pobreza com a riqueza, Jónia imagina ofertas diversas em função desses dois tipos de situações: a da simplicidade do pastor rústico que oferece ovelhas e flores, e a da riqueza de um pastor transformado em garimpeiro rico.

Para a primeira hipótese:

O meu Almeno lhe leve [estas ovelhas].
    De várias cheirosas flores
Uma capella virente,
Ali guardo preparada,
Para lhe elle ornar a frente.
    Tomara que já crescessem
Os medronhos rubinsados,
E os rôxos moscatéis
Estivessem sasonados.
    Estes sestinhos de juncos
Que ornam pintados amores,
Almeno os levara cheios
Todos cobertos de flores.
    Eu bem sei que nada valem
Nossos rústicos presentes,
Mas sua alma bem conhece,
Que são brindes inocentes.

Para a segunda hipótese:

    S'eu vira, que o meu Almeno
Deixava de ser pastor,
E que n'umas ricas minas
Dominava, era o senhor...
    Qu'em cintados cofres tinha
Guardadas pedras brilhantes,
Braçadas de barras de oiro,
Mãos cheias de diamantes...
Tudo, Almeno, tu lhe deras...

E a mesma atitude de adaptação à fauna e flora locais continuava fazendo entrar nestas quadras, num cenário de «brutas penhas», a rola, o sabiá e os limoeiros para testemunharem os beijos de Jónia e Almeno, no poema dedicado ao conde de Sarzedas:

> A terna rola suspira
> Quando não vê o consorte:
> Eu longe da minha Jónia
> Suporto âncias de morte.
>   Ai, ai, ó dores!
>   Quem pode viver alegre
>   Ausente dos seus amores.
> ....
> Anda o sabiá cantando
> De raminho em raminho,
> Alegre por ver defronte
> A sua amada no ninho...
>   Ai, ai, ó dores!
>   Quem pode viver alegre
>   Ausente dos seus amores.
> ....
> Tu, limoeiro, que viste
> Aquele beijo suave...
> Folhinhas guardai silêncio,
> Só vós, ninguém mais o sabe.
>   Ai, ai, ó dores!
>   Quem pode viver alegre
>   Ausente dos seus amores.

À medida, porém, que o século avança para o seu fim e o gosto romântico se impõe, o neoclassicismo arcádico faz as suas despedidas com uma obra em prosa poética, o «Idílio piscatório» *Jana e Joel*, de Xavier Marques, em 1899.

Já vem de longe a presença dos pescadores na poética pastoril, e em Jana e Joel atinge o seu auge. A mesma simplicidade e inocência dos pastores, a mesma fuga ao bulício da cidade, a musicalidade e ritmo próprios da prosa poética a envolverem a acção.

E também presente um já notável sentimento romântico como no *Paul et Virginie* de Bernardin de Saint-Pierre, em cuja órbita não pode deixar de ser situado.

Com este idílio termina o ciclo pastoril brasileiro enquanto segmento temporal coerente e contínuo.

Prenunciado nos versos de Anchieta mas verdadeiramente iniciado por volta de 1724 com as actividades da Arcádia Brasílica dos Esquecidos e as propostas renovadoras do neoclassicismo arcádico, o ciclo cobriu, aproximadamente, 175 anos da vida do Brasil-Colónia e do Brasil independente.

Com *Jana e Joel*, de 1899, no findar do século, se esgota o tempo vivo dessa estética que desde os anos 50 do mesmo século já convivia e se transferia para a estética indianista, metamorfoseando-se nela para corresponder a novos contextos estéticos e sociais.

O modo como as sementes do individualismo e da veemência da paixão se projectaram na natureza desses pastores, cada vez menos clássicos e mais tropicais, levaram naturalmente a uma outra vivência estética, cultural e social.

O prado ameno deu lugar a outros prados, à floresta e ao sertão. Os ásperos ribeirões transformaram-se em grandes rios tranquilos. Aos pastores sentenciosos e «discretos» sucederam os índios valentes, belos e de falas poéticas.

Em vez de Marília, Anarda, Aónia, as heroínas são agora Ceci, Marabá ou a Moreninha; e no lugar de Alceste, Dirceu, Almeno figuram Moacir, Peri, Itabajuba e não poucos sertanejos.

Duas coisas foram particularmente visíveis durante este quase século: a da adequação desta estética à sociedade brasileira, apesar (ou talvez por causa) de alguns aspectos artificiais e de evasão, e o da vontade de adopção e aculturação dos valores importados. O que postula, inevitavelmente, a existência de uma grande capacidade de compreensão tanto dos fenómenos culturais como das dinâmicas sociais e políticas, entendendo a cultura e a literatura como autónomas e independentes para seguirem os seus próprios caminhos.

Com efeito, entre 1724 e 1899 ocorreram no Brasil acontecimentos que alteraram profundamente a sociedade brasileira, tais como a Inconfidência (1789), a transferência da Corte de Lisboa para o Rio de Janeiro (1808), a Independência (1822), a campanha do Paraguai (1864-70), a abolição da escravatura (1888) e a proclamação da República (1889).

Uma poética pastoril em evolução

Foi tendo como pano de fundo esta realidade social que os árcades e os românticos constituíram a sua obra durante quase um século.

Mesmo que a censura interna e externa tivesse acautelado ou reprimido, nos tempos da colónia, um outro tipo de poética semelhante à das *Cartas Chilenas*, nem por isso a poesia pastoril deixou de se fazer como pastoril, depois da Independência, nem foi julgada menos autêntica, nem impediu os seus autores de intervirem nos acontecimentos políticos e sociais. Aliás, a história registou especialmente, como protagonistas intervenientes os árcades Cláudio, Gonzaga, Silva Alvarenga e Alvarenga Peixoto que pagaram com a prisão e o exílio a sua intervenção.

E o mesmo aconteceu no tempo da Independência, em que à evasão pastoril sucedeu a indianista, um pouco mais voltada para a realidade e também ela acompanhada das intervenções cívicas e políticas dos seus principais promotores, como Gonçalves Magalhães ou José de Alencar.

O que nos leva a fazer uma leitura diferente da daqueles que taxaram esta produção poética de alienada, querendo impor a sua visão redutora do passado, por entenderem o social em termos actuais (que o tempo se encarregará de desactualizar), e o literário como meramente ancilar do político e do ideológico, sem autonomia.

Parafraseando Pascal, se poderá dizer que a Literatura tem razões que o sentimento ou os empenhamentos social e político desconhecem.

Centre national de la recherche scientifique (CNRS), Paris, Abril de 1996

A Literatura como antropologia das antropologias

Por paradoxal que pareça, o saber do homem sobre o homem, que seria natural sobrelevar-se aos outros saberes, só se constituiu muito tardiamente na história da cultura.

Talvez o advérbio *tardiamente* não seja o mais adequado, porque não há um só saber sobre o ser humano, mas sim muitos saberes complementares, e eles só se vão desenvolvendo quando impulsionados por pulsões ou motivações especiais.

E qual o saber que, envolvendo o homem, é o saber por excelência?

Melhor será dizer, portanto, que o saber sobre o homem, entendido nas suas dimensões físicas, psíquicas, culturais e sociais como hoje se tornou preferencial considerar, e como disciplina científica autónoma, é dos nossos dias.

Embora o estudo antropológico explícito provenha do século XVIII, quando a segunda vaga das grandes Descobertas sugeria ou impunha o comparativismo no estudo das ideias e das instituições e lançava as sementes da teoria evolucionista, foi já no século XX, sobretudo a partir de 1960, primeiro nos Estados Unidos da América e depois na Europa, que se fez uma sistematização mais estrita dos saberes antropológicos. Era esse o objectivo da etnologia ou antropologia social e cultural, reformulando métodos, problemática e até organização profissional, e assim foi possível fazer avançar mais um tipo de conhecimento que, embora antigo, se dispersava por demasiados campos.

Se, pela diferença, quisermos localizar a antropologia (ciência do homem), tanto conceptualmente como historicamente, temos de a contrapor à teologia (ciência de Deus), à filosofia, à cosmologia e outras ciências que também se ocupam do homem.

Ela é, nas suas linhas gerais, segundo Lalande, como uma espécie de zoologia da espécie humana, definida por Broca como o estudo do grupo humano encarado no seu conjunto, nos seus pormenores e nas suas relações com o resto da natureza. E veio umas vezes reformular, outras substituir, conhecimentos e métodos ultrapassados.

Com efeito, na Idade Média o pensamento sobre o homem privilegiava em excesso a sua dimensão teológica e simbólica, sem que a herança antiga da filosofia grega, definindo-o como animal racional, se impusesse no estudo, quer da sua racionalidade de sujeito e objecto, quer no da sua solidariedade com os outros animais, pela consideração do seu ser físico integrado na natureza. E assim como, na hierarquia das ciências, a Teologia ocupava o lugar cimeiro, servida pela Filosofia, esta, por sua vez, entendida na perspectiva da metafísica, tutelava as outras ciências, nomeadamente os estudos de Literatura. Aliás, no que toca à Crítica e Historiografia Literárias, estes são territórios que sofrem permanentemente tentativas de colonização por parte de outros saberes como a História, a Linguística, a Psicologia, a Psicanálise, etc.

Por isso, o saber sobre o homem entendido na sua materialidade teve de aguardar tanto tempo.

Foi depois de uma primeira fase do humanismo, excessivamente voltada para o saber e autoridade dos antigos, que a ciência voltou a reanimar-se pelas informações e questionamentos das descobertas e conquistas de novas terras.

Os relatos dos viajantes e missionários em terras longínquas ou dos protagonistas das grandes navegações no mar oceano, trazendo informações que contradiziam o saber instalado sobre a astronomia, a fauna e a flora, os fenómenos meteorológicos, diversidade das raças, das leis, dos códigos de moral, dos costumes, das formas artísticas, obrigaram a uma reformulação dos grandes eixos do saber sobre que assentavam os conhecimentos.

Terminaram então muitas das fantasias sobre se a terra era uma montanha emergindo do oceano ou um disco côncavo, se tinha forma cilíndrica ou de meseta, se era semelhante à casca do ovo, etc., porque ficou claro, de uma vez por todas, que era redonda e não estava no centro do Universo, nem Jerusalém podia ser entendida como o centro do seu centro.

A Europa deixou de ser o centro do mundo e o padrão da sabedoria, da autoridade, da arte ou das formas sociais adequadas de governo e organização. E também o homem, ou o seu corpo deixaram, progressivamente, de ser a medida de todas as coisas.

O modelo de conhecimento teve de ser refeito, ainda porque a ingénua sabedoria das *Summa*, que julgaram nada deixar de fora ou sem resposta, foi ultrapassada pelas novas informações que chegavam todos os dias em catadupas. Em consequência, ruíram os edifícios conceptuais baseados exclusivamente nos argumentos de autoridade, e instalou-se uma salutar relativização dos absolutismos, ao menos como dúvida metódica, aguardando confirmação provada e não apriorística.

Por isso o século XVII foi filosófico e o XVIII «das luzes». Tornou-se necessário clarificar qual o âmbito da razão e da fé, especializando-se os saberes e purificando-os de intromissões ou generalizações abusivas e erróneas.

O saber antropológico, ou, melhor, etnológico, passou a encarar o homem também na linha metodológica das ciências naturais, não tardando a ocuparem-se dele a Biologia, a Sociologia, a Psicologia, a Linguística, etc.

Se o contacto com novos países, climas, fauna, flora e raças desencadeou uma verdadeira febre de observação, comparação e de classificação (Lineu e Buffon são expoentes significativos), por que não havia também o homem de ser analisado, comparado, classificado e etiquetado nas suas múltiplas «variantes»? E por que não, também, as questões sociais e culturais? E por que não, perante tantas semelhanças e diferenças, não levantar a hipótese da evolução das espécies, problema sobre o qual não tardou Darwin a pronunciar-se?

Foi, por isso, com naturalidade, que se reexaminaram questões tão antigas e diversas como a de se saber se todas as raças e povos integravam a unidade e universalidade do género humano, se o homem seria o mesmo em todas as latitudes, se igual em dignidade e direitos, apesar das raças, se a mulher gozava do mesmo estatuto do homem, se se mantinham as razões dadas como fundamento da escravatura.

E também foi necessário esclarecer a famosa questão dos «antípodas» e clarificar, de uma vez por todas em Teologia, se eles e outros povos descobertos eram descendentes de Adão e remidos por Cristo, decifrando-se o enigma dos seres monstruosos dos muitos livros de *imago mundi* e de *mirabilia*.

Em resumo, da história da natureza passou-se à história do homem, utilizando-se a mesma metodologia, e as diversas ciências e saberes procuraram conviver como complementares, e de igual dignidade.

É neste contexto que discorrer sobre as ciências e saberes do homem é possível e útil, inquirindo-se sobre as suas mútuas relações.

Porque parece ser da maior conveniência conjugar a multiplicidade das disciplinas que estudam o homem com uma visão de conjunto, agora já não suspeita de monolitismo apriorístico, porque baseada no diálogo.

E é nessa encruzilhada de interrogações e respostas dos diversos saberes especializados que se situa a Literatura que, pela sua natureza generalista, pode ser considerada a «antropologia das antropologias».

Para melhor se entender o que queremos significar com a afirmação de que a Literatura é a Antropologia das antropologias, convém nos detenhamos um pouco sobre a natureza ambígua e polimorfa da literatura que, não sendo ciência, se apresenta como um saber onde cabem outros saberes, científicos ou não.

Reflexão tanto mais necessária quanto, sobretudo nos últimos tempos, a Literatura tem sido apresentada como algo de exterior ou mesmo indiferente ao projecto humano, e ferida de esterilidade.

Não é ciência, embora deva utilizar no seu estudo métodos científicos e o concurso de ciências como a Historiografia, a Crítica Literária, a Estilística, etc., mas uma forma de conhecimento aprofundado, um saber em que se misturaram realidade e ficção, formas expressivas altamente elaboradas e estruturas elementares que repelem qualquer complexidade, a fim de dar conta tanto do universal como do singular, do irrepetível ou do inefável.

A ciência tende à formulação de leis e baseia-se no universal e necessário, reduzindo drasticamente o seu espaço. A Literatura, embora albergue juízos de valor, não formula nenhum, enquanto tal, e tem grande predilecção pelo particular e pelo efémero.

A este propósito Barthes, lembrando que temos uma história da Literatura mas não uma ciência da Literatura, devido ao facto de ainda não se dominar a natureza do seu objecto, o objecto escrito, entendia que apenas «uma certa ciência da literatura era possível, mas que ela não seria uma ciência de conteúdo, isto é, das formas, interessando-se pelas variações do sentido engendradas e engendráveis pelas obras, segundo o modelo fornecido pela Linguística»[1].

Exemplificando e ultrapassando essas tentativas, sobretudo desde o início do século, as grandes correntes críticas do formalismo russo, do New Criticism e da Estilística têm tentado, por exemplo, encontrar nas

---

1 Roland Barthes, *Critique et Vérité*, Paris, Seuil, 1966, pp. 56-63.

obras literárias elementos específicos que as identifiquem na sua singularidade, procurando, no seguimento do conceito reformulado de «literariedade» de Jakobson, construir um conceito de literatura.

Mas, de tal maneira a reflexão sobre a Literatura tem sido polarizada por estas questões teóricas e formais, que cada vez é maior o divórcio com aquilo que é a verdadeira razão pela qual um leitor lê *Guerra e Paz* ou *As Vinhas da Ira*: um determinado conteúdo expresso artisticamente através de formas que, em última instância, nem sequer são exclusivas das obras literárias, como o demonstrou Todorov[2].

O conteúdo não é Literatura, mas sem conteúdo nem sequer há formas. Conteúdo e forma são inseparáveis, em Literatura.

Divórcio que, na opinião de George Steiner, começou há muito tempo, com Mallarmé, e se agravou posteriormente, pois «os usos da fala e da escrita habituais nas modernas sociedades do Ocidente estão doentes, e a doença é fatal. O discurso que tece as instituições sociais, o dos códigos jurídicos, o do debate político, da argumentação filosófica e das obras literárias, a retórica leviatânica dos meios de comunicação em todos esses discursos, em suma, estagnaram em chichés sem vida, gírias sem sentido, falsidade intencional ou inconsciente»[3].

Daí que advogue uma prática literária que recupere o valor da palavra, da sua dimensão sobrenatural de «presença real» entendida também no sentido teológico, reatando a tradição que Charles du Bos, à maneira romântica, tão claramente tinha enunciado: «A literatura, a literatura digna desse nome é esse firmamento dos corpos fixos; e se ela deve a vida ao seu conteúdo, a vida deve à literatura a sua sobrevivência, deve-lhe essa imortalidade, para lá da qual o que começa é a vida eterna [...] a literatura pode funcionar sem recorrer à vida, em que ela pode seguir a sua vocação atingir o seu empíreo no próprio acto por que prescinde da vida [...] é antes de tudo, e não obstante o que de outras características possa possuir, a vida que toma consciência de si própria quando decorre na alma de um homem de génio a par com uma plenitude de expressão»[4].

E também por desilusão, relativamente aos caminhos seguidos até agora pelos estudos literários. Sobretudo depois do colapso da cultura

---

2 Tzvetan Todorov, *Les Genres du Discours*, Paris, Seuil, 1978.
3 George Steiner, *Presenças Reais*, Lisboa, Presença, 1993, p. 104.
4 Charles du Bos, *O que é a Literatura?*, Lisboa, Livraria Morais, 1961, pp. 27-28.

materialista, marxista, formalista, pois agora novos caminhos se perfilam, desde o Novo Historicismo, ou *cultural studies,* designação que melhor seria expressa por uma etiqueta que relevasse mais o aspecto cultural, e assim definido por Aram Veeser: «The new Historicism has given scholars new opportunities to cross the boundaries separacing history, antropology, art, politics, literature, and economics. It has struck down the doctrine of nominterference that forbade humanists to intrude as questions of politics, power, indeed on all matters that deeply affect people's pratical lives-matters best left prevaling wisdom went, to experts who could be trusted to preserve order and stability in "our" global and intelectual domains»[5].

Posto assim em evidência o carácter antropológico da Literatura que os nossos dias querem acentuar, importa observar ainda que esse vasto espaço de saberes tem fronteiras mais amplas que as de qualquer ciência. Mais amplas ainda que as das religiões, culturas e ideologias.

E mais extensas que as das épocas históricas ou das correntes estéticas, nelas cabendo todos os textos do mundo que um consenso dominante aceite, e, por isso, as obras por ela consideradas passam a pertencer a um *corpus* constituído como verdadeiro património mundial, de sabedoria e estese.

Como atrás considerámos, bastante têm avançado e recuado essas fronteiras desde que Aristóteles e outros na Antiguidade greco-latina as formularam, até ao entendimento que, ainda no século XIX, fazia coincidir literatura com cultura, e às actuais, de carácter restritivo e formal que, novamente, estão a ser ultrapassadas.

Não vem a despropósito lembrar que, subjacente a esse vasto território comunicativo, está uma universalidade que lhe serve de base, a da língua, que é também escrita.

Pois não é a língua, na interpretação, ainda que refeita, de Lottman e da Escola Semiótica Soviética, o sistema modelizador primário, em que assentam todos os outros? Assim, língua e cultura são indissociáveis: «non è ammissibile l'esistenza di una lingua (nel senso pieno del termine) che non sia immersa in un contesto culturale nè di una cultura che non abbia al próprio centro una struttura dei tipo di quella di una lingua naturale»[6].

---

5 H. Aram Veeser, *The New Historicism*, Nova Iorque, 1989, p. IX.
6 Ju. M. Lortman e B. A. Uspenskij, *Tipologia della Cultura*, Milão, Bompiani, 1975, p. 42.

A Literatura como antropologia das antropologias

Se assim acontece, e estando a literatura tão ligada à língua mais intimamente que qualquer outro sistema modelizante segundo, será exagerado reivindicar para ela a maior proximidade da fonte?

Espaço privilegiado de direito, em que todos os saberes se podem encontrar, a Literatura tem sido, ao longo de milénios, a manifestação e o documento dessa sabedoria onde o homem é hóspede privilegiado, sem que se esteja à espera de uma definição «definitiva» sobre a sua natureza última, até porque sempre foram vencidas e rejeitadas as sentenças castradoras de uma só época ou grupo.

Sendo preferencial para a Literatura conviver com a língua e com as disciplinas que dela se ocupam, tal não implica menor atenção às questões etnológicas.

E por boas razões históricas. Porque às obras literárias tem a antropologia social e cultural ido buscar muitos dos outros seus materiais de base.

Tanto pode afirmar-se que a Etnologia nasceu da Literatura, como que à Etnologia foi a Literatura buscar alguns dos seus temas e motivos, sobretudo à mitologia, ao folclore e à história das religiões.

E também dela alguma coisa aproveitou, no domínio teórico, para a definição ou evolução dos géneros literários.

Nos últimos tempos, foi ainda à Etnologia que os Estudos Literários foram buscar uma das suas teorias de organização e coerência dos textos, tanto linguísticos como literários: o método estruturalista que durante algumas décadas influenciou profundamente e, em especial, os estudos da narrativa.

Reside a competência antropológica da Literatura na sua capacidade de simbolizar, testemunhar e documentar todos os problemas e estudos da alma humana.

Por isso, não é difícil surpreender, no imenso *corpus* literário de milénios, funcionalidades múltiplas que a crítica tem identificado especialmente como sendo de conhecimento, catarse, evasão, estese, intervenção...

E, para nessa óptica, e mais claramente, evidenciar tal saber sobre o homem, vamos lembrar obras literárias exponenciais nas três áreas que cobrem todo o projecto humano: a do sentir (do desejo e da consciência), a do querer e a do poder.

1. *Na área do saber.*

Estende-se ela desde os domínios do transcendente, do metafísico e do científico, até à informação despretensiosa ou ingénua do senso comum e da experiência ao alcance de todos.

O conhecimento de Deus foi sempre uma questão prioritária em todas as culturas do globo, como chave para o entendimento do homem que, desligado dele, carece, segundo a opinião da maioria esmagadora da Humanidade, de sentido e finalidade.

Só modernamente aconteceu a novidade do ateísmo e da laicidade professados pública e colectivamente.

Não faltam, por isso, na Literatura, os grandes textos sagrados modeladores de culturas e de consciências, reflectindo o melhor dos patrimónios culturais respectivos, e as grandes referências poéticas dessas mesmas culturas. Assim acontece na Bíblia, no Alcorão, nos Vedas, no Mahbarata, etc.

E, se dos textos sagrados passarmos para os que reflectem o entendimento humano da divindade, encontramos altos tratados poéticos como *Divina Comédia*, de Dante, louvando Deus como bem supremo e destinatário da longa viagem da alma, os escritos dos místicos espanhóis do Siglo de Oro, tais como *Noche Oscura*, *Llama de Amor Viva* ou *Cântico Espiritual* de São João da Cruz, as *Moradas* de Santa Teresa, os autos sacramentais de Calderón ou a *Trilogia Espanhola* de Rilke.

Mas as atitudes do homem em face de Deus, da religião e do seu próprio destino na Terra não têm sido equacionadas só nesta perspectiva. Também na sua contrária da negação, do cepticismo ou da rejeição.

Modernamente, Deus é entendido por muitos segundo as «filosofias de suspeição» de Marx, Nietzsche e Freud, como lhes chamou Paul Ricœur.

Em *Sobre a Religião*, de Marx, a religião resulta das condições sociais de um mundo sem coração, é um verdadeiro «ópio do povo». Em textos simultaneamente explosivos e poéticos, Nietzsche proclama a morte de Deus e exalta a força do super-homem, a vontade de poder e o eterno retorno que a tudo dá sentido.

Quanto a Freud, procura demonstrar em *Totem e Tabu* que é nas profundidades do inconsciente ou subconsciente que encontram fundamento e estrutura elementos ou credos das religiões, ao elaborarem sistemas originados no complexo traumático de Édipo.

E vasta bibliografia se veio juntar a esta, proveniente, sobretudo, dos autores do materialismo dialético.

No campo da inquirição filosófica mais estrita, basta-nos citar Heidegger quando afirmou ter sido na poesia de Rilke que encontrou motivações para a formulação do seu pensamento filosófico, não sendo este, como afirmou a Angelloz, mais do que o desabrochar das ideias do próprio Rilke.

E o mesmo afirmaria, entre nós, Vitorino Nemésio no prefácio à 2.ª edição de *Poesia (1935-1940)*: «Tanto os poetas como os metafísicos estão igualmente sujeitos ao império da esfinge que exige daqueles, pelo menos um tributo constante de efabulações que a saciem, e destes um sistema de explicações que a aquietem. Sendo a fábula o domínio estético da poesia, a implicação é o seu modo dialéctico [...] o que a metafísica explica predominantemente em construções regidas pelo conceito e pelo juízo, a poesia implica geralmente em representações alegóricas e simbólicas».

Pelo papel histórico desempenhado no caminho comum percorrido pela antropologia e pela literatura, é de relevar o contributo especial da chamada «Literatura de Viagens», cuja tipologia de base se pode reduzir aos vectores do comércio, peregrinação, expansão territorial e religiosa, de expedição científica e de turismo.

Nela se reflectem as primeiras inquirições do homem sobre o universo que o rodeia, e as primeiras informações de novos mundos que as grandes navegações oceânicas iriam revelar através de diários de bordo, ingénuos ou não tanto, como o *Diario* de Colombo ou a *Carta* de Vaz de Caminha, até às relações ou tratados muito minuciosos.

A começar pelos relatos das grandes viagens por terra, do século XIII, descrevendo um Oriente fabuloso e de mistério, sobretudo sob a óptica e os objectivos do comércio, como no *Livro de Marco Polo*, ou na *Relação* de Piano Carpino, ou no *Guide d'Amsterdan enseignantt aux voyageurs et aux negociants la splendeur, son commerce etc.*, de la Feuille, ou na *Cultura e Opulência do Brasil por suas Drogas e Minas*, de Antonil.

Informações indirectas, porque que a sua preocupação principal é outra, mas confirmadas e completadas pelos relatos de peregrinação a santuários, maximamente Jerusalém e Meca, exprimindo uma fé que durante vários séculos precisava de arrasar montanhas, quase no sentido literal, para vencer obstáculos múltiplos, tais como são descritos na *Peregrinação* de Egéria, no *Itinerário da Terra Santa*, de Frei Pantaleão de Aveiro, no *Itinéraire de Paris à Jerusalém*, de Chateaubriand, ou nas *Viagens* de Ibn Battuta que descreveram Meca, pormenorizadamente, com a mesma devoção dos peregrinos cristãos pelos seus lugares santos.

Viagens também de expansão, dilatando a fé e o império, textos ora na atitude eufórica da descoberta, conquista, ocupação de novas terras ou notícia de reinos ainda por haver, e com os quais bons acordos de comércio, alianças políticas ou oportunidades de catequização, eram necessários, ora em atitude disfórica, desencantados com os excessos do empreendimento expansionista.

Assim, as *Décadas*, de João de Barros, a *Nova Navegação e Descobrimentos da Índia Superior*, de Pigaffetta, ou a *História dos Descobrimentos e Conquistas dos Portugueses na Índia*, de Castanheda, ou a *Etiópia Oriental* de Frei João dos Santos, ou a *Relación de la conquista del Peru*, de López de Jérez, ou a *Historia Verdadera de la Conquista de la Nueva España*, de Castillo.

E para contrabalançar a *hybris* da ambição, a fala do Velho do Restelo dos *Lusíadas*, os suspiros continuados de «o pobre de mim» de Fernão Mendes Pinto na *Peregrinação*, os *Sermões* de Vieira contra os excessos dos colonos, a severa condenação de Las Casas na *Brevisima Relación de la Destrucción de las Indias* ou os lamentos da *História Trágico-Marítima* compilada por Bernardo Gomes de Brito.

Muito aparentadas com estas são as viagens com o objectivo dominante da investigação científica, quer na forma de uma passagem que facilitasse a comunicação e o comércio entre continentes, quer na descrição e classificação das diversas espécies de fauna e flora, investigando possibilidade e ciclos de evolução.

Viagens que se inspiraram no modelo da primeira que se fez à volta do mundo, de Fernão de Magalhães, e que Pigaffetta melhor que qualquer outro relatou, continuadas por outras que deixaram memória no *Voyage autour du Monde*, de Bougainville, na *Voyage Towards the South Pole and around the World*, de Cook, ou na *Geology of the voyage on the «Beagle»*, de Darwin.

Relatos estes que iam servir para reflexões profundas, por parte de Montaigne, Rousseau e de inúmeros filósofos, antropólogos, juristas, etc.

A Literatura como antropologia das antropologias

Mas não só de informação e questionamento teológico, metafísico ou de viagens se constrói o saber literário.

Também das pequenas coisas do quotidiano, em que o homem ainda revela melhor a sua condição e limites.

Em textos de contemplação da natureza e de vida tranquila em trabalhos agrícolas, cheios de poesia, nas *Bucólicas* e *Geórgicas*, de Virgílio; ou reflectindo a vida quotidiana da cidade sem horizontes, com problemas de desemprego, de gente pobre e simples. Problemas de «E agora, José?» como no *José* de Carlos Drummond de Andrade, ou de manhas e expedientes de pícaros e andarilhos como em *El Lazarillo de Tormes* ou em *O Malhadinhas*, de Aquilino Ríbeiro.

Vidas medíocres de pequenos egoísmos e pequenas generosidades repassadas de humanidade, comoventes, como nas *Aventuras de M. Pickwick* ou *David Copperfield*, de Dickens.

Do mesmo modo, aprendizagem do sonho, em contos cheios de maravilhoso, escritos especialmente para as crianças ou jovens, histórias contadas por avós aos netos: Contos de Andersen, da condessa de Ségur ou de Selma Lagerlöff. Ou contados para entreter leitores mais vividos, como as histórias com que Sherazade encantava e iludia Chariat em *As Mil e Uma Noites*. Ou, aparentados com estes, os do género policial ou de ficção científica de Chesterton, Conan Doyle, Agatha Christie, Wells ou Asimov.

E fábulas cheias de vontade de moralizar, de Ésopo, Fedro, La Fontaine, ou de vontade de confundir ou relativizar, como as de Monteiro Lobato.

E porque os ritmos da vida são muitas vezes contraditórios, narrativas ou poemas de realismo mágico, estranho, fantásticos ou tenebrosos como nos *Cien Anos de Soledad*, de Gabriel García Márquez, cantos ou poemas de Pöe, o *Manuscrito Encontrado em Saragoça*, *O Livro de São Cipriano* ou os *Contos* de Hoffman.

Por muitos, a vida em sociedade é sentida como absurda, sem significado nem saída, e a ilustrá-lo estão *A Metamorfose*, *O Castelo* e *O Processo*, de Kafka, ou o *Teatro*, de Jarry.

E porque nem tudo é tenebroso, e há também a atitude hedonística do *carpe diem*, abundam os textos eufóricos, folgazões e parodísticos celebrando a vida boémia, a música, o amor, o vinho, como nos *Carmina Burana* dos goliardos, no *Pantagruel e Gargantua*, de Rabelais ou em *O Ventre de Paris*, de Zola, ou nos requintes gulosos da *Physiologie du*

Gôut, de Brillat-Savarin. Seria interminável esta lista se ela não fosse meramente exemplificativa, até porque tudo se pode enquadrar na perspectiva da aquisição do saber.

Mas porque outros aspectos ainda relevam sobre este, exemplifiquemos outras facetas antropológicas,

2. *Na área do sentir, do desejo e da consciência.*

Julgamos não seja empobrecedor reduzir as exemplificações de textos literários reflectindo sentimentos e atitudes tão amplamente expressas e divulgadas como os deste campo, a dois vectores particularmente significativos: o do amor e sentimentos conexos, e o da consciência, quer da psicológica, quer da moral.

Se há tema literário tratado pela literatura até à saturação, ao ponto de não haver nele qualquer recanto ainda por explorar, é o do amor e dos sentimentos, acções e reacções que o acompanham, ora nos aspectos adjuvantes e positivos, ora nos oponentes negativos.

Desde a expressão do amor platónico, ingénuo, puro, até ao extremo da paixão violenta, destruidora (do próprio, do outro ou de ambos) passando pelo ódio, ciúme, as fantasias homo- e heterosexuais e, sobretudo, pelo adultério que, na constatação de Denis de Rougemont em *L'Amour et l'Occident* é de capital importância temática, visto que «sem o adultério que seria de todas as nossas literaturas? pois se elas vivem da "crise do casamento"»...

Tão memoráveis ficaram poemas e narrativas de amor, como a sua própria teoria: a *Ars Amatoria* e os *Amores*, de Ovídio, ou o *Kamasutra* do misterioso Oriente.

De amor platónico ficaram as projecções idealizadas de Beatriz e Laura na *Divina Commedia* de Dante e no *Canzonieri* e *Trionfi* de Petrarca.

Pares-modelos de amor intenso e puro foram fixados para sempre no *Tristan et Iseut*, no *Romeu e Julieta*, de Shakespeare, no *Paul et Virginie*, de Bernardin de Saint-Pierre, em Renzo e Lúcia de *Promessi Sposi*, de Manzoni.

Amor melancólico e infeliz foi o da *Menina e Moça*, de Bernardim, honesto e regrado o da *Carta de Guia de Casados*, de D. Francisco Manuel de Melo, violento e trágico o de *Amor de Perdição*, de Camilo, excessivo e suicida o de *Os Sofrimentos do Jovem Werther*, de Goethe, calculista e programado o de Julien e suas amantes no *Vermelho e Negro*, de Sthendal.

Modelo de comadres casamenteiras e de outros amores é *La Celestina*.

A traição conjugal sábia e subtil encontrou na Capitú dos olhos verdes de *D. Casmurro*, de Machado de Assis, um modelo perfeito, tal como o adultério de *Madame Bovary*, de Flaubert, o incesto em *Os Maias*, de Eça, o erotismo requintado em *O Amante de Lady Chatterly*, de David Herbert Lawrence, o «amor grego» nas sátiras de Petrónio, nos epitalâmios e *Hino a Aphrodite*, de Sapho, ou nas *Canções*, de António Boto.

E da prostituição inúmeros autores se têm ocupado, encarando-a ora como incapaz de corromper algumas almas puras, ora como forma de miséria social e moral, ora como fatalidade e modo de exploração calculada, como em *A Casa de Pensão*, de Aloísio de Azevedo, *A Romana*, de Alberto Moravia, ou *La Putain Respectueuse*, de Sartre.

Como expressão da complexidade psicológica humana, a literatura tem sido espaço para minuciosas e percucientes análises introspectivas, acompanhando a evolução das ciências do comportamento.

E tanto tem acolhido essa descida às profundidades, sobretudo do inconsciente, como dado voz aos imperativos da consciência moral e cívica. A análise psicológica desempenha, aliás, nos últimos tempos, importante papel na narração do romance e das suas técnicas, pondo ao serviço do narrador novos instrumentos: a chamada «corrente de consciência», o monólogo interior, o discurso indirecto livre e outros processos que mais facilmente dão conta dos meandros psicanalíticos do comportamento.

De tal modo que autores como Pierre Debray-Ritzen[7] preferem encarar o fenómeno geral da criação literária sob o ângulo biológico da neuropsicologia, privilegiando a análise do funcionamento cerebral, e estudando especialmente autores e obras que relevam manifestamente de psicoses e demências, delírios, alteração de comportamento, perturbações de carácter, desequilíbrios psíquicos, perversidades instintivas, etc.

Lugar de relevo cabe aqui para os romances de Proust *À La Recherche du Temps Perdu*, lançando um olhar angustiado à destruição das

---

[7] Pierre Debray-Ritzen, *Psychologie de la Littérature et de la Création Littéraire*, Paris, Retz, 1977.

coisas pelo tempo, a que nada escapa, e à dissolução operada pelas mudanças do espírito, e que a escrita pretende recuperar e vencer.

Dostoiewski, por seu lado, perscruta os recônditos da alma humana, questionando quais as verdadeiras motivações dos actos humanos, em *O Idiota*, *Crime e Castigo*, *Humilhados e Ofendidos*, *Os Irmãos Karamazov* que, mais que painel da sociedade russa, é mostra da consciência vigilante universal.

A pretexto de uma convalescença em sanatório, os mistérios da matéria, da vida e da morte, da história e da natureza social do homem são passados em revista em *A Montanha Mágica*, de Thomas Mann, e os vícios e convenções sociais observados de maneira sorridente e irónica por Eça de Queirós e Machado de Assis em *O Crime do Padre Amaro*, *O Primo Basílio*, *A Capital!* ou no *D. Casmurro* e nos *Contos*.

James Joyce ocupa naturalmente, nesta perspectiva psicológica, um lugar muito especial, não só pelo *Ulisses*, mas também pelo processo narrativo representativo que desenvolveu e tem sido imitado até à exaustão, na tentativa de uma autêntica reportagem simultânea e em directo, da corrente de consciência.

Porém, neste tipo de expressão literária, a poesia lírica, atribuindo à primeira pessoa a perspectiva dominante, a biografia e, maximamente, a autobiografia e, nesta, os Diários e Confissões criaram uma área privilegiada de análise.

Assim, o *Só* de António Nobre, repassado de saudade e ternura, e o *Eu* patologicamente afectado de Augusto dos Anjos ilustram eloquentemente esta atitude.

Mas, sem dúvida, é nos Diários e nas Confissões que se vai mais longe na confidência.

Alguma coisa de especial significa a tendência dos adolescentes para redigirem os seus diários, de que o *Diário de Anne Frank* é exemplar reputado, de os políticos retirados registarem as suas memórias como Winston Churchill em *The Second World War*. Mas, testemunhos talvez mais valiosos são os das confissões, porque, mais do que nas modalidades anteriores, é reduzido o factor justificação. Assim as *Confissões* de Santo Agostinho ou as de Rousseau.

Aliás, em toda esta área expressiva a literatura exerce uma função catártica que, na explicação de Aristóteles, através do terror e da piedade leva à purificação e superação do mal. O que é particularmente visível em momentos de grande dramaticidade como nas confissões de

Raskolnikov do *Crime e Castigo* ou de Luís da Silva em *Angústia*. E a própria escrita nisso colabora, pois ela própria é mediadora, sabido como é que, em determinados momentos, o escritor perde a iniciativa e passa ele mesmo a ser conduzido pela dinâmica autónoma da escrita.

Prestigiosa e eloquente é também a voz literária da consciência moral e cívica, embora isso pese a alguns, convencidos de que com boas intenções e costumes não se faz boa literatura.

Elevado nível poético e social atingem obras na parenética e na didáctica, especialmente, sob a forma epistolar.

E tanto no campo moral e religioso do encarecimento das virtudes, como no laico dos deveres cívicos.

Assim, *Chou King*, de Confúcio, ou o *Tao To King*, de Lau Tseu, ou os conselhos de Séneca no *De Beneficis*, a *Imitação de Cristo*, de Tomás de Kempis, o *Pilgrim's Progress*, de Bunyan, os *Sermões*, de Vieira ou Bossuet, os *Pensées*, de Pascal, as *Máximas* de La Rochefoucault, a *Introdução à Vida Devota*, de São Francisco de Sales.

E na reivindicação do que hoje chamamos os direitos do homem: o tratado contra a escravatura, *O Etíope Resgatado* do Padre Ribeiro Rocha, a doutrinação do valor da liberdade de *A Condição Humana*, de Malraux, *Les Nourritures Terrestres*, de Gide, *Les Chemins de la Liberté*, de Sartre e a correcção cívica dos *Ensaios* de António Sérgio, os princípios pacifistas de Gandhi em *Experiências de Verdade*, a reconciliação com a natureza na *Peregrinação às Origens*, de Lanza del Vasto, os livros revolucionários de Betty Freedam para a emancipação da mulher, etc. etc.

3. *Na área do querer, do poder e da utopia.*

As manifestações da vontade humana, desde a afirmação da própria personalidade e opinião às da vontade colectiva, têm a idade do próprio homem, e não conhecem fronteiras.

Não hesitam mesmo em afirmar-se frente à divindade disputando-lhe o espaço, como no *Prometeu Agrilhoado*, de Ésquilo, que repete, afinal, o gesto do próprio Adão no Génesis colhendo o fruto proibido.

Na ânsia de ultrapassar os limites, alguns não hesitaram mesmo em aliar-se ao Demónio e às forças do mal, como no *Fausto*, de Goethe, ou no *Grande Sertão Veredas*, de Guimarães Rosa.

Deuses, semideuses, super-homens ou simplesmente heróis foram celebrados, ao longo dos séculos, pelas suas vitórias e capacidade de poder e fazer, em poemas épicos e dramáticos, de forma grandiloquente, em cenários grandiosos iluminados por um sol brilhante que transfigurava a paisagem pela multiplicidade das cores vivas, porque a noite, a lua, a neblina e as trevas estão reservadas para os vencidos.

Assim acontece na *Ilíada* e na *Odisseia*, de Homero, na *Eneida*, de Virgílio, no *Mahbarata*, no *Gilgamesh*, nas epopeias de Tasso sobre Jerusalém, a *Gerusalemme Liberata* e a *Gerusalemme Conquistata*. E porque essa celebração dos factos foi recebida como expressão feliz dos ideais colectivos, passaram algumas dessas epopeias a servir de emblemas de identidade nacional, como no caso do *El Cid* ou de *Os Lusíadas*.

Porém, como cada medalha tem reverso, outros entenderam essas proezas guerreiras como processos de destruição e de morte, fontes de inúmeros males, sobretudo a actividade bélica de conquista, porque como afirma Vieira: «É, a guerra aquele monstro que se sustenta das fazendas, do sangue, das vidas, e quanto mais come e consome, tanto menos se farta».

Melancólico e cheio de mistério é o olhar de Tolstoi na *Guerra e Paz*, cheio de angústia e desespero o de Virgílio Gheorghiu na *Vigéssima Quinta Hora* evocando os vencidos, os expulsos, os apátridas. Tal como o faz em vários romances Eric Maria Remarque, nomeadamente no *A Oeste Nada de Novo*.

É sobretudo na proposta de intervenção política e social que se exprime a vontade de actuar e transformar. Indirectamente, através da própria natureza da palavra e da escrita e da manipulação da opinião pública, ou directamente pelo exercício do poder.

Sobretudo nos nossos dias esse uso da palavra literária é compromisso e a ele incita, como o definiu Sartre: «Parler, c'est agir: toute chose qu'on nomme n'est déjà, plus du tout à fait le même, elle a perdu son innocence [...] Ainsi, en parlant, je dévoile la situation par mon project même de la changer [...] A chaque mot que je dis, je ménage un peu plus dans le monde [...] l'écrivain "engagé" sait que la parole est action [...] la fonction de l'ecrivain est de faire en sorte que nul ne puisse ignorer le monde est que nul ne s'en puisse dire innocent»[8].

---

[8] Jean-Paul Sartre, *Qu'est-ce que la Littérature*, Paris, Gallimard, 1948, pp 29-30, 31.

A Literatura como antropologia das antropologias 231

Mas a palavra de intervenção é, sobretudo, a da proposta explícita que se realiza na proposta política e nas lutas que a concretizam. Ilustra-o *Il Principe*, de Maquiavel. Mas, mais ainda, aquelas obras em que se torna patente a desumanidade do autoritarismo ditatorial quando avança para o totalitarismo. Então, a pessoa não tem qualquer hipótese de sobrevivência, como foi demonstrado nos imperialismos ideológicos fascista-nazi e comunista.

Alguns autores documentaram admiravelmente os primeiros passos desses monstros, na sua descida às populações incautas cuja vida era antes uma rotina permanente, qualquer que fosse o regime político vigente, monarquia ou república, mas passaram a ser devoradas e destruídas por uma nova realidade. Assim acontece no romance *Deus Dorme em Masúria*, de Hans Helmut Kirst, em que um pobre-diabo protagoniza o responsável local nazi que põe todos contra todos, e faz daquele paraíso que parecia escolhido por Deus para lá ir descansar, um verdadeiro inferno. E o mesmo faz Ignazio Silone, no espaço italiano, com o seu *Fontamara*, ou Giovani Guareschi em *D. Camilo e Seu Pequeno Mundo*, retractando os lances contraditórios de uma guerra fria local entre o padre da freguesia e o presidente de câmara comunista.

Menos bem disposto e sem comicidade é o núcleo duro das obras da nossa época regidas pela ideologia, tanto a fascista-nazi da superioridade da raça ariana, como a marxista-leninista do realismo socialista. Assim *Discurso à Nação Alemã*, de Johann Fichte, ou *Discurso sobre Marinetti*, de Gotefried Benn. Ou *O Materialismo e o Empirismo* de Lenine, os romances de Cholokov *Terras Desbravadas* e *Combateram pela Pátria*, ou *Seara Vermelha*, de Jorge Amado.

Mas também cedo essa destruição da liberdade acordou os profetas que, como Orwell no *Animal Farm*, ou no *1984* a previram, prevenindo o advento do Big Brother. E o mesmo fez praticamente toda a ficção científica do mundo livre (a soviética foi sempre optimista), prevendo um mau futuro pela instauração de poderosos e indestrutíveis impérios galáticos, como em *Second Fondation*, de Asimov.

E de um modo mais impressivo e realista as narrativas de Boris Pasternak *Doutor Jivago*, e *O Arquipélago Gulag*, de Soljenitzine, que exemplificou, de maneira trágica, a afirmação de Arthur Kostler em *O Zero e o Infinito* de que, nos regimes totalitários, o Eu é uma simples ficção gramatical.

O excesso de poder e os seus jogos económicos criaram outro tipo de vencidos a juntar aos da guerra, os emigrantes. Assim *As Vinhas da Ira*, de Steinbeck, ou *Emigrantes* e *A Lã e a Neve*, de Ferreira de Castro.

E naturalmente também o racismo e as marginalizações, como em *A Morte do Caixeiro-Viajante* ou *Focus*, de Arthur Miller.

Alguma coisa tem a ver com as manifestações do querer e do poder um quase subgénero constituído pelas obras que têm em comum um projecto utópico. Este tipo de ficção, situado nocionalmente entre os temas da viagem e da evasão, não é menos subversivo que o dos panfletos revolucionários, porque a alternativa que propõem é do mesmo tipo de radicalidade.

Utilizando uma linguagem quase cândida, mas não inocente, rejeitam totalmente qualquer das hipóteses em realização e avançam com fórmulas completamente novas e, aparentemente, irrealizáveis.

Precisamente porque o próprio da utopia é estimular a imaginação e a criatividade. Assim *Utopia*, de Tomás Morus, *A Cidade do Sol*, de Campanella, *Histoire Comique des États et Empires de La Lune* e *du Soleil* de Cyrano de Bergerac, ou *Viagens de Gulliver*, de Swift, etc.

Larga, ainda que parcelar, foi a exemplificação dos diversos territórios antropológicos em que os problemas humanos na Literatura se espelham e nela são interpelados.

Por esta amostragem, que privilegiou as obras mais difundidas e conhecidas (por serem capazes de comunicar com maior diversidade de leitores), se tornou patente pela prática o que na reflexão teórica se afirmava: a universalidade quantitativa dos que recebam as suas mensagens, e o carácter global qualitativo do seu posicionamento antropológico.

E isto porque a Literatura desde há milénios se afirma, pela sua ambiguidade e ambivalência, como espaço de todos os saberes, nela cabendo o informativo, o prático e o simbólico.

Porque ela é como que um espaço sagrado onde todas as linguagens dialogam e podem ser entendidas. Não é verdade que durante certo tempo, «poeta» e «sacerdote» foram utilizados como sinónimos?

Também, pela mesma razão, o literário pode ser identificado com o intransitivo e, tal como na linguagem simbólica ele pode ser definido como «autonimia», evidenciando assim o seu estatuto formal e de código, a par da sua ampla capacidade de referência.

Para concluir, apenas se afirmará que a Literatura acrescenta aos outros saberes algo que neles menos coerentemente se encontra: uma especial capacidade formativa.

Ocupando-se do homem, não lhe pode ser indiferente a sorte do próprio homem e do seu projecto, e o tipo de formação que sugere e possibilita é, necessariamente, de carácter pluralista e tolerante.

Sendo suposto que o saber do homem sobre o homem encerra em si mesmo o que o humanismo pretende obter, *hominem humaniorem reddere*, a literatura torna-o possível de várias formas: 1) porque, sendo a língua, sobretudo a materna, a estrutura básica de modelização, e a literatura a sua mais próxima concretização, é a elas que, mais facilmente, os diversos projectos de construção do homem podem ir buscar substância e modelos; 2) porque, embora a Literatura nada imponha, ao apresentar tanto o Bem, o Belo e o Verdadeiro como o Mal, o Feio e o Erro, está a insinuar de maneira persuasiva (porque é uma arte da comunicação) uma escolha.

Estamos em crer que, nos dois pratos dessa balança, o Bem tem mais força para o homem que o Mal, e que a indiferença é já uma escolha que importa tomar como tal.

Em suma: que antropologia ou ciência, melhor que a Literatura, descrevendo os homens, conhece o Homem?

Universidade dos Açores, Ponta Delgada, Outubro de 1994

As frutas brasileiras e a sua significação oculta

Os textos da Literatura de Viagens obedecem, naturalmente, como nos outros subgéneros, a modelos de variada proveniência que se completam em narrativas de marcada originalidade.

Um desses modelos, arquetípico sem dúvida, das narrativas de viagens de expansão, é o modelo bíblico da exploração da Terra de Canaan, ordenada por Moisés e relatada no Livro dos Números, no seu capítulo XIII.

Vindo do Egipto a caminho da Terra Prometida, o povo de Moisés ensaiava o relacionamento possível com os povos que ia atravessando e, sobretudo, com os que dominavam a região de Canaan onde se iria estabelecer.

Por isso Moisés enviou alguns espiões a informarem-se sobre a terra que lhes estava destinada.

As ordens eram bem explícitas: observar se era terra fértil ou não, se a vegetação era abundante; sondar os sentimentos dos povos que a habitavam, procurando saber se eram pacíficos ou guerreiros; colherem o máximo de informação sobre se esses povos viviam em cidades abertas ou em redutos fortificados. Por último, uma recomendação com especial peso nas decisões finais: «Façam todos os possíveis para trazerem dos frutos da região» (XIII, 20).

Voltaram os exploradores com notícias alarmantes: as cidades eram grandes e bem fortificadas, os habitantes fortes, sendo alguns deles de compleição física extraordinária por descenderem de gigantes: «ao pé deles sentíamo-nos como gafanhotos, e eles pensavam o mesmo de nós».

Não foi fácil a discussão que se seguiu, nem a tomada de decisões, porque o medo se apoderou de quase todos. O medo e a falta de confiança na protecção divina. Por isso Deus os castigou. Logo ali morreram fulminados diante do Senhor os exploradores que disseram mal da terra, e outros castigos sobrevieram de modo que só alguns, muito poucos, entrariam um dia em Canaan.

O que há de curioso em todo este episódio é o fenómeno altamente significativo de os exploradores trazerem, em contraponto às más notícias, um gigantesco cacho de uvas que dois homens carregavam numa vara apoiada em seus ombros, tendo colhido também romãs e figos.

A terra era farta, nela «corria o leite e o mel», e as suas frutas eram como as que estavam à vista.

Mas não foi suficiente tal magnificência para convencer os Israelitas a avançarem, embora em toda a controvérsia elas representassem o único e importante elemento positivo a aliciá-los.

Consideramos esta narrativa bíblica de «arquetípica» por duas razões maiores. A primeira, por ser baseada no facto de o modelo narrativo-descritivo, que apelidámos de *de situ*[1], servir na maior parte das narrativas de viagens de macroestrutura organizativa de toda a obra. Modelo esse que já estava esboçado no episódio dos exploradores da Terra de Canaan. O que, dado o peso das narrativas bíblicas na cultura ocidental e o seu amplo conhecimento delas, sugere naturalmente, práticas semelhantes de escrita.

A segunda, porque baseada na função que nesse modelo organizativo desempenha o tópico da descrição das frutas.

Com efeito, abundam nela as enumerações descritivas da abundância e excelência das terras descobertas, descrevendo-se a terra, os ares, as águas, os rios, as cidades, as montanhas, a fauna, a flora, os usos e costumes e, especialmente, as frutas.

Nessas exuberantes mostras da cornucópia das abundâncias, que no Brasil tem acentuado toque ufanístico de inspiração barroca, as frutas ocupam lugar relevante, só suplantado, no Oriente, pela descrição das flores e pela indicação das propriedades curativas de ervas, sementes, cascas de uma farmacopeia exótica.

Essa proeminência tem, aliás, boas razões de ser, pois tanto o elogio bíblico delas como a ordem natural das coisas apontam para uma situação de «clímax», em processo de desejo e de vida plena.

Porque o fruto é desejado e esperado, tanto na natureza como no trabalho humano. Ele simboliza, por si mesmo, um pequeno universo de condições favoráveis à vida e à alegria de viver.

---

1 Fernando Cristóvão, «La transition du *locus amoenus* classique au *de situ* descriptif», in *Actas do Congresso da* ICLA, Pretória, 2000.

De tal maneira, que o(a) fruto(a) tem sido largamente empregado(a) como metáfora polivalente, ou não fosse a maçã proibida do Paraíso o ponto de convergência e de irradiação das mais variadas constelações simbólicas da cultura ocidental.

Largo é, por isso, o vocabulário em que esse valor metafórico relevante se torna patente, quer derivado do substantivo *fruto*, no masculino ou no feminino, e do verbo *frutificar*, quer a partir de expressões frequentes na linguagem comum, técnica, religiosa, jurídica.

Em regra, reserva-se a forma do masculino, *fruto*, para melhor se exprimir tanto uma generalidade plural, como uma lógica de resultados; e a feminina, *fruta*, para objectivar casos concretos.

Quem não conhece expressões como «colher o fruto do seu trabalho», «avaliar a árvore pelos seus frutos», «frutos do Espírito Santo», «fruto proibido», «frutos civis», «usufruto», «frutos pendentes»?...

Deste modo, se transitou da relevância da linguagem comum para a relevância de determinadas sequências nas narrativas de viagens, em que o exótico ou o estranho também foram procurar exemplos e símiles para descrever o novo e o admirável, como no episódio dos exploradores da Terra de Canaan.

E isso tanto aconteceu nas descrições de viagens ao Novo Mundo, como nas que se referem aos países do Oriente, nomeadamente da Índia, China e Japão, em cujas narrativas aparece o mesmo tópico de enumeração.

No que se refere ao Brasil, analisámos uma dezena de textos que vão do início do século XVI até ao século XIX sobre qual o papel desempenhado por essa mostra de frutas, adentro de quadros gerais informativos sobre as novas terras descobertas e suas gentes.

As listas mais extensas são as de Gabriel Soares de Sousa no *Tratado Descritivo do Brasil* (50 espécies nativas), de Frei Cristóvão de Lisboa na *História dos Animais e Árvores do Maranhão* (36 espécies), de Frei António do Rosário em *Frutas do Brasil* (36 espécies), de Sebastião da Rocha Pita na *História da América Portuguesa* (31 espécies), de Botelho de Oliveira em *A Ilha de Maré* (18 espécies), de Joaquim José Lisboa na *Descrição Curiosa* (36 espécies)[2].

---

2 Pêro de Magalhães de Gândavo, *Tratado da Província do Brasil*, INL, MEC, 1965 [1576]; Gabriel Soares de Sousa, *Tratado Descritivo do Brasil*, 3.ª ed., São Paulo, Editora Nacional, 1938 [1587]; Frei Isidro Barreira, *Tratado das Significações das Plantas, Flores e Fructos que se referem na Sagrada Escritura*, Lisboa, Pedro Craesbeeck, 1622; Frei

Contagens estas feitas por aproximação, pois não contemplam as variedades do mesmo fruto, nem esclarecem completamente quando se trata de fruta diferente em vocabulário de outra região, mas que possibilitam uma ideia bastante aproximada do zelo descritivo dos seus autores.

Comparando as diversas enumerações, e fazendo delas uma leitura paralela, chega-se à conclusão de que o *ranking* dos frutos mais mencionados e apreciados coloca em primeiro lugar o ananás, assim designado, seguindo-se-lhe o coco, o maracujá, a banana, o caju, o mamão e a pitanga.

A cana-de-açúcar merece sempre lugar de relevo, mas não no interior de uma tipologia de frutos.

Uma leitura atenta destas enumerações de frutos, e das preferências que os acompanham, evidencia desde logo que os seus autores não se limitam a uma informação simples de existência, mas os integram e embelezam segundo o processo retórico da «amplificação», enquanto qualidade de estilo especialmente destinada a celebrar a abundância.

E também que, sob essas frutas e sua apreciação, se ocultam significações variadas no quadro geral do *de situ*.

Assim, é usual uma leitura simbólica que veio do Cristianismo medieval dos bestiários, lapidários e herbários antigos, que à compilação do *Phisiologus*, do século II, foi buscar abundantes *exempla* e alegorias para exaltar as virtudes e condenar os vícios.

Leitura essa baseada na hermenêutica dos quatro sentidos bíblicos que persistiu até muito para cá do Renascimento.

Vicente do Salvador, *História do Brasil, Revista por Capistrano de Abreu*, 6.ª ed. São Paulo, Melhoramentos, 1975 [1627]; Fernão Cardim, *Tratados da Terra e Gente do Brasil*, Lisboa, Comissão Nacional para as Comemorações dos Descobrimentos Portugueses, 1997 [1628 ?]; Frei Cristóvão de Lisboa, *História dos Animais e Árvores do Maranhão*, 1965 [1652]; Frei António do Rosário, *Frutas do Brasil*, Lisboa, A. P. Galram, 1702; Manuel Botelho de Oliveira, *Música do Parnaso (Ilha de Maré)*, INL, 1953 [1705]; Sebastião da Rocha Pita, *História da América Portuguesa*, Rio, W. M. Jackson, s/d. [1730]; Alexandre Rodrigues Ferreira, *Viagem Filosófica*, Rio de Janeiro, Conselho Federal de Cultura, 1974 [1787]; José Joaquim Lisboa, *Descrição Curiosa*, in *Florilégio da Poesia Brasileira*, Tomo II, de A. Varnhagem, Lisboa, 1850 [1806]; J. B. von Spix e C. F. P. von Martius, *Viagem pelo Brasil*, Rio, Imprensa Nacional, 1938 [1817].

1. *Função simbólica das frutas.*

Nesta óptica, «dum modo geral, a simbólica dos animais pendia mais para o negativo, a das flores e frutas para o positivo, as pedras eram fortemente conotadas com significações augúricas ou cabalísticas, embora todas as leituras fossem possíveis para todos os símbolos»[3].

Foi a leitura preferida pelos autores religiosos, embora também ela submetida a um processo evolutivo que cedia cada vez mais espaço à perspectiva profana.

O caso extremo é o da obra de Frei Isidro Barreira *Tratado das Significações das Plantas, Flores e Fructos que se Referem na Sagrada Escritura*, em que é máxima a simbologia religiosa e moralística, até pelo facto de se apoiar constantemente na mesma Bíblia.

Mas assim já não acontece em obras como a de Frei António do Rosário, *Frutas do Brasil*, onde a simbólica social concorre francamente com a espiritual.

Com efeito, em Frei Isidro, todas as espécies da flora, quer se trate de arbusto, árvore, flor ou fruto testemunham uma virtude ou um vício, porque o objectivo único é o de se descodificar as significações do mundo, procurando nele caminhos para Deus.

É um simbolismo de tipo puramente medieval, assente em considerações místicas, apologéticas e moralísticas.

Embora não contribuam para metaforizar qualquer leitura da viagem, têm pelo menos o mérito de servir de marco para balizar uma evolução em que o simbolismo começa a reger-se por outros parâmetros.

Isso já se pode observar nos textos de Frei António do Rosário em que o espírito dos Descobrimentos dá outro colorido ao símbolo, mesmo em aplicações estritamente espirituais.

A leitura de Frei António é, assim, dupla, ora de sentido místico ou moralista, ora de interpretação profana e social.

Um dos mais belos casos da primeira perspectiva está na parábola que constrói sobre o Juízo Final, a partir dos trabalhos do pequeno

---

3 Fernando Cristóvão, «A Literatura de Viagens e a História Natural», in *Condicionantes Culturais da Literatura de Viagens. Estudos e Bibliografias*, Lisboa, Edições Cosmos e CLEPUL, 1999, p. 193.

mundo de um engenho de açúcar.

Já Vieira tinha comparado o engenho de açúcar ao Inferno, pela violência do trabalho imposto aos escravos.

Para Frei António, «o engenho do Brasil é doce e amargoso; doce pelo açúcar, amargoso pelo trabalho com que se faz».

E para explicar a ligação existente entre esse juízo final do engenho e as tarefas humanas comparadas à safra do açúcar, estabelece uma série de comparações originais que outra coisa não são senão um apelo à responsabilidade.

Assim, o Vale de Josafat é o vale do corte das canas, o feitor-mor é Adão, São Pedro o mestre de açúcar, São Mateus o banqueiro, São Tomé o taxeiro dos açúcares. No final, é São Miguel quem pesa os pães de açúcar nas suas tradicionais balanças.

Desse jogo de comparações Frei António passa então a vituperar os vícios e pecados rematando: «que justiça fará Deus das injustiças, dos ódios, das invejas, das cobiças, dos roubos, usuras, simonias, dos testemunhos, das murmurações, ociosidades, torpezas, lascívias públicas em que arde e não cessa de arder esta brasa do Brasil?» (cap. v).

Outra interpretação espiritual que merece ser relevada é a que faz do maracujá, fruta que tem em grande consideração por ver na sua flor a reprodução dos instrumentos da paixão de Cristo: «pintou o Criador ao vivo nesta misteriosa flor a lamentável tragédia da Sua Paixão: a coluna, os azorragues, os cravos, as chagas, a coroa, o sangue, com tanta perfeição e viveza que por isso se chama a Flor da Paixão» (cap. iii).

Por isso a eleva à condição de «duquesa das frutas», só não a exaltando mais por já ter concedido os títulos de rei e rainha, respectivamente, ao ananás e à cana de açúcar.

Não deixa de ser motivo de admiração que a tão radical e bíblica hermenêutica de Frei Isidro nada tenha dito sobre o maracujá, omissão mais de atribuir à sua fraca imaginação retórica e simbólica, do que a outros factores.

Até porque é relativamente frequente, mesmo em autores pouco ocupados nas obras de informação com a simbologia espiritual, insistirem nessa leitura projectiva dos símbolos da Paixão.

É o caso, por exemplo, de Frei Vicente do Salvador, na *História do Brasil*, que acha que a flor do maracujá é misteriosa por representar as Três Pessoas Divinas «ou (como outros querem) os três cravos com que Cristo foi encravado, e logo abaixo do globo (que é o fruto) outras cinco folhas que se rematam em uma roxa coroa representando as cinco chagas de espinhos de Cristo Nosso Redentor» (cap. VI).

E tão impressiva e «evidente» se impôs esta leitura de semelhanças e correspondências que, ainda hoje, nas principais línguas europeias continua a ser ela a dar nome à flor e à fruta: em português também o maracujá é chamado «martírio», em espanhol *flor de la pasión*, em francês *fruit de la passion*, em inglês *passion flower* ou *passion fruit*...

Voltando a Frei António: na outra perspectiva, social, as frutas vão servir para identificar classes sociais, virtudes e vícios, e de pretexto para se exortar à edificação de uma «nova e ascética monarquia».

Embora não se atreva muito a criticar a nobreza, sempre vai dizendo que alguma «fidalguia apaixonada» deixa muito a desejar. Compara esses nobres à fruta jaracatiá, espécie de mamão que parece verter sangue porque «sanguinolentos, matadores, vingativos, não são de bom sangue, não são de sangue puro e limpo quando a cólera está desenfreada e o sangue não está muito puro» (cap. II).

Dos eclesiásticos, seculares e religiosos, aconselha-o a prudência a dizer pouco. Compara-os aos umbus, mamões, cajus, jenipapos, cajucaias e gargaribos tomando como ponto de semelhança as cores e formas dos hábitos, sendo leves e muito genéricas as censuras que lhes faz.

Só é um pouco ousado quando, protegido por uma citação de São João Crisóstomo, afirma que os sacerdotes são, ao mesmo tempo, muitos e poucos, «quer dizer que são muitos na multidão, poucos na capacidade; muitos no hábito, poucos no merecimento; muitos ordenados e poucos bem ordenados na vida e nos costumes» (cap. I).

Quanto ao povo, comparado sem qualquer intenção pejorativa às bananas, refere-se a ele através das profissões, sendo a mais prestigiada a de carpinteiro, por causa de São José, distribuindo conselhos e censuras com razoável brandura. Excepto a duas classes profissionais, a que parece ter especial alergia: a dos alfaiates, simbolizados pela fruta itituruba, que tem a propriedade de o seu caroço brilhante servir de espelho, e a dos «oficiais de mercancia», simbolizados na fruta zoás, semelhante aos medronhos. Censuráveis os primeiros, porque «às vezes faltam com as obras que prometem», e por executarem «modas de vestes profaníssimas e desonestíssimas». Os segundos, porque «estão tão arreigados na cobiça, tão enlaçados e enredados do diabo nas consciências, não com dívidas duvidosas e casuais, mas certas e sabidas» (cap. III).

2. *Estratégia de função apelativa?*

Outra significação possuem ainda as repetidas enumerações de frutos, se os considerarmos no contexto apelativo em que se integram.

É que o inventário das riquezas naturais, contido nas diversas obras de informação sobre a terra apresentando o seu *de situ*, ao querer provar que nada falta ao Brasil para nele se viver bem, e que a colónia se basta a si mesma, está, simultaneamente, a apelar para a vinda de novos colonos, pois quantos mais vierem, maior será a riqueza e prosperidade de todos.

Com efeito, são apresentadas e elogiadas inúmeras riquezas naturais e minerais, notáveis pela quantidade e qualidade capazes de bons rendimentos de exploração.

Frei Vicente do Salvador, Ambrósio Brandão, Antonil, Gândavo, Gabriel Soares de Sousa, Rocha Pita e tantos outros exaltam a abundância e excelência das «madeiras fortíssimas para se poderem fazer delas fortíssimos galeões» e casas; a riqueza e proveitos do pau-brasil, do algodão, do tabaco, do ouro e pedras preciosas, de toda a variedade de mantimentos e frutos.

Como é óbvio, a força maior desse apelo a novos colonos reside nos produtos que podem ser comercializados e vendidos para Portugal, não estando os frutos nessa situação, dado tratar-se de bens rapidamente perecíveis e não exportáveis.

Mas nem por isso são destituídos de força apelativa, pois eles entram no conjunto como elemento de sedução. Documentam, indirectamente, a espontaneidade farta da terra indiciando outras abundâncias, para além de sugerirem os prazeres do descanso no trabalho e a alegria de viver.

Acontece mesmo que uma quase-fruta aparece nestas enumerações, não só por reunir o útil ao agradável, mas por se apresentar, nos primeiros tempos da colonização, como o seu maior valor económico e de exportação, a cana de açúcar.

Vários autores a incluem na lista das frutas.

Frei António do Rosário não hesita mesmo em apelidá-la de rainha das frutas dedicando-lhe o primeiro capítulo do seu livro, assim intitulado: «Da cana de açúcar rainha das frutas do Brasil».

E justifica essa designação: «Se o ananás é rei dos pomos da Amé-

As frutas brasileiras e a sua significação oculta

rica pelas prendas com que a natureza o coroou e qualidades de que o dotou, a cana-de-açúcar, por mercê da mesma natureza e parecer do mundo todo, é dignamente a rainha deste vasto e doce Império do Brasil».

Botelho de Oliveira também a refere, começando por ela a lista habitual:

> As canas fertilmente se produzem,
> e a tão breve discurso se reduzem,
> que, porque crescem muito,
> em doze meses lhes sazona o fruto.

E tão importante foi o seu valor económico e social que Fernandes Brandão, no *Diálogo*, afirma que dentre as actividades produtivas do Pernambuco «de todas estas cousas, o principal nervo e substância da terra é a lavoura dos açúcares».

E como afirmaria Gilberto Freire no nosso tempo, a civilização do Nordeste colonial (relações sociais, vida religiosa, arte) foi profundamente marcada pela doçura e ócio dos açúcares.

Do mesmo modo, encarecendo esta importância, Prudêncio do Amaral publicou em 1781 o poema *De Sacchari Opificio Carmen*, de inspiração clássica e virgiliana.

Assim começa o Canto I, na tradução de João Gualberto dos Santos Reis:

> Searas do Brasil, eu vou cantar-vos,
> E o que verteis, ó Arundíneos Gomos,
> Rival do mel Hyblêo, suave Assúcar.
> Trilhar me agrada os conhecidos campos,
> E os Lavradores regular da Pátria
> Por certa Lei; ou semeando estendam
> Canaviais, ou em diversa quadra
> No prelo esmaguem as cortadas canas;
> E espremidas as purguem, e na chama
> Os sucos lhe condensem; ou já densos
> De novo expurguem, té que rijo Assúcar
> Nívea brandura depurados vistam.[4]

---

[4] Prudêncio do Amaral e José Rodrigues de Melo, *Geórgicas Brasileiras*, Rio de Janeiro, Academia Brasileira, 1941, p. 175.

Embora sem valor mercantil como a cana, as outras frutas fazem os seus convites para novos colonos, através de mais subtis formas de aliciamento.

Quem melhor exprime esses apelos sensoriais e sensuais é, sem dúvida, Botelho de Oliveira na silva poética «Ilha de Maré»[5] impregnada de sensualidade pagã e barroca. O poema abre com o deus do mar, Neptuno, «que tendo o amor constante» abraça a terra do Recôncavo, transformando-a em «maré de rosas».

Ao descrever as dezoito frutas da sua enumeração, fá-lo acentuando os estímulos que lançam aos vários sentidos que, à excepção do ouvido, provocam movimentos de resposta.

Para a vista apelam naturalmente as formas e as cores. Formas barrocas femininas em que as linhas curvas vencem as rectas, e sempre próximas da semântica da maternidade.

Assim, as cidras «são inchadas, presumidas», as romãs «rubicundas quando abertas/à vista agrados são».

As pitangas «fecundas / são na cor rubicundas». O mamão é «fecundo».

Nas cores, predominam as vivas e quentes: o dourado das pitombas, os ananases escarlates, o vermelho rubi das romãs ou do caju, o amarelo das cidras.

Indício de forte sensualidade em toda a descrição é a evidente relevância das sensações olfactivas, gustativas e tácteis: as pitombas «para terem o primor inteiro, / a vantagem lhes levam pelo cheiro». «Cheiroso é o ananás, tal como a manguaba de «cheiro famoso, como se fora almíscar oloroso».

Pelo paladar se impõem as laranjas da China em que «grande sabor se afina», tal como as uvas «tão gostosas, tão raras, tão mimosas», ou os figos «apetitosos de sua doce usura, / porque cria apetites a doçura», ou as romãs «à língua ofertas», ou os cocos «gostosos», ou os cajus de vários sabores e as pitangas de «gosto picante».

Dignas de apreço também pelo tacto as romãs «tesouro das frutas entre afagos», bem como o maracujá apreciado na dupla junção de tacto e gosto, porque «na boca se desfaz qual doce gosto», e o maracujá «gostoso, mole, suave manjar todo se engole».

---

5 Manuel Botelho de Oliveira, *Música do Parnaso*, Rio de Janeiro, Instituto Nacional do Livro, 1953 (1705).

Em tal paraíso de delícias e doçuras por onde passaram os deuses – ali «faz a divina Flora seu vestido –, ali abundam as delícias da ninfa Pomona, encarregada pelos deuses de velar por toda a espécie de pomos, ali Jove, os tirara dos pomares, / por ambrosia os pusera entre os manjares!»

Certamente que para aqueles que demandarem aquelas paragens não encontrarão nas terras do Novo Mundo algumas agruras que conheceram no velho Portugal, sobretudo nos momentos de crise ou de escassez.

Mas se o convite à vinda de novos colonos em «Ilha de Maré» é subliminar, tentando aliciar pelo agrado e pelo prazer, em outros poemas ele é bem explícito.

Por exemplo na *Descrição Curiosa*, de Joaquim José Lisboa[6], nascido em Vila Rica, alferes do regimento da mesma praça, que já se sente plenamente brasileiro, embora ao serviço do rei de Portugal, e só visse a Independência quando já beirava os cinquenta anos.

Num longo poema narrativo de 154 quadras, onde a inspiração poética não abunda, mas onde sobra o amor à terra brasileira e à sua amada Marília, que está em Portugal, exalta as riquezas do Brasil como suas. Evoca, por isso, as populações negra e índia que povoam aquelas terras, e exalta o clima, os rios, o ouro e as pedrarias, os animais e os frutos:

> Temos nas nossas montanhas,
> Inda nas que são mais brutas,
> Saborosíssimas frutas,
> Que poucos conhecem cá.
> Nós temos…

E segue-se uma lista de trinta e seis espécies.

Especialmente digno de atenção é o jogo apelativo, feito através da forma verbal «temos» referida a essas riquezas, inteiramente usada como *slogan* patriótico, pois é mencionada 42 vezes, normalmente no início das quadras, em perfeita estratégia anafórica de insistência, impondo um ritmo de leitura e de compreensão.

Esse *slogan* de orgulho pelas riquezas brasileiras é completado, simetricamente, pela insistência num convite à vinda de Marília para o

---

6 Joaquim José Lisboa, *Descrição Curiosa*, Lisboa, Impressão Régia, 1806.

Brasil, expresso também anaforicamente pelas formas verbais «verás», empregadas 29 vezes: «Tu verás naqueles campos/grande número de emas [...] Verás cantar seriemas, / verás negros urubus / verás os pombos astutos [...] Vem ver a extracção do oiro, / vem ver de tudo a extracção / vem ver fabricar o açúcar»...

Para tão grande amor e para tantas maravilhas o poeta implora uma resposta: «cumpre-te agora, Marília / a grata correspondência [...] Vamos, Marília, gozar-nos / D'um país que julgam bravo».

3. *Da constatação da diferença à construção de uma nova identidade.*

Embora não seja procedimento exclusivo das narrativas que celebram a abundância das frutas, o certo é que nestas se acentuam as diferenças e superioridade dos trópicos em relação a Portugal e à Europa, em termos de espontaneidade de sentimentos reveladores de um encantamento especial pelas novas terras brasílicas.

E tanto mais significativa é essa função diferenciadora quanto mais subtil se processa, porque não se equaciona entre a aceitação e a rejeição, o útil e o prejudicial, mas porque se impõe como juízo de valor entre o bom e o excelente.

Por outras palavras, é procedimento que marca a primeira etapa da diferenciação entre o Brasil e Portugal, espontânea e desinteressada politicamente, mas já indicativa da direcção em que iriam evoluir outros tropismos preferenciais.

Nos primeiros relatos, é tranquila e exclusiva a ideia de Portugal como «Reino», de que o Brasil é uma «Província», tal como é naturalmente dirigida a portugueses uma série de informações úteis sobre os recursos da terra.

Nos relatos do século XVI isso é bem claro. Por exemplo, Pêro de Magalhães de Gândavo, escrevendo em 1576, supõe, no cap. V da sua *História da Província Santa Cruz*[7], a unidade incontestada do Reino e o bom serviço da obediente província brasileira.

Apresentando a sua lista de frutas diz que «nem farei mençam sinam de algumas em particular, principalmente daquelas de cuja virtude e

---

7 Pêro de Magalhães de Gândavo, *História da Província Santa Cruz*, introdução de Capistrano de Abreu, São Paulo, Obelisco, 1964, pp. 35-38.

fruito participam os portugueses [...] as que os portugueses têm entre si mais estimadas e as melhores da terra [...] outras muitas frutas nesta Província [...] Algumas deste Reino se dão também nestas partes».

No mesmo sentido escreve Gabriel Soares de Sousa, que por volta de 1567 se dirigia para África e teve a oportunidade de conhecer a Baía, e que, de tal maneira se enamorou da terra, que por ali ficou e se fez senhor de engenho.

Profundo conhecedor da região, é de todos quem apresenta a mais extensa lista de frutas, cinquenta, com a particularidade de só mencionar frutas indígenas, em atitude de desbravador do desconhecido, de português que ali investiu tudo, profundamente interessado no desenvolvimento da terra e sem qualquer outro pensamento reservado.

Por isso, mais explicitamente que qualquer outro, apela à emigração para o Brasil, declarando no Prólogo ao leitor: «Minha tenção não foi outra, discreto e curioso leitor, senão denunciar neste sumário, em breves palavras a fertilidade e abundância da terra do Brasil pera que esta fama venha a notícia de muitas pessoas que nestes Reinos vivem em pobreza e não duvidem escolhe-la pera seu remedio, porque a mesma terra é tam natural e favorável aos estranhos que a todos agazalha e convida com remedio por pobres e desamparados que sejam».

No início do século XVII, Frei Vicente do Salvador, que antes começou «a murmurar da negligência dos portugueses que não se aproveitavam das terras do Brasil que conquistam, e agora me é necessário continuar com a murmuração»[8], por conta do desleixo na exploração das minas. Não se coíbe, por isso, de censurar os portugueses em geral, e os seus governantes em particular, pelo que julga falta de visão económica.

Fernão Cardim segue-lhe as pisadas, limitando-se às mesmas considerações. Mas já Botelho de Oliveira, homem de outra mentalidade, poeta poliglota, advogado, vereador e capitão-mor de ordenanças, na «Ilha de Maré» alarga os horizontes da diferença.

Para ele, algumas das frutas rivalizam ou são superiores às de Portugal, e di-lo às vezes com certa sobranceria: as laranjas da terra são mais doces porque «as de Portugal entre alamedas / são primas dos

---

8 Frei Vicente do Salvador, *História do Brasil*, ed. de Capistrano de Abreu, 6.ª ed. São Paulo, Melhoramentos, 1975.

limões, todas azedas»; os melões ofuscam os de Vilariça e da Chamusca; as melancias também merecem preferência porque as do Reino são «insulsas abóboras no gosto».

Como remate, conclui: «Tenho explicado as frutas e os legumes / que dão a Portugal muitos ciúmes.»

Superioridade manifesta não só em relação às frutas de Portugal, mas também às da restante Europa: os limões «são a inveja da Holanda», a castanha é melhor que a da França, Itália e Espanha; as laranjas da China são mais doces e melhores «que as da Europa»; a pimenta é mais avantajada, fresca e saborosa que a da Ásia e da Europa»; as batatas fazem inveja às da Bélgica; quanto ao arroz, «cale-se o Oriente e Valença».

E como se ainda não bastasse, assegura que, para além destas, todas as frutas da Europa se dão melhor no trópico: «Porque tenho o Brasil por maior façanha / Além dos próprios frutos, os estranhos», até porque algumas espécies nativas, ainda conseguem imitar outras, como «as pitangas fecundas [...] são da América ginjas».

Nesta implícita e explícita comparação com a Europa, pode ver-se já o embrião de um certo sentimento americanista que irá ser especialmente explorado no Romantismo.

Assim sendo, os deíticos *cá/lá* empregados por Joaquim José Lisboa, mais do que diferenças geográficas, insinuam distanciamentos assumidos, quadrando bem com um certo sentimento de orgulho que até se sente ferido por algumas realidades.

Por exemplo, o poeta sente-se ufano pela variedade de animais, incluindo as cobras venenosas, mas não suporta que tenham dado a um macaco um nome que pode desprestigiar o Brasil: o macaco-preguiça, que «em quanto dá só dois passos / pode um homem dar três mil».

Maldito este bicho seja,
Que tão mau costume tem
Pois dele o nome nos vem
Da priguiça do Brasil.

Mas a evolução para uma nova identidade também acompanhou as transformações sociais e culturais que se iam operando na colónia.

Abandonaram-se as formas barrocas e arcádicas de exaltar a «Província» em contraste com o «Reino», bem como o modo descritivo ingénuo dos primeiros tempos. Ficaram para trás os disfarces pastoris e encomiásticos das Academias, e uma nova temática exaltando as tribos indígenas fez do índio, anterior à chegada dos portugueses, um mito fundador prestigiado, em trajectória cada vez mais desviante da herança lusitana.

Aliás, a própria evolução da literatura de viagens, substituindo os relatos de «singularidades» pelos novos relatos-relatórios científicos dos naturalistas deixou de conceder espaço às formas poéticas e simbólicas de descrever a fauna e a flora, e o *de situ* não mais seria descrito por amadores, mas inventariado e classificado por sábios naturalistas, pois o século era das Luzes.

E também porque Lineu já tinha proposto uma nova metodologia, e Darwin, Humboldt, Buffon e outros tinham dado o exemplo de como se descrevia agora o novo mundo para as Sociedades Científicas que os enviavam em expedições, e para os leitores cultos.

Assim, por exemplo, Alexandre Rodrigues Ferreira na sua *Viagem Filosófica*[9], ao descrever as capitanias do Grão Pará, Rio Negro, Mato Grosso e Cuiabá, só se ocupa do gentio descrevendo em sucessivas «memórias» o seu *habitat*, tipo humano, artes cerâmicas e outras, não lhe sobrando tempo para as tradicionais listas da abundância e respectivos louvores.

Mais elucidativa ainda é a *Viagem pelo Brasil*[10], de Von Spix e Von Martius, em 1817.

Organizada como expedição científica patrocinada pelo rei da Baviera e supervisionada pela Academia das Ciências de Munique, era liderada pelos sábios Von Spix, para a Zoologia, e Von Martius, para a Botânica, devidamente assessorados por especialistas e técnicos que anotaram minuciosamente tudo o que viram, e acompanhados por um professor para a botânica e etnologia, um médico para mineralogia e botânica, um assistente do Museu de História Natural, um pintor de paisagens, um pintor de plantas, um jardineiro, um caçador e um mineiro.

Como já ficavam longe as observações ingénuas e entusiásticas de Cardim ou de Frei António do Rosário...

---

9 Alexandre Rodrigues Ferreira, *Viagem Filosófica*, Rio de Janeiro, Conselho Federal de Cultura, 1974.
10 J. B. von Spix e C. F. P. von Martius, *Viagem pelo Brasil*, Rio de Janeiro, Imprensa Nacional, 1938.

Agora as flores e frutos já não escondiam nem insinuavam coisa nenhuma, porque passaram a designar-se algumas flores por *Erytrorium deus canis* e *Scilla Ligolia*, e alguns frutos *Cocus mucifera* ou *Musa acuminata colla*...

Portimão, Sextas Jornadas de História Ibero-Americana, 2000

A alquimia poética de *Metal Rosicler* de Cecília Meireles

Há uma singularidade na poesia de Cecília Meireles que contribui para uma leitura nova dos seus poemas: a de se configurarem neles a disciplina da evocação dos factos concretos com uma espantosa liberdade de expressão, dissolvendo-se essa quase contradição quando tal procedimento poético é observado à luz dos processos de transformação e das sucessivas depurações da palavra e do conceito.

Daí um simbolismo especial do fluido, da vaga música, do eterno instante, e do absoluto que se relativiza.

Razão tem José Guilherme Merquior para se interrogar sobre a natureza do simbolismo ceciliano: «é preciso reconhecer que é um simbolismo *sui generis*; em vão se buscaria nele a personalíssima mitologia de um Mallarmé, ou o poderoso dramatismo rimbaudiano. Sobretudo, é um simbolismo sem estéticas absolutas ou, se quiserem, dotado de uma filosofia muito mais do que uma estética».

Um tal simbolismo, continua o crítico, deve pouco ao experimentalismo modernista, continua a tradição lírica ibérica, é «uma espécie de mansa entrega ao velho encanto de redondilha ou do decassílabo [...]. Era – e é – uma poesia filosófica expressa em versos didáticos»[1].

Podemos, contudo, ir mais longe no sentido do entendimento do mundo poético de Cecília: procurá-lo não na Filosofia, mas na Alquimia que é, simultaneamente, saber, prática esotérica e de espiritualidade.

Com efeito, segundo os estudiosos desta arte-saber[2], existem dois caminhos diferentes, ou duas espécies de alquimistas: a dos que procuram obter a «pedra filosofal» através da transmutação dos metais em ouro ou prata, visando também criar a medicina universal, e a dos

---

[1] José Guilherme Merquior, «Metal Rosicler», in *Jornal do Brasil*, Rio de Janeiro, 10 de Setembro de 1960.
[2] Cf. Serge Hutin, *A Alquimia*, Lisboa, Livros do Brasil, 1900; E. J. Holmyard, *L'Alquimie*, Paris, Arthaud, 1966.

espiritualistas. Estes, através de alegorias e símbolos tentando obter «oiro espiritual».

Servindo-se de práticas espirituais de transmutação dos «metais vis» dos desejos e paixões, querem que o homem, decaído desde Adão, recupere a pureza perdida.

Com esse objectivo, obtida a Pedra Filosofal, acontecerá uma iluminação, tanto física como espiritual, encaminhando o homem para a felicidade perfeita, conferindo-lhe poderes ilimitados sobre o Universo.

Cecília não militava em qualquer corrente alquimista, mas a sua poética, sobretudo em *Metal Rosicler*, e por sugestão das suas epígrafes, ganha em ser lida nas perspectivas alquímicas, sobretudo na segunda.

Assenta esta perspectiva de análise na decisão prévia da poetisa em submeter os 51 ou 52 poemas a uma operação transformadora, enunciada nos elementos paratáticos da obra: a epígrafe inicial e os versos finais ou contra-epígrafe com que terminam os poemas, em jeito de *da capo* que recapitula a melodia inicial.

Assim reza a epígrafe que antecede os poemas, extraída do capítulo xv da Terceira Parte da *Cultura e Opulência do Brasil por suas Drogas e Minas* de André João Antonil, de 1711: «Metal rosicler he uma pedra negra, como metal negrilho, melhor d'arêa, como pó escuro sem resplandor: e se conhece ser rosicler, em que lançando água sobre a pedra, se lhe dá com huma faca, ou chave, como quem a móe, e faz hum modo de barro, como ensanguentado; e quanto mais corado o barro, tanto melhor he o rosicler [...] dá em caixa de barro como lama, e pedrinhas de todas as cores»[3].

No final, a contra-epígrafe, que pode ser considerada também um poema, até porque moldada em tercetos a que não faltam as rimas alternadas, recapitula o projecto poético:

«Negra pedra, copiosa mina
Do pó que imita a vida e a morte;
- E o metal Rosicler descansa.
Na noite densa em que se inclina,
Por faca ou chave que abra ou corte,
Estremece em ténue lembrança.

---

[3] André João Antonil, *Cultura e Opulência do Brasil por suas Drogas e Minas*, Lisboa, Officina Real Deslandesiana, 1711.

Pois um sangue vivo aglutina
Dados coloridos da sorte
Para uns acasos de esperança[4].

São bem claros nas citações de Antonil os procedimentos da química ou alquimia: dissolução e desagregação do bloco sólido até à obtenção da prata, pois o metal rosicler é um dos acompanhantes desse metal precioso.

O mesmo Antonil explica, nos capítulos xv e xvi de *Cultura e Opulência,* como proceder com esse metal, o cobrizo, o metal plano ronco e outros, acabando com a sua «maldade» e pondo a descoberto a prata, depois de se moer e peneirar tudo.

Tão grande é a similaridade entre a mistura destes materiais, a sua transmutação e as operações poéticas de Cecília, desde as temáticas à estruturação dos poemas e seu metaforismo, que podemos identificar nessa poética três momentos principais: o da depuração («solve»), o da transformação, e o da «coagulação» final.

1. *A água como elemento de separação e identificação dos metais e da palavra.*

Segundo Antonil, deitando-se água sobre a pedra negra e arenosa do rosicler, e raspando-se com uma faca, obtinha-se um pó encarniçado e, por fim, excelente prata.

É flagrante a analogia entre esta operação mencionada na epígrafe e o fazer poético de Cecília, pois a presença e frequência do motivo da água nos seus poemas é muito intensa.

Em *Metal Rosicler,* inventariando as ocorrências das principais palavras significativas, a que a tradicional estilística chamava palavras-chave, encontramos mais de meia centena mencionando água/lágrimas/pranto/mar/chuva, em contraste com o reduzido número de ocorrências de outras palavras e metáforas importantes que, à excepção de uma, «sonho», não ultrapassam uma dezena.

A insistência revela uma tónica, a do simbolismo da água em que avultam três componentes principais, segundo as interpretações mais

---

4 Cecília Meireles, *Poesias Completas: Metal Rosicler,* 2.ª ed. Rio de Janeiro, Civilização Brasileira, 1976.

consensuais: fonte de vida, meio de purificação, centro de regeneração[5]: Emergindo dessa pluralidade de significações que a literatura tem amplamente valorizado e, apoiando-nos em Bachelard, a água é «élément plus féminin et plus uniforme que le feu, élément plus constant, qui symbolise avec des forces humaines plus cachées, plus simples, plus simplifiantes». E, ainda, «l'eau est le symbole profond, organique de la femme qui ne sait que pleurer ses peines et dont les yeux sont si facilement noyés de larmes»[6]. Neste «psicologismo hidrante» feminino, a água opõe-se ao seu elemento antagónico simbólico, o fogo, que representa o masculino.

Percorrendo os poemas de *Metal Rosicler*, a água é omnipresente, quer como semema, quer em metáforas com ela relacionadas, em disjunção com o fogo, o sol, a cor vermelha e outros símbolos masculinos que, em raras ocorrências são mencionados, mas de maneira simplesmente decorativa.

Bastam-nos aqui dois exemplos sobre a natureza e formas de presença da água:

> Poema 3
> O gosto da vida *equórea*
> É o da lágrima na boca:
> Porém a profundidade
> É o *pranto* da vida toda!
> Justa armadura salgada,
> Pungente e dura redoma
> Que não livra dos perigos
> Mas reúne na mesma *onda*
> Os monstros no seu império
> ...
> Palavra nenhuma existe.
> Horizonte não se encontra.
> Deus paira acima das *águas*,
> E o jogo é todo de sombras.
> Nas claras *praias* alegres,
> É a *espuma do mar* que assoma

---

5 Jean Chevalier e Alain Gheerbrant, *Dictionnaire des Symboles*, Paris, Seghers, 1973, p. 221.
6 Gaston Bachelard, *L'Eau et les Rêves*, Paris, José Corti, 1942, p. 7.

....
Deixa a *medusa* perfeita
Em sua *acúlea* coroa,
E a *pérola* imóvel deixa
Na sorte da intacta *concha*

E no poema n.º 8:

À beira *d'água* moro
À beira *d'água*
Da *água* que choro

Em verdes *mares* olho,
Em verdes *mares*,
Flor que desfolho
....
Que a flor nas *águas* solto
E em flor me perco
Mas em saudades volto

Analisando a correspondência entre o processo alquímico e o processo poético, verifica-se que, nesta perspectiva rosicler, a água opera como elemento químico ou alquímico separador de outras realidades.

Por outras palavras, se na alquimia da procura do ouro, o fogo (elemento masculino) é o elemento separador e purificador das escórias, isolando esse metal precioso, nesta alquimia feminina da prata (também ela, como a cor branca, símbolo do feminino), é a água que exerce essa função de purificar e identificar a prata, separando-a das cinzas.

Do mesmo modo, a insistência na água e na sua constelação de metáforas impõe uma visão feminina da realidade, contraposta à visão dos homens, procurando não o sucesso, o poder, a força, mas um saber mais subjectivo e profundo. Estamos assim em plena alquimia espiritual de uma «ars magna» onde imperam o misticismo, vagas aspirações religiosas, inclinações teosóficas, predilecção de Absoluto, a vaga música, tudo a que é transmutação dos «metais vis» das paixões desordenadas.

Esta outra «pedra filosofal» ilumina, cria um outro tipo de felicidade, descobrindo correspondências novas e subtis entre o mundo criado e o mundo dos sonhos.

Num universo feminino assim regido pelas águas, algumas metáforas e mitos ganham relevância especial: os mitos de Medusa e de Ofélia.

Partindo da observação das medusas boiando nas águas marinhas, a poetisa parte para a evocação da outra Medusa da mitologia, cujos cabelos eram serpentes, um verdadeiro símbolo do Mal, e que foi vencida pelo herói Teseu.

Cecília compara-se ao herói vencedor, diferente dos homens vulgares que vivem uma existência fútil, capaz de enfrentar corajosamente a temida Medusa:

> Poema 2
> Uns passeiam descansados
> Entre roseiras e murtas
> ...
> Mas os que vêm perseguindo
> Brandos de mistérios em fuga
> ...
> Esses, que excedem a terra
> No mar complexo mergulham
> ...
> Não por vanglória festiva,
> Mas por enfrentar medusas,
> Fugir à fosforescência,
> E, acordados na onda obscura
> Entre imagens provisórias
> Estendem mãos absolutas.

O gesto de mergulhar nas águas e o narcisismo da poetisa levam-nos a identificá-la com a heroína de outro mito, o da Ofélia que se suicida afogando-se, louca de dor, ao saber da morte de seu pai, dada por engano pelo seu amado Hamlet.

Ainda que não haja qualquer menção, no poema 34, dessas personagens de Sheakspeare, é certamente a Ofélia que ele se refere.

> Assim n'água entraste
> E adormeceste,
> Suicida cristalina.

Todos os mortos vivem dentro de uma lágrima
Tu, porém, num tanque límpido,
Sob glicínias
Num claro vale

Não vês raízes nem alicerces
Como os outros mortos
Mas o sol e a lua,
Vésper, a rosa e o rouxinol
Nos seis espelhos que te fecharam por todos os lados
…

Ainda segundo Bachelard, o complexo feminino de Ofélia é verdadeiramente cósmico, como no poema: «Il symbolise alors une union de la lune et des flots. Il semble q'une immense reflet flottant donne une image de tout un monde qui s'étiole et qui meurt»[7].

Enquadrando estes dois mitos alegóricos, outros símbolos do feminino povoam *Metal Rosicler*: a noite, a rosa (o mais frequente), o jasmim, o lírio: a melancolia, a cor branca da pureza, a fragilidade, a beleza evanescente.

2. *Uma estrutura poemática da transformação.*

A estruturação do poema como processo de transformação não é exclusiva de *Metal Rosicler*, governa também outros poemas de Cecília, e caracteriza-se pelo facto de o seu ritmo interno ser frequentemente marcado menos pela dinâmica da expansão lírica ou narrativa, e mais por uma forma de metamorfose, de transmutação, valorizando o resultado final e mostrando as cinzas que restaram. Surgem, por isso, com naturalidade, palavras e expressões do vocabulário da transformação, tais como: «eu andava […] entregue à *metamorfose*» (poema 1), «assisto a esta *decadência* por todos os lados» (poema 13), «dimensões e densidades / *Desfazem-se-lhe* no sono» (poema 17), «ser bela em manhã breve / Para a *derrota* de todas as tardes» (poema 26), «guerras que o tempo *desfez*» (poema 31), «mas o mundo / *Desaba* inopinadamente» (poema 36), «E as alcachofras *se desfolham* / No sonambulismo das ceias» (poema 50)…

---

7 *Ibidem*, pp. 119-120.

Poemas inteiros simbolizam e realizam essa marcha degenerescente, também em outras obras.

Por exemplo, em «Fragilidade», de *Retrato Natural*:

No aço azul da noite
Teu firme retrato

Acorda entre núvens
Já *debotado*.

A sorte da pedra
É tornar-se areia.

Ou em *Solombra*, no poema «Como trabalha o tempo elaborando o quartzo»:

Como trabalha *o tempo elaborando o quartzo*
Tecendo na água e no ar anémonas, cometas,
Um pensamento gira e inferno *o céu modela*.

Brandamente suporta *em delicados moldes*
Enigmas onde a noite e o dia pousam como
Borboletas sem voz, *doce engano de cinza*.

Levemente sustenta a *frágil estrutura*
Da verdade que o anima. E a cada instante sofre
De Saber-se tão *ténue* e *tão perto da ruína*.

Como se não bastassem os vocábulos e expressões deceptivas e liquescentes, é a própria organização do poema que realiza essa metamorfose.

Em várias composições é clara a existência de uma estrutura triádica correspondendo aos três momentos marcantes do processo transformador alquímico: o da enunciação da matéria a transformar, o do processo transformador, e o do resultado da separação do metal precioso das suas cinzas.

No primeiro poema de *Metal Rosicler*, nos versos «Como eu andava tão longe, / Numa aventura tão larga», está simbolicamente equacionado o ponto de partida: a vida descuidada e sem sentido.

Nos versos seguintes, «Entregue à metamorfose / Do tempo fluido das águas», se afirma que através do elemento purificador feminino da água (e não do fogo), aliado ao canto e à música, se obteve como resultado o começo de uma situação melhor, diferente: «E o meu caminho começa nessa franja solitária», «na translúcida muralha / que opõem o sonho vivido / e a vida apenas sonhada».

Dessa operação purificadora restaram escórias: «de sal e areia na praia, / um arabesco de cinza / que ao vento do mar se apaga».

O chamar-se a atenção para as cinzas como elemento rejeitado é, aliás, frequente na poesia de Cecília, em vocábulo significativo de grande número de ocorrências.

Há até um poema que lhes é inteiramente dedicado, fazendo desses restos de combustão ou limpeza um símbolo de mudança, da insignificância e do esquecimento, o poema 48:

Cinza, pisamos *cinza*.
Retratos conhecidos.
Vozes que ainda trazemos nos ouvidos

Cinza pisamos.
Nem as areias são indiferentes
Restos de amigos e parentes

Cinza
Parados desejos incompletos
Interrompidos projectos
Cinza pisamos

Cidades, dizem. Cidades!
Nomes. Vultos. Idades.
Cinza!

Temerosos de peso e vento
Quase apenas esquivo pensamento,
Cinza pisamos. *Cinza, Cinza.*

Ainda outro exemplo desta estrutura de metamorfose vem no poema 39. No primeiro verso descreve-se uma fase inicial cheia de vida e beleza, como a de uma jóia de trazer ao peito:

Mirávamos a jovem lagartixa transparente,

> Rósea, gelatinosa, a palpitar no vidro
> Como um broche de quartzo repentino.

Porém, o tempo e a morte, implícitos, operaram a inevitável *transformação*:

> Pois agora está morta, entre as folhas, e seca
> E opaca. E não são já, na verdade, os seus olhos
> De negra pérola.

Constata a poetisa, melancolicamente:

> ... É uma *torcida cinza triste*
> ....
> *Morto* silêncio de uma vida de silêncio.

Esta é, aliás, uma das principais significações que atribui à morte, a de termo de um processo evolutivo, como no poema 5:

> Estudo a morte, agora
>   Que a vida não se vive,
> Pois é *simples declive*
> Para uma única hora.

Morte que, para onde quer que se vá nos espera, porque, como num jogo infantil muito conhecido, ocupa todas as saídas possíveis, a julgar pelo poema 27:

> Nas quatro esquinas estava a *morte*
> Por entre luzes amarelas
> Brincando de quatro cantos
> ....
> Sonhos, liras, amores, prantos
> Tudo obscuro, anônimo, efêmero, amargo:
> Sombras, noite, mantos,
> E a vida longe: no céu altivo, no mar largo.

Acrescente-se ainda que, dentre os «emblemas» que melhor significam tanto a evolução para a morte como, sobretudo, a própria metamorfose dos seres vivos, paralela às sucessivas depurações dos metais, está a da borboleta, a que já tinha dedicado a «Elegia a uma pequena borboleta», em *Retrato Natural*, e a que, ainda na mesma obra, compara a «transformação do dançarino».

Em *Metal Rosicler*, a borboleta é evocada várias vezes, nomeadamente no poema 28. É que, antes de ser borboleta passa pelas etapas de larva, casulo, crisálida, até chegar à fase final em que «termina» a sua existência.

> Tonta, a borboleta procura
> *Uma posição para a morte*
> ……….
> Oh! De que morre? Porque morre?
> De nada, Termina. *Esvaece.*

3. *A prata de uns «acasos de esperança».*

No poema que serve de contra-epígrafe à epígrafe de Antonil, Cecília contrapõe a obtenção da prata poética pela lavagem do metal rosicler da vida real («solve»), purificando-o e obtendo («coagula») «uns acasos de esperança».

Tal como na pedra negra se esconde a prata, o tesouro de Cecília também tem de ser extraído de outra pedra, da pedra da vida quotidiana sem horizontes:

> A história da minha vida
> Quem a esconde
> Em terras de muito longe
> *Numa pedra escrita?*   (poema 51)

Nessa pedra da sua existência, devidamente trabalhada, encontrou ela a esperança. Não uma esperança de carácter terreno, modernista, mas espiritualizada. Uma esperança sempre perseguida, desde que em 1929 iniciava a sua vida de escritora com *O Espírito Vitorioso*, declarando nele que «o ininterrupto movimento ascensional da matéria ao espírito» era a dinâmica maior da evolução.

Mas essa tristeza especial está mesclada de esperança duramente alcançada através da insatisfação e do sofrimento, e amplamente expressa nos cinquenta e um poemas. Passando por várias metamorfoses de corpo e de espírito e pela mediação de muitos sonhos. Porque sempre viveu na expectativa de para além da caducidade e efemeridade das pessoas e das coisas, encontrar algo mais consistente e transcendente que a materialidade deste mundo.

> Deve estar em qualquer parte
> A voz que minha alma escuta.
>
> A voz que lhe está dizendo:
> «Vem comigo,
> Que eu te levo a um paraíso
> Onde há uma árvore de Vento,» (poema 51)

Observe-se, a propósito, que uma das palavras significativas mais frequentemente usadas na obra, sob o ponto de vista simbólico, é precisamente *vento*, que ocorre cerca de uma dezena de vezes.

Sabido como é que, tanto no sentimento comum, como na tradição bíblica em cuja cultura Cecília se insere, o vento é símbolo do espírito, mais propriamente do Espírito de Deus[8]. O facto de acontecer só neste poema ele ser grafado com maiúscula parece indicar o procedimento retórico da «personificação», em que há «correspondência» entre a árvore paradisíaca da maçã do pecado, e a árvore da sabedoria do Espírito que funda a esperança.

Mas não foi fácil chegar aqui, pois a esperança exigiu esforço para se alcançar, exigiu escolhas:

> De um lado, a vida te espera
> Do outro, não se entende a morte.
> E, em metades de anjo e fera,
> Galopa a fluida Quimera:
> Tua – mas alheia – sorte... (poema 17)

Antes de «a voz» a chamar, só havia lugar para dúvidas e perplexidades de outras vozes:

> Entre vozes contraditórias,
> Chama-se Deus omnipotente:
> Deus respondia, no passado,

[8] Xavier Léon-Dufour, *Vocabulaire de Théologie Biblique*, Paris, Du Cerf, 1964, p. 313.

Mas não responde, no presente.
Por que esperança ou que cegueira
Damos um passo para a frente?
Desarmados de corpo e de alma,
Vivendo do que a dor consente,
Sonhamos falar – não falamos;
Sonhamos sentir – ninguém sente;
Sonhamos viver – mas o mundo
Desaba inopinadamente. (poema 36)

Como o resultado obtido é de sonho e esperança, realidades pouco palpáveis, o *tonus* poético da obra é, logicamente, de nostalgia e de certo pessimismo, dentro de um grande desejo de Absoluto. Em consequência, as realidades são vistas como fugidias e efémeras, e as fantasias e sonhos como mediadores privilegiados para o seu entendimento.

Por isso, desabafava Cecília em carta de 10 de Junho de 1943 a Côrtes Rodrigues: «Ai de nós! Precisamos fundar o Reino Flutuante da Poesia»[9].

Poética de uma visão muito feminina de discrição e humildade, que prefere a prata ao ouro, a purificação pela água ao recurso e violência do fogo.

Deste modo se casam, harmoniosamente, sentimentos tão subtis como as práticas de escrita simbolista de artifício e de poemas-símbolos exprimindo um sentimento difuso de inspiração mallarmeana de «tensão para o Absoluto-Nada [...] em que o poema aparece como janela para o não-ser, espelho e cristal partido que reflectem apenas a ascese para tocar o infinito»[10]. Não há uma mística propriamente dita, nem cristã nem oriental. Apenas a espiritualização do sentimento do absoluto e da esperança, num certo decadentismo controlado.

É que o simbolismo de Cecília é inspirado nas *Correspondences* e no pensamento de Swedenborg, bem como em raízes civilizacionais em que avultam sugestões de Leonardo Coimbra (criacionismo), Tasso da Silveira (estética), do grupo da revista *Festa*, de Antero de Quental ou

---

9 Celestino Sachet, *A Lição do Poema. Cartas de Cecília Meireles a Armando Côrtes-Rodrigues*, Ponta Delgada, Instituto Cultural, 1998, p. 17.
10 Alfredo Bosi, *História Concisa da Literatura Brasileira*, 2.ª ed. São Paulo, Cultrix, 1972, p. 296.

Cruz e Sousa, e não de morbidez e de estranheza decadentista, tão bem descrita por Henri Peyre[11].

Mas nem a melancolia nem a tristeza abalaram na poetisa o sentido finalista e criacionista do mundo e da vida, que já vinham também do seu livro inicial, *O Espírito Vitorioso*, de 1929, em que a efemeridade tinha um sentido mais positivo do que negativo, porque era passagem para uma realidade superior: «Mas a vida, bem se vê, é uma continuidade, não é apenas uma direcção. Ela está em si mesma, com as suas formações precárias florindo como os sonhos sobre uma noite imperturbável [...]. Nestes sucessivos cenários efémeros que resultam da nossa própria efemeridade é preciso que não nos arroguemos nenhuma atitude irremovível – porque seria recusar-nos a seguir a correnteza natural em que, sem explicações, aparecemos»[12].

Contrastava esta posição espiritualista com a do Modernismo eufórico e cosmopolita, expressando uma poética muito original de «realidade do irreal», na expressão feliz de Margarida Gouveia[13].

Por isso dificilmente Cecília foi entendida, cabendo a um escritor português, José Osório de Oliveira – que insistentemente chamou a atenção para ela, de portugueses e brasileiros –, a honra de revelar o autêntico fenómeno poético que era Cecília.

Não a entenderam nem a consideraram digna de atenção João Ribeiro, Ronaldo de Carvalho, Afrânio Peixoto e muitos outros. Até que o prémio da Academia a *Viagem*, desencadeou uma corrente de elogios, desde os de Cassiano Ricardo a Mário de Andrade, Darcy Damasceno e de toda a grande crítica brasileira e portuguesa, avultando nesta, especialmente, David Mourão-Ferreira, Adolfo Casais Monteiro e Vitorino Nemésio[14].

Não a entendeu, por exemplo, Agripino Grieco[15], habitualmente tão lúcido e perspicaz em descobrir novos talentos, porque viu nela uma simples imitadora de modelos como Leopardi ou Antero de Quental, achando-a triste e pouco original.

---

11 Henri Peyre, *Qu'est-ce que le Symbolisme?*, Paris, PUF, 1974, p. 156.
12 Cecília Meireles, *O Espírito Vitorioso*, Rio de Janeiro, TAB, 1929, p. 10.
13 Maria Margarida Maia Gouveia, *Uma Poética do Eterno Instante*, Ponta Delgada, Universidade dos Açores, 1993, p. 217.
14 Fernando Cristóvão, «Compreensão Portuguesa de Cecília Meireles», in *Cruzeiro do Sul a Norte*, Lisboa, INCM, 1983, pp. 279-289.
15 Agripino Grieco, *Evolução da Poesia Brasileira*, 3.ª ed. Rio, José Olímpio, 1974, p. 163.

Também não a entendeu até ao fim, apesar da extraordinária análise que fez do Simbolismo e da sua obra, Jorge de Sena.

Para ele, a poesia de Cecília caracterizava-se por uma emotividade que «permanece ansiosamente indecisa entre um panteísmo mágico e uma atomização total da realidade.

E, no fundo, uma terrível serenidade perante a morte – sempre presente na poesia de Cecília Meireles –, como os barrocos tiveram, mas em que se observa que só a expressão poética acaba sendo o espírito em que o poeta crê. Dir-se-ia uma poesia destas a de um paganismo sem deuses, já que o poeta não reconhece, na verdade, outra imagem que não a sua mesma – um Narciso que, em vez de se debruçar para as águas, quisesse teimosamente espelhar-se no tempo [...]. Porque mergulhar nos seus versos é um pouco como cair lentamente num poço sem fundo, de paredes a preto e branco, vindo dos pesadelos da adolescência»[16].

Alongámo-nos um tanto nesta citação para exemplificarmos como uma leitura inteligente, quando incompleta ou descontextualizada pode mutilar o pensamento da poetisa, radicado num entendimento finalista e em «acasos de esperança».

Bem ao contrário de Sena, muitas outras leituras puseram em evidência o sentido mais fundo da tristeza e pessimimo ceciliano. Por exemplo, a de Leodegário de Azevedo Filho, classificando-a de «tristeza mística, geralmente comum nos poetas espiritualistas. De facto, ansiando pela perfeição do espírito, em contraste com o drama quotidiano, forma-se aos poucos, uma espécie de angústia metafísica, acompanhada da fuga do real»[17].

Como diria Vitorino Nemésio que com ela dialogou poeticamente: «o anjo do Senhor anunciou a Cecília sua "Vaga Música" – penetrante, vasto e sinfónico movimento»[18].

À medida que o tempo passa, cada vez mais a poesia de Cecília se impõe como uma das melhores inquirições sobre as realidades da vida, exprimindo a perplexidade perante as certezas fáceis e não con-

---

[16] Jorge de Sena, «Cecília Meireles ou os puros espíritos», *Diário de Notícias*, Lisboa, 26 de Novembro de 1964.
[17] Leodegário de Azevedo Filho, *Poesia e Estilo de Cecília Meireles*, Rio de Janeiro, 1970, p. 140.
[18] Vitorino Nemésio, *Diário Popular*, Lisboa, 3 de Agosto de 1949.

quistadas, e que a morte é apenas a última etapa de um processo de transformação que irá revelar outras realidades superiores – uma alquimia espiritual que mais do que encontrar valores materiais, purifica e aperfeiçoa o próprio alquimista.

São Paulo, Seminário Internacional Cecília Meireles, USP, 2001

Índices

Índice das obras citadas

A Alquimia. Serge Hutin, 255n.
A Capital Eça de Queirós, 228
A Carta de Pêro Vaz de Caminha. Jaime Cortesão, 159n.
A Casa de Pensão. Aloísio de Azevedo, 227
A Condição Humana. André Malraux, 229
A Construção do Brasil. Jorge Couto, 51n.
A Deliciosa e Sangrenta Aventura Latina de Jane Spitfire, Espiã e Mulher Sensual. Augusto Boal, 31-33
A Escrava que não é Isaura. Mário de Andrade, 30
A Festa. Ângelo, 23
A Hora dos Ruminantes. Veiga, 14 e n.
A Igreja no Brasil. Arlindo Rubert, 85n.
A Ilustre Casa de Ramires. Eça de Queiroz, 40
A Impostura Castigada. José Agostinho de Macedo, 89
A Lã e a Neve. Ferreira de Castro, 205
À la Recherche du Temps Perdu. Marcel Proust, 227-228
A Lição do Poema. Cartas de Cecília Meireles a Armando Côrtes-Rodrigues. Celestino Sachet, 267n.
«A Literatura de Viagens e a História Natural». Fernando Cristóvão, 241n.
«Albano». Cláudio Manuel da Costa, 192
A Literatura no Brasil. Afrânio Coutinho, 9n., 129

«A luz do sol». Manuel Inácio da Silva Alvarenga, 205
A Metamorfose. Franz Kafka, 225
Aminta. Torquato Tasso, 179
A Montanha Mágica. Thomas Mann, 228
Amor de Perdição. Camilo Castelo Branco, 226
Amores. Ovídio, 226
A Morte do Caixeiro-Viajante. Arthur Miller, 232
Anália de Jozino. José Elói Otoni, 197--198
Angústia. 229
Animal Farm. George Orwell, 231
Antologia da Poesia Brasileira. Alexandre Pinheiro Torres, 180n.
A Oeste Nada de Novo. Eric Maria Remarque, 230
«Ao P.ᵉ Costa». Padre José de Anchieta, 181
Apologias y Discursos de Las Conquistas Occidentales. D. Bernardo de Vargas Machuca, 160
A Porteira do Mundo. Borba Filho, 12
Apoteose de Hércules. José Agostinho de Macedo, 89
A Pregação Universal. Padre José de Anchieta, 71, 73
Arcádia. Iacopo Sannazzaro, 179
A Região Submersa ou Detective Particular Cid Espigão, Vulgo Docinho, em Luta Mortal contra os Quatro Cavaleiros do Apocalipse ou Quando eu me for embora para bem distante. Ruas, 33-34
A Romana. Alberto Moravia, 227

Índice das obras citadas

Ars Amatoria. Ovídio, 226
«A Santa Inês». Padre José de Anchieta, 180-181
As Mil e Uma Noites. 225
As Teologias do Nosso Tempo. Mondin, 23n.
As Vinhas da Ira. John Ernst Steinbeck, 219, 232
As Viagens. Olavo Bilac, 141
«Ausente de sua casa pondera o poeta o seu mesmo êrro, em ocasião de ser buscado por sua mulher». Gregório de Matos, 182
Auto das Barcas. Gil Vicente, 76
Avante, Soldados: Para Trás. Silva, 42
Aventuras de M. Pickwick ou David Copperfield. Charles Dickens, 225
A Volta de Astréa. José Agostinho de Macedo, 89

«Balada Naval». Ribeiro Couto, 139
Bar Don Juan. Antônio Callado, 24 segs.
Bebel que a Cidade Comeu. Brandão, 30
Bom Crioulo. Adolfo Caminha, 140
Bosquejo da História da Poesia e Língua Portuguesa. Almeida Garrett, 200
Branca de Rossi. José Agostinho de Macedo, 89
Brevisima Relación de la Destrucción de las Indias. Bartolomeo de Las Casas, 159-160, 224
Bucólicas. Virgílio, 179, 180, 198, 225

Caetés. Graciliano Ramos, 40
Calabar. Buarque e Guerra, 42
Canaan. Graça Aranha, 40, 97
Cancioneiro do Ausente. Ribeiro Couto, 139
Canções. António Botto, 227
Cântico dos Cânticos, 180
Cântico Espiritual. São João da Cruz, 222

Canto dos Pastores. Manuel Inácio da Silva Alvarenga, 205
Canzioneri. Petrarca, 226
Capitães da Areia. Jorge Amado, 138
Capítulos da História Colonial. J. Capristano de Abreu, 10n.
Características da Literatura Portuguesa. Fidelino de Figueiredo, 128
Caramurú. Santa Rita Durão, 158
Carmen bucolicum. Petrarca, 179
Carmina Burana, 225
«Carta ânua de 1626». Padre António Vieira, 118, 119-123, 132
«Carta da Companhia de Jesus ao seráfico São Francisco». Padre José de Anchieta, 81
Carta de Achamento. Pêro Vaz de Caminha, 154, 159, 175, 223
Carta de Guia de Casados. D. Francisco Manuel de Melo, 226
Cartas Chilenas. Tomás António Gonzaga, 211
Cartas do Padre António Vieira. J. Lúcio de Azevedo, 63n.
Casa Grande e Senzala. Gilberto Freire, 41, 163
«Cecília Meireles ou os puros espíritos». Jorge de Sena, 269n.
Chamado do Mar. James Amado, 137
Chou King. Confúcio, 229
Cien Anos de Soledad. Gabriel García Márquez, 225
Civitas Solis. Frei Tomás Campanella, 161, 232
Clotilde ou o Triunfo do Amor Materno. José Agostinho de Macedo, 89
Colleçam das Antiguidades de Évora. Bento José de Sousa Farinha, 170n.
Combateram pela Pátria. Cholokov, 231
«Como trabalha o tempo elaborando o quartzo». Cecília Meireles, 262
Compendio Historial de la Jornada del Brasil y Sucesos della, donde se da cuenta de como gano el rebelde holandés la

ciudad del Salvador y Bahia de Todos Santos, y de su restauración por las armas de España, cuyo general que D. Fadrique de Toledo Osorio, Marqués de Villameva de Valdueza, capitan general de la Real armada de el mar Océano y de la gente de guerra de el reino de Portugal en el año de 1625. Juan de Valencia y Guzmán, 102, 106

«Compreensão Portuguesa de Cecília Meireles». Fernando Cristóvão, 268n.

Condicionantes Culturais da Literatura de Viagens. Estudos e Bibliografias. Fernando Cristóvão (coord.), 241n.

Confissões. Jean-Jacques Rousseau, 228

Confissões. Santo Agostinho, 228

Consolação. Samuel Usque, 179

Contos. Hoffman, 225

Contos. Machado de Assis, 228

Correspondences. 267

Cosmographiae Introdutio. Martin Waldseemüller, 155

Crime e Castigo. Dostoiewski, 228, 229

Critique et Vérité. Roland Barthes, 218n.

Crónica da Guiné. Gomes Eanes de Zurara, 168

Cultura e Opulência do Brasil por suas Drogas e Minas. André João Antonil, 159, 198, 223, 256, 257

Curso de Literatura Portuguesa. Camilo Castelo Branco, 200n.

Da Fábrica que Falece à Cidade de Lisboa. Francisco de Holanda, 173n.

«Da harpa XXVI: Fragmentos do mar». Sousândrade, 134-35

D. Camilo e Seu Pequeno Mundo. Giovani Guareschi, 231

D. Casmurro. Machado de Assis, 227, 228

De Beata Virgine Dei Matre Maria. Padre José de Anchieta, 69

De Beneficiis. Séneca, 229

Decadas. Antonio Herrera, 161

Décadas da Ásia. João de Barros, 224

«Décimas». José da Cunha Cardoso, 184

De Cultura Herbae Nicotinae in Brasilia. Padre José Rodrigues de Melo, 198, 199

De Cultura Radicis Brasilicae. Padre José Rodrigues de Melo, 198

De Cura Boum in Brasilia. Padre José Rodrigues de Melo, 198, 199-200

De Instauranda Aethiopum Salute. Padre Alonso de Sandoval, 51

«De Júpiter o filho já servia». Frei Felizberto António da Conceição, 197

De Justitia et Jure. Luís de Molina, 54

De Orbe Novo (Decades). Pietro Martir d'Anghiera, 155

Deus no Pasto. Borba Filho, 12

De Rusticis Brasiliae rebus. Padre José Rodrigues de Melo, 198

De Sacchari Opificio Carmen. Padre Prudêncio do Amaral, 198, 245

«De São Maurício». Padre José de Anchieta, 80, 81

Descobrimentos Portugueses. João M. Silva Marques, 51n.

Descrição da Cidade de Lisboa. Damião de Góis, 169n.

Descrição Curiosa das Principais Produções, Rios e Animais do Brasil, principalmente de Minas Gerais. Joaquim José Lisboa, 206n., 207, 239, 240n., 247

Descrição do Reino de Portugal. Duarte Nunes de Leão, 170, 172-173

De Situ Orbis. Pompónio Mela, 168-169

Deus Dorme em Masúria. Hans Hel-mut Kirst, 231

De Usu Vario Radicis Brasiliae. Padre José Rodrigues de Melo, 198

«Diálogo». Frei António Rodovalho, 197

Diálogo das Grandezas do Brasil. Ambrósio Fernandes Brandão, 40, 159, 172, 198, 207, 247
Diálogos do Sítio de Lisboa. Luís Mendes de Vasconcelos, 170, 171-172
Diário da Navegação. Pêro Lopes de Sousa, 132
Diario de a Bordo. Cristóvão Colombo, 152, 223
Diário de Anne Frank. Anne Frank, 228
Dicionário da História da Colonização Portuguesa no Brasil. Maria Beatriz Nizza da Silva, 76n.
Dictionnaire des Symboles. Jean Chevalier e Alain Gheerbrant, 258n.
Dictionnaire Historique, Thématique et Technique des Littératures. Jacques Demougin (dir.), 162n.
Dimensões III. Eduardo Portella, 12n.
Direita, Esquerda Volver. Cabral, 35-37
Discurso à Nação Alemã. Johann Fichte, 231
Discurso sobre Marinetti. Gotefried Benn, 231
Divina Comédia. Dante Alighieri, 222, 226
Doutor Jivago. Boris Pasternak, 231
D. Sinhá e o Filho Padre. Gilberto Freire, 40
Dum Diversas. Nicolau V, 50

Emigrantes. Ferreira de Castro, 232
Eneida. Virgílio, 230
[«Enfim, Felício amigo, o tempo é breve»]. Frei Felisberto António da Conceição, 186
Ensaios. António Sérgio, 229
Escrito histórico de la insigne y baliente Iornada del Brasil, que se hizo en España el año 1625. Jacinto de Aguilar e Prado, 102
Esmeraldo de Situ Orbis. Duarte Pacheco Pereira, 168
«Espumas do mar». Gonçalves Dias, 145
Espumas Flutuantes. Castro Alves, 91
Este Mar Catarina. Flávio José Cardoso, 137
Estudos sobre a Escravidão Negra. Leonardo Dantas Silva, 49n.
Etimologias. Santo Isidoro de Sevilha, 168
Etiópia Oriental e Vária História de Cousas Notáveis do Oriente. Frei João dos Santos, 224
Eu. Augusto dos Anjos, 228
Evolução da Poesia Brasileira. Agripino Grieco, 268n.
Exercícios Espirituais. Santo Inácio de Loyola, 68, 70
Experiências de Verdade. Gandhi, 229

«Égloga». Padre José Vitorino Pereira Torres, 197-198
[«É Jozino Pastor d'estranha aldêa;»]. Teófilo Otoni, 204-205
El Brasil Restituido. Lope de Vega, 102, 103 segs., 107, 132
El Cid. 230
El Lusitanismo de Lope de Vega y su Comédia «El Brasil Restituido». José Maria Viqueira Barreiro, 104n., 105n.
Em Câmara Lenta. Tapajós, 34-35

«Fábula do Ribeirão do Carmo». Cláudio Manuel da Costa, 193, 194, 207
Fausto. Goethe, 229
Fazenda Modelo. Chico Buarque de Holanda, 17
Florilégio da Poesia Brasileira. A. Varnhagen, 240n.
Focus. Arthur Miller, 232
Fontamara. Ignazio Silone, 231
«Fragilidade». Cecília Meireles, 262

Frutas do Brasil. Frei António do Rosário, 154, 239, 240n.

Gabriela Cravo e Canela. Jorge Amado, 138
Galatea. Miguel de Cervantes, 179
Geology of the Voyage on the «Beagle». Charles Darwin, 224
Geórgicas. Virgílio, 97, 179, 180, 196, 198, 225
Geórgicas Brasileiras. Prudêncio do Amaral e José Rodrigues de Melo, 198, 199n., 245n.
Gerusalemme Liberata. Tasso, 230
Gerusalemme Conquistata. Tasso, 230
Gilgamesh, 230
Glaura. Manuel Inácio da Silva Alvarenga, 205
Grammaire des Civilisations. Fernand Braudel, 164
Grande Sertão: Veredas. Guimarães Rosa, 229
Guerra e Paz. Leo Tolstoi, 219, 230
Guide d'Amsterdan Enseignantt aux Voyageurs et aux Negociants la Splendeur, son Commerce etc. La Feuille, 223

Hino a Aphrodite. Sapho, 227
Hispaniae et Lusitaniae Itinerarium. Anónimo, 171
Histoire Comique des États et Empires de la Lune et du Soleil. Cyrano de Bergerac, 232
Histoire des Decouvertes et Conquestes des Portugais dans le Nouveu Monde. Joseph-François Lafitau, 155n.
Histoire Générale de l'Église. A. Boulenger, 69n.
Histoire d'un Voyage en Terre de Brésil. Jean de Léry, 154
Historia Americae sive Novi Orbis. Théodore de Bry, 155

História da América Portuguesa, Sebastião da Rocha Pita, 159, 239, 240n.
História da Companhia de Jesus no Brasil. Serafim Leite, 54n.
História Concisa da Literatura Brasileira. Alfredo Bosi, 267n.
História da Inteligência Brasileira. Wilson Martins, 83n., 198n.
História da Literatura Moderna: os Árcades. Teófilo Braga, 200n.
História da Minha Infância. Gilberto Amado, 144
História da Província de Santa Cruz. Pêro de Magalhães de Gândavo, 175, 248-249
História de António Vieira. J. Lúcio de Azevedo, 60n.
Historia de las Indias. Bartolomeo de Las Casas, 52
História de Portugal. Joaquim Veríssimo Serrão, 101n., 122n.
História do Brasil. Fausto, 37n.
História do Brasil, Revista por Capistrano de Abreu. Frei Vicente do Salvador, 240n., 242-243, 249n.
História dos Animais e Árvores do Maranhão. Frei Cristóvão de Lisboa, 239, 240n.
História dos Descobrimentos e Conquistas dos Portugueses na Índia. Fernão Lopes de Castanheda, 224
História dos Feitos Recentemente Praticados durante Oito Anos no Brasil. Gaspar von Baerle, 115-16
Historia Natural. Aristóteles, 61
História Trágico-Marítima. Bernardo Gomes de Brito, 134, 224
Historia Verdadera de la Conquista de la Nueva España. Bernal Díaz del Castillo, 224
Humilhados e Ofendidos. Dostoiewski, 228

«Idílio». Frei Carlos, 207
«Idílio Pastoral». António Lourenço da Silva, 186-188
Idílios. Teócrito, 179
Ilha de Maré, Termo da Cidade da Bahia. Manuel Botelho de Oliveira, 131, 159, 173-174, 182, 239, 246, 249
Ilídia. Homero, 230
Il Pastor Fido. Giovan Battista Guarini, 179
Il Principe. Maquiavel, 231
Imago Mundi. Pierre d'Ailly, 152
Imitação de Cristo. Tomás de Kempis, 229
Informação das Terras do Brasil. Padre Manuel da Nóbrega, 159
Informação do Brasil e de Suas Capitanias. Padre José de Anchieta, 76, 82 e n., 159
Introdução à Vida Devota. São Francisco de Sales, 229
Introduction à la Littérature Fantastique. Todorov, 16n.
Itinéraire de Paris à Jérusalem et de Jérusalem à Paris. Chateaubriand, 224
Itinerário da Terra Santa. Frei Pantaleão de Aveiro, 224

Jana e Joel. Xavier Marques, 138, 209, 210
Jonino de Aónia. Joaquim José Lisboa, 206n.
Joquino e Tamira. Joaquim José Lisboa, 206-207
Jornada dos Vassalos da Coroa de Portugal, pera se Recuperar a Cidade do Salvador. Padre Bartolomeu Guerreiro, 102, 116 segs., 134
José. Carlos Drummond de Andrade, 225
Jubiabá. Jorge Amado, 138

Kamasutra. 226

La Araucana. Alonso de Ercilla, 160
L'Alquimie. E. J. Holmyard, 255n.
L'Amour et l'Occident. Denis de Rougemont, 226
La Natura delle Indie Nove. Antonello Gerbi, 154n.
La Putain Respectueuse. Jean-Paul Sartre, 227
«La transition du locus amoenus classique au de situ descritif». Fernando Cristóvão, 238n.
La Vida de Lazarillo de Tormes y de sus Fortunas y Adversidades. Lazarillo de Tormes, 225
L'Eau et les Rêves. Gaston Bachelard, 258n., 261n.
Les Chemins de la Liberté. Jean-Paul Sartre, 229
Les Genres du Discours. Tzvetan Todorov, 219n.
Les Nourritures Terrestres. André Gide, 229
Llama de Amor Viva. São João da Cruz, 222
Linha do Parque. Dalcídio Jurandir, 138
Lyras. Joaquim José Lisboa, 206n.
Lyras de Jonino, Pastor do Serrão. Joaquim José Lisboa, 206n.
Literatura e Ideologia. Lyra, 13n.
Literatura e Realidade Nacional. Portella, 43n.
Literatura e Sociedade. Antônio Cândido, 43n.
Livro das Grandezas de Lisboa. Frei Nicolau de Oliveira, 170-171
Livro das Profecias. Cristóvão Colombo, 152
D. Luís de Ataíde. José Agostinho de Macedo, 89
«Loide Brasileiro». Osvaldo de Andrade, 135

Ensaios brasileiros

Los Siete Libros de la Diana. Jorge de Montemor, 179

Macunaíma. Mário de Andrade, 30
Madame Bovary. Gustave Flaubert, 227
Mahbarata, 230
Manuscrito Encontrado em Saragoça. Jan Potocki, 225
Mar Desconhecido e Estrela Solitária. Augusto Frederico Schmidt, 141
Mar Absoluto. Cecília Meireles, 146
Mar Morto. Jorge Amado, 138
Margem das Lembranças. Borba Filho, 12
Maria de Cada Porto. Moacir Lopes, 136
«Maria Rosa Mística». Padre António Vieira, 48, 52
«Maria de qua natus est Jesus qui vocatus Christus». Padre António Vieira, 48
Marília de Dirceu. Tomás António Gonzaga, 200-203
«Marília de Dirceu» de Tomás António Gonzaga, ou a Poesia como Imitação e Pintura. Fernando Cristóvão, 201n.
Mater et Magistra. João XXIII, 22
Máximas. La Rochefoucault, 229
Memórias do Cárcere. Graciliano Ramos, 22
Memórias Diárias da Guerra do Brasil. Duarte de Albuquerque Coelho, 103
Memórias Sentimentais de João Miramar. Osvaldo de Andrade, 30
Menina e Moça. Bernardim Ribeiro, 226
Metal Rosicler. Cecília Meireles, 255-270
«Meus Avós Portugueses». Augusto Frederico Schmidt, 141
1984. George Orwell, 231
Mitos y Utopias del Descubrimiento. Juan Gil, 152n.
Moradas. Santa Teresa de Ávila, 222
«Mundus Novus». Américo Vespúcio, 155n.

Música do Parnaso: A Ilha de Maré. Manuel Botelho de Oliveira, 174n., 193, 240n., 246n.

Na Festa de São Lourenço. Padre José de Anchieta, 71, 74, 75-80
[«Nas inclemências da noite,»]. Francisco Pereira do Lago Barreto, 185
Nas Profundas do Inferno. Poerner, 22
Nau Catrineta: Romanceiro. Almeida Garrett, 129
Naufrágio da Nau de Jorge de Albuquerque Coelho, 134
Navigationi et Viaggi. Ramusio, 155
Navio Negreiro. Castro Alves, 132, 133
Navios Iluminados. Ranulfo Prata, 139
New Atlantis. Francis Bacon, 161
Noche Oscura. São João da Cruz, 222
«No dia da Assunção». Padre José de Anchieta, 74
Notícias de Portugal. Manuel Severim de Faria, 176n.
Nova Navegação e Descobrimentos da Índia Superior. Filippo Pigaffetta, 224
Novos Mundos do Mundo. A. A. Banha de Andrade, 153n.
Novum Organum. Francis Bacon, 162
Novus Orbis. Américo Vespúcio, 155
Novus Orbis Regionum ac Insularum Veteribus Incognitarum. Simão Grynaeus, 155

O Amante de Lady Chatterly. D. H. Lawrence, 227
O Amor de Pedro por João. Ruas, 26
O Arquipélago Goulag. Soljenitzine, 231
Obra Poética. Gregório de Matos, 181n.
Obras. Cláudio Manuel da Costa, 191, 193 e n.
Obras Poéticas. Inácio José de Alvarenga Peixoto, 203n.

Obras Poéticas. Joaquim José Lisboa, 206n.
Obras Poéticas. Manuel Joaquim Ribeiro, 207n., 208-209
O Brigue Filibusteiro. Virgílio Várzea, 132-33
«O cajueiro». Manuel Inácio da Silva Alvarenga, 205-206
O Castelo. Franz Kafka, 225
O Cavalo da Noite. Borba Filho, 12
O Crime do Padre Amaro. Eça de Queirós, 228
Ódio de Raça. Gomes de Amorim, 92
Odisseia. Homero, 230
O Dono do Mar. José Sarney, 133
O Espírito Vitorioso. Cecília Meireles, 265, 268
O Estorvo. Chico Buarque de Holanda, 19
O Etíope Resgatado. Ribeiro Rocha, 229
«O Gondoleiro do mar». Castro Alves, 144-145
O Idiota. Dostoiewski, 228
O Livro de Marco Paulo - O Livro de Nicolau Veneto - Carta de Jerónimo de Santo Estêvão, 138
O Livro de Marco Polo, 223
O Livro Negro do Comunismo. Courtois, 37n.
O Livro de São Cipriano. 225
O Malhadinhas. Aquilino Ribeiro, 225
«O Mar». Coelho Neto, 129
«O mar». Fagundes Varela, 142-143
«O mar». Gonçalves Dias, 141-142
«O Mar». Martins Fontes, 129
O Mar Nunca Transborda. Ana Maria Machado, 37, 38 segs.
O Materialismo e o Empirismo. Lenine, 231
O Movimento Academicista no Brasil. José Aderaldo Castello, 183n.
«O Navio negreiro». Castro Alves, 143
O Negro na Literatura Brasileira. Raymond S. Sayers, 91n.
«O nome do teu pastor». Domingos Caldas Barbosa, 203
O Novo Mundo. Antonello Gerbi, 163
«O pastor divino». Cláudio Manuel da Costa, 188-189
«O pelote domingueiro». Padre José de Anchieta, 71-75
O Preto Sensível. José Agostinho de Macedo, 90 segs.
O Primo Basílio. Eça de Queirós, 228
O Processo. Franz Kafka, 225
O que é a Literatura? Charles du Bos, 219n.
«Oração ao mar». Cruz e Sousa, 143
O Rosto de Papel. Miranda, 19
O Sebastianismo Desenganado à sua Custa. José Agostinho de Macedo, 89
Os Elementos Fundamentais da Cultura Portuguesa. Jorge Dias, 128
Os Irmãos Karamazov. Dostoiewski, 228
Os Lusíadas. Luís de Camões, 141, 224, 230
Os Maias. Eça de Queirós, 227
«Os Maiorais do Tejo». Cláudio Manuel da Costa, 194-195
Os Pastores da Noite. Jorge Amado, 138
Os Sofrimentos do Jovem Werther. Wolfgang Goethe, 226
Os Velhos Marinheiros. Jorge Amado, 138
O Ventre de Paris. Émile Zola, 225
O Vício sem Máscaras ou o Filósofo da Moda. José Agostinho de Macedo, 89
O Voto. José Agostinho de Macedo, 89
O Zero e o Infinito. Arthur Kostler, 231

Pacem in Terris. Paulo VI, 22
Pantagruel e Gargantua. Rabelais, 225
«Paraíso y Utopia: Geografía Mítica y Escatologia». Mircea Eliade, 157n.
Parnaso Lusitano. Almeida Garrett, 191, 192n.
Pastores de Belén. Lope de Vega, 180
Pau Brasil. Osvaldo de Andrade, 137

Paul et Virginie. Bernardin de Saint--Pierre, 209, 226
Pensées. Pascal, 229
Pérdida, y Restauración de la Bahia de Todos los Santos. Juan António Correa, 102, 107-109, 132
Peregrinação. Fernão Mendes Pinto, 224
Peregrinação. Egéria, 224
Peregrinação às Origens. Lanza del Vasto, 229
Pessach; a Travessia. Cony, 26 segs., 32
Phisiologus, 240
Physiologie du Goût. Brillat-Savarin, 226
Pilgrim's Progress. Bunyan, 229
Poemas. Joaquim Cardozo, 145
Poemas e Canções. Vicente de Carva-lho, 144
Poesia (1935-1940). Vitorino Nemésio, 223
Poesia e Estilo de Cecília Meireles. Leodegário de Azevedo Filho, 269n.
Poesias. Padre José de Anchieta, 69n.
Poesias Completas. Cecília Meireles, 257n.
Populorum Progressio. Paulo VI, 22
Porque Me Orgulho do Meu País. Albino Forjaz Sampaio, 173
Porque Me Ufano do Meu País. Conde Afonso Celso, 173
Phisiologus. Anónimo, 61
Presenças Reais. George Steiner, 219n.
Primeiros Cantos. Gonçalves Dias, 141
«Problemática questão». Anastácio Ayres de Penhafiel, 189-190
Promessi Sposi. Manzoni, 226
Prometeu Agrilhoado. Ésquilo, 229
Prosopopeia. Bento Teixeira, 180
Psychologie de la Littérature et de la Création Littéraire. Pierre Debray-Ritzen, 227n.

«Qual mais amou, por assunto». Geraldo Fonseca Carssão, 189

«Qual se mostrou mais amante». Francisco Pereira do Lago Barreto, 189
Quando no Espírito Santo se recebeu uma Relíquia das Onze Mil Virgens (auto). Padre José de Anchieta, 80-81
Quando no Espírito Santo se recebeu uma Relíquia das Onze Mil Virgens (poema). Padre José de Anchieta, 81
Quarup. Antônio Callado, 19 e n., 20, 22, 23, 24, 26, 28, 32
Qu'est-ce que la Littérature. Jean-Paul Sartre, 230n.
Qu'est-ce que le Symbolisme? Henri Peyre, 268n.
Quincas Berro d'Água. Jorge Amado, 138

«Recatava-se prudentemente esta beleza das demasias do seu futuro esposo». Gregório de Matos, 181-182
«Recebimento que fizeram os índios de Guaraparim ao Padre Provincial Marçal Belliarte». Padre José de Anchieta, 71, 80, 81
Recuperação da Cidade do Salvador. D. Manuel de Menezes, 102, 132
Relação. Piano Carpino, 223
Relação da Conquista e Perda da Cidade de Salvador pelos Holandeses. Johann Gregor Aldenburgk, 102, 109-116, 132
Relação em que se trata e faz uma breve descrição dos arredores mais chegados à cidade de Lisboa... até Enxobregas. Anónimo, 171, 173-174
Relação Sumária das Cousas do Maranhão Dirigida aos Pobres deste Reyno de Portugal. Simão Estácio da Silveira, 175
Relação Verdadeira de todo o Sucedido na Restauração da Bahia de Todos os Santos. Juan de Medeiros Correia, 102, 132

Relação da Viagem que a Armada de Portugal fez à Bahía de Todos os Santos, e da Restauração da cidade de S. Salvador Ocupada pelas Armas Olandezas. João Franco Barreto, 103
Relación de la Conquista del Peru. López de Jérez, 224
Rerum per Octennium in Brasilia et alibi nuper certarum sub Praefectura Illustrissimi Comittis J. Mauriti Nassoviae. Gaspar von Barleus, 103, 132
Restauración de la Ciudad del Salvador I Bahia de Todos - Santos en la Província del Brasil. Por las Armas de D. Felipe IV. Tomás Tamayo de Vargas, 102, 132
«Retrato de Anarda 2». Domingos Caldas Barbosa, 203-204
Retrato do Brasil. Paulo Prado, 41
Retrato Natural. Cecília Meireles, 262, 265
Romanus Pontifex. Nicolau V, 50, 51
Romeu e Julieta. William Shakesperare, 226
«Rosa do mar». Gonçalves Dias, 145

«Sagres». Olavo Bilac, 141
«Santa Úrsula». Padre José de Anchieta, 71, 80, 81
São Jorge dos Ilhéus. Jorge Amado, 138
Seara Vermelha. Jorge Amado, 231
Second Fondation. Asimov, 231
Segundos Cantos. Gonçalves Dias, 141, 145
«Sei, Orisênio meu, que entre os pastores». Cláudio Manuel da Costa, 192
Serafim Ponte Grande. Osvaldo de Andrade, 30
«Sereia». Cecília Meireles, 145-146
«Sermão da primeira Oitava da Páscoa». Padre António Vieira, 62
«Sermão de Santo António aos Peixes». Padre António Vieira, 48, 61

«Sermão da Sexagésima». Padre António Vieira, 48, 61
«Sermão do primeiro Domingo da Quaresma». Padre António Vieira, 56, 62
«Sermão do Quinto Domingo da Quaresma». Padre António Vieira, 60
«Sermão pelo Bom Sucesso das Armas de Portugal contra as da Holanda». Padre António Vieira, 121
Sermoens. Padre António Vieira, 52n., 224, 229
Sermões. Bossuet, 229
Só. António Nobre, 228
Sobre a Religião. Karl Marx, 222
Solombra. Cecília Meireles, 262
Sombras dos Reis Barbudos. Veiga, 17 e n.
Sumário em que Brevemente se Contém Algumas Cousas assim Eclesiásticas como Seculares que há na Cidade de Lisboa. Cristóvão de Oliveira, 169
Suor e Cacau. Jorge Amado, 138
Suspiros Poéticos e Saudades. Gonçalves de Magalhães, 91.

«Tabira». Gonçalves Dias, 141
Tao To King. Lau Tseu, 229
Teatro. Jarry, 225
Teatro de Anchieta. Padre Armando Cardoso, 69n., 76n.
Terras Desbravadas. Cholokov, 231
The New England. John Smith, 156
The New Historicism. H. Aram Veeser, 200n.
The Quest for Paradise. Charles L. Sanford, 157
The Second World War. Winston Churchill, 228
Tipologia della Cultura. Ju. M. Lotman e B. A. Uspenskij, 200n.
Totem e Tabu. Sigmund Freud, 222
Tratado da Província do Brasil. Pêro de Magalhães de Gândavo, 239n.

Tratado das Significações das Plantas, Flores e Fructos que se Referem na Sagrada Escritura. Frei Isidro Barreira, 239n., 241

Tratado Descritivo do Brasil. Gabriel Soares de Sousa, 239

Tratado da Magestade, Grandeza e Abastança da Cidade de Lisboa. João Brandão, 170n.

Tratados da Terra e Gente do Brasil. Fernão Cardim, 240n.

Treatyse on Newe India with Other Newe Founde Lands and Islands. Richard Eden, 156

Trilogia Espanhola. Rainer Maria Rilke, 222

Trionfi. Petrarca, 226

Tristan et Iseut. 226

Ulisses. James Joyce, 228

Uma Poética do Eterno Instante. Maria Margarida Maia Gouveia, 268n.

Urbis Olisiponis Situs et Figura. Damião de Góis, 169

Utopia, sive de Optimo Reipublicae Statu. Tomás Morus, 160-161, 162, 232

Utopías y Pensamiento Utópico. F. E. Manuel, 157

Vermelho e Negro. Stendhal, 227

Viagem. Cecília Meireles, 145, 268

Viagem Filosófica. Alexandre Rodrigues Ferreira, 240n., 251

Viagem pelo Brasil. Von Spix e Von Martius, 240n., 251

Viagens. Ibn Battuta, 224

Viagens de Gulliver. Swift, 232

«Vida no campo». Cláudio Manuel da Costa, 195-196

Vigésima Quinta Hora. 230

«Vila Rica». Cláudio Manuel da Costa, 193

Viola de Lereno. Domingos Caldas Barbosa, 203

Visão do Paraíso. Os Motivos Edênicos no Descobrimento do Brasil, Sérgio Buarque de Holanda, 157-158

Viva o Povo Brasileiro. João Ubaldo Ribeiro, 42

Vocabulaire d'Esthétique. Souriau, 30

Vocabulaire de Théologie Biblique. Xavier Léon-Dufour, 266n.

Voyage autour du Monde. Conde de Bougainville, 224

Voyage Towards the South Pole and around the World. James Cook, 224

Vozes da América. Fagundes Varela, 142

Wilderness and Paradise in Christian Thought. George H. Williams, 157

Zero. Brandão, 29 segs.

Índice dos nomes

Abreu, J. Capistrano de, 101n., 175n., 240n., 245n.
Academia Brasileira das Letras, 69n., 199n, 245n., 268
Academia Brasílica dos Esquecidos, 69n., 183, 184, 210
Academia das Ciências de Munique, 251
D. Afonso V, rei de Portugal, 50
Aguilar e Prado, Jacinto de, 102
Ailly, Pierre d', 152
Aldenburgk, Johann Gregor, 102-3, 109-114, 115, 132
Alemanha, 97, 111
Alencar, José de, 81, 91, 211
Allende, Salvador, , 11, 24, 27
Alvarenga, Manuel Inácio da Silva, 205-6, 211
Alves, Castro, 91, 132, 133, 143, 144-45
Amado, Gilberto, 146
Amado, James, 139, 181n.
Amado, Jorge, 12, 70, 140-41, 142, 231
Amaral, Padre Prudêncio do, 198, 199, 245
Américo, José, 12
Amora, António Soares, 193n.
Amorim, Gomes de, 94
Anchieta, Padre José de, 69-87, 133, 161, 180, 183
Andersen, Hans Christian, 225
Andrade, António Alberto Banha de, 155-56
Andrade, Carlos Drummond de, 13, 131, 225
Andrade, Gomes Freire de, 197
Andrade, Mário de, 28, 268
Andrade, Osvaldo de, 28, 134, 135
Angelloz, 223
Ângelo, Ivan, 21 segs.
Anghiera, Pietro Martir d', 155
Angola, 112
Anjos, Augusto dos, 228
Antonil, André João, 131, 159, 198, 223, 244, 256-57, 265
Araguaia, 27
Aranha, Graça, 40, 97
Arcádia, 89, 94
Arcádia Lusitana, 183
Arcádia Romana, 183, 191
Arcádia Ultramarina, 191
Aristóteles, 59, 61, 70, 193, 220, 228
Asimov, Isaac, 225, 231
Assis, Machado de, 129, 227, 228
Auerbach, Berthold, 10
Austrália, 128, 156
Aveiro, Frei Pantaleão de, 224
Azevedo, Aloísio de, 227
Azevedo, J. Lúcio de, 60, 63n., 119n.
Azevedo Filho, Leodegário, 269
Aztecas, 159

Babilónia, 171
Bachelard, Gaston, 258, 261
Bacon, Francis, 161, 162
Bakhtine, 21
Bandeira, Manuel, 129
Barbosa, Domingos Caldas, 203
Barbosa, Domingos Gonçalves, 94
Barleus, Gaspar von, 103, 115 segs., 132

Barreto, Francisco Pereira do Lago, 185, 189
Barreiro, José Maria Viqueira, 104, 105n.
Barreto, António Moniz, 118
Barreto, João Franco, 103
Barros, Ademar de, 36
Barros, João de, 224
Barthes, Roland, 218
Belliarte, Padre Marçal, 71, 80, 81, 84
Beneditinos, 51
Benn, Gotefried, 231
Bernardes, poeta, 191
Bergerac, Cyrano de, 232
Bilac, Olavo, 141
Boal, Augusto, 29 segs.
Bocage, Barbosa du, 94, 129
Boccacio, 179
Boff, Leonardo, 21
Borba Filho, H., 10
Bos, Charles du, 219
Bosi, Alfredo, 267n.
Boto, António, 227
Boungaiville, Louis Antoine, conde de, 224
Boulenger, A., 69
Bossuet, Jacques Bénigne, 229
Braga, Teófilo, 130
Brandão, Ambrósio Fernandes, 40, 159, 172, 198, 244, 245
Brandão, António, 131
Brandão, Inácio Loyola, 27 segs.
Brandão, João, 169-170
Braudel, Fernand, 164
Brigadas Vermelhas (Itália), 27
Brillat-Savarin, Anthelme, 226
Brito, Bernardo Gomes de, 134, 224
Brizola, Leonel, 23
Broca, Paul Pierre, 215
Buffon, conde de, 163, 217, 251
Bunyan, 229

Cabo Verde, 117, 134

Cabral, Pedro Álvares, 153, 154, 161, 174
Cabral, Plínio, 35-37
Calderón de la Barca, 222
Callado, Antônio, 17 segs., 22 segs., 26, 30
Cândido, Antônio, 43
Calvino, Italo, 28
Calvino, João, 103, 105
Câmara, D. Hélder, 21
Cambodja, 30
Caminha, Adolfo, 140
Caminha, Pêro Vaz de, 131, 153-54, 156, 159, 174-175, 223
Camões, Luís de, 128, 129, 158, 161, 191, 192, 224
Campanella, Tommaso, 232
Campos, Humberto de, 129
Campos, irmãos, 134
Canadá, 156, 164
Cardim, Fernão, 240n., 249, 251
Cardoso, Padre Armando, 69n., 71, 76
Cardoso, Flávio José, 137
Cardoso, José da Cunha, 184
Cardozo, Joaquim, 145
Carmelitas, 51
Carpino, Piano, 223
Carssão, Geraldo Fonseca, 189
Cartier, Jacques, 156
Carvalho, Alfredo de, 109
Carvalho, Ronaldo de, 268
Carvalho, Vicente de, 129, 144
Casal, Padre Aires do, 154
Castanheda, Fernando Lopes de, 224
Castello, José Aderaldo, 183n., 185, 187n., 190n., 197n.
Castelo Branco, Camilo, 200, 226
Castelo Branco, Carlos, 32n.
Castelo Branco, presidente do Brasil, 31
Castillo, 224
Castro, Ferreira de, 232
Castro, Fidel, 11, 13

Índice dos nomes

Cervantes, Miguel de, 179
César, Júlio, imperador, 59-60
Chateaubriand, 224
Chesterton, 225
Chevalier, Jean, 258n.
Chile, 27, 112
China, 128, 162, 246
Cholokov, 231
Christie, Agatha, 225
Churchill, Winston, 228
Clastres, Hélène, 163n.
Coelho, Duarte de Albuquerque, 103
Coelho, Jorge de Albuquerque, 134
Coelho, Latino, 128
Coimbra, Leonardo, 267
Colombo, Cristóvão, 152, 156, 161, 223
Companhia Neerlandesa das Índias Ocidentais, 101, 111, 112, 115
Companhia Neerlandesa das Índias Orientais, 101, 115
Companhia de Jesus, tb. *jesuítas*, 39, 49, 50, 51, 54, 59, 60, 62, 63, 67, 69, 71, 75, 81, 83 segs., 119, 123, 131, 132, 159, 198
Conceição, Frei Felisberto António da, 185-86, 197
Confúcio, 229
Cony, Carlos Heitor, 24 segs., 30
Cook, James, 133, 224
Coprani, Marquês de, 118
Coreia, 29
Correa, Juan António, 102, 107-9, 110, 132
Correia, Diogo Álvares, 132
Correia, Duarte de Medeiros, 132
Correia, Juan de Medeiros, 102, 132
Cortés, Hernán, 156
Cortesão, Jaime, 175n., 207
Costa, Cláudio Manuel da, 158, 188-89, 191, 192-93, 194-95, 195-96, 197, 205, 207, 211
Courtois, Stéphane, 37n.
Coutinho, Afrânio, 9, 129
Coutinho, D. José Joaquim da Cunha de Azeredo, 187
Couto, Jorge, 51n.
Couto, Ribeiro, 139
Cox, Harvey, 21
Craesbeeck, Pedro, 239n.
Cristóvão, Fernando, 201n., 203n., 238n., 268n.
Cuba, 104
Cunha, Padre João da, 69n.

Damasceno, Darcy, 268
Damata, Gasparino, 139, 140
Dante Alighieri, 192, 222, 226
Darwin, Charles, 217, 24, 251
Debray-Ritzen, Pierre, 227
De Bry, Théodore, 155
Décio, imperador romano, 75, 78-79
Demougin, Jacques, 162n.
Denis, Ferdinand, 95
Dias, Gonçalves, 91, 135, 141-142, 145
Dias, Jorge, 128
Dickens, Charles, 225
Diocleasiano, imperador romano, 79
Dominicanos, 51, 61-62, 63
Dostoiewski, Fiodor, 228
Doyle, Conan, 225
Drake, Sir Francis, 101, 133
Durão, Santa Rita, 132, 158

Eden, Richard, 156
Egéria, 224
Egipto, 129
Eliade, Mircea, 157
Ercilla, Alonso de, 160
Ésopo, 225
Ésquilo, 229
Espanha, 27, 54, 70, 101 segs., 112 segs., 132, 133, 156, 158, 159, 160, 161, 170, 171, 193, 250
Estados Unidos da América, 29-30, 36, 157, 164, 215

Estaline, José, 36
Esteves, João Nunes, 90

Falcão, Cristóvão, 179
Faria, Manuel Severim de, 170, 176
Farinha, Bento José de Sousa, 170n.
Fauto, Boris, 37n.
Fedro, 225
Feijó, padre, 90
Fernandes, D. Pedro, bispo, 85
Fernandes, Valentim, 152, 153n.
Ferreira, Alexandre Rodrigues, 240n., 251
Ferreira, Thaddeo, 206n.
Ferreira, Vergílio, 128
Festa, revista, 267
Fichte, Johann, 231
Figueiredo, Fidelino de, 128, 129
Filipe II, rei, 108
Filipe IV, rei, 102, 104, 105, 109, 117, 118
Flaubert, Gustave, 227
Fontes, Martins, 129
Franca, Gonçalo da, 158
França, 39, 131, 134-135, 168, 250
Franciscanos, 51, 132
Franco, Francisco, general, 27
Frank, Anne, 228
Freedman, Betty, 229
Freire, Gilberto, 40, 41, 163, 245
Freud, Sigmund, 20, 21, 222

Gama, Basílio da, 158
Gama, Vasco da, 133, 153, 158
Gândavo, Pêro de Magalhães de, 131, 174-175, 239n., 244, 248-49
Gandhi, 229
Garrett, Almeida, 89, 97, 129, 191-92, 200
Geisel, militar e político, 24
Gerbi, Antonello, 154n., 163
Gheerbrant, Alain, 258n.
Gide, André, 229

Gil, Juan, 152n.
Goethe, Johann Wolfgang von, 226, 229
Góis, Damião de, 169, 170
Góngora y Argote, Luis de, 192
Gonzaga, Tomás António, 200 segs., 205, 207, 211
Goulart, João, 11
Gouveia, Margarida, 268
Grã, Padre Luís da, 51
Gracián, Baltasar, 110, 123
Grande Kan, 152
Grécia, 192, 216, 220
Greene, Graham, 17
Greimas, Algirdas J., 70
Grieco, Agripino, 268
Guareschi, Giovanni, 231
Guarini, 179
Guerra, Ruy, 42
Guerreiro, Padre Bartolomeu, 102, 116, 117-19, 121, 122, 132
Guevara, Che, 11, 12, 23, 24
Guimarães, Pinheiro, 91
Gutiérrez, 21

Hawkins, pirata inglês, 101
Hazard, Paul, 109-110, 115
Hegel, Georg Wilhelm Friedrich, 163
Heidegger, Martin, 223
D. Henrique, Infante, 141, 151, 154, 168
Herculano, Alexandre, 90, 97, 168
Herrera, Antonio, 161
Heyn, Pieter, 103
Hoffman, 225
Holanda, 39, 41, 101 segs., 131, 132, 156
Holanda, Chico Buarque de, 15 segs., 42
Holanda, Sérgio Buarque de, 157-58
Holmyard, E. J., 257n.
Homero, 230
Horácio, 129, 183, 201

Índice dos nomes

Humboldt, Alexander, 129, 251

Ibn Battuta, 224
Igreja Católica, 17, 20, 21, 28, 32, 50, 52, 106, 157, 194, 216
Império Romano, 168
Incas, 159
Índia, 153, 154, 158
Inglaterra, 39, 101, 108, 131, 141, 168
Inquisição, 106, 116
Irmandade dos Pretos (Bahia), 52
Itália, 27, 28, 114, 153, 168, 170, 193, 250

Jakobson, Roman, 219
Japão, 128, 133, 162
Jarry, Alfred, 225
Jerusalém, 152, 169
D. João II, rei de Portugal, 61
D. João IV, rei de Portugal, 61
João XXIII, papa, 20.
Jornal do Brasil, 32n.
Joyce, James, 228

Kafka, Franz, 15, 225
Kempis, Tomás de, 229
Keyserlijcken, Simon, 111
Kirst, Hans Helmut, 231
Kissinger, Henry, 29
Kostler, Arthur, 231
Kruschev, 36

La Fontaine, 225
Lafitau, Joseph-François, 154-155
Lapa, Manuel Rodrigues, 220n.
La Pérouse, conde de, 133
La Rochefoucault, Francis, 229
Las Casas, Bartolomeo de, 47, 51, 52, 63, 91, 152, 159-160, 224

Lau Tseu, 229
Lawrence, David Herbert, 227
Leal, José da Silva Mendes, 97
Leão, Duarte Nunes de, 169
Leite, Serafim, 54n.
Lenine, 231
León, Frei Luís de, 180
Léon-Dufour, Xavier, 266n.
Leopardi, Giacomo, 268
Léry, Jean de, 154
Lima, Jorge de, 83
Lineu, 217, 251
Lisboa, Frei Cristóvão de, 239
Lisboa, Joaquim José, 206-7, 239, 240n., 247-48, 250
Lispector, Clarice, 11
Lobato, Monteiro, 225
Lobo, Manuel Rodrigues, 179, 191
Lopes, Fernão, 168
Lopes, Moacir, 134
López de Jeréz, 224
Lorena, Bernardo José de, 207
Lottman, Ju. M., 220
Loyolla, Santo Inácio de, 49, 68, 69-70
Luís, Edson, 32
Luís, Padre Manuel, 63
Lutero, Martinho, 105
Lyra, Pedro, 12-13

Macedo, José Agostinho de, 89-98
Machado, Ana Maria, 37, 38 segs.
Machado, Barbosa, 107
Madre de Deus, D. Frei João da, 181
Magalhães, Fernão de, 133, 224
Magalhães, Gonçalves de, 91, 211
Magno, Alexandre, 59-60
Mallarmé, Stéphane, 219, 257
Malraux, André, 229
Mann, Thomas, 228
Manuel, F. E., 157n.
D. Manuel I, rei de Portugal, 152, 153, 155, 168, 174
Manzoni, Alessandro, 226

Índice dos nomes

Maquiavel, 22, 231
Marchionni, 153
Marcuse, Herbert, 20
Marighela, Carlos, 11
Marques, João M. Silva, 51n.
Marques, Xavier, 140, 209, 210
Martins, Agrippino, 109
Martins, Alonso, 102
Martins, M. de L. Paula, 69n.
Martins, Wilson, 83, 198
Martius, C. F. P. von, 240n., 251
Marx, Karl, 20, 220, 222
Matos, Gregório de, 181
Mauriac, François, 17
Meireles, Cecília, 145-146, 257 segs.
Mela, Pompónio, 169
Melo, D. Francisco Manuel de, 179, 226
Melo, Padre José Rodrigues de, 198, 199-200, 245n.
Menezes, Agrário de, 91
Menezes, D. Manuel de, 102, 108, 132
Mercator, Gerardus, 156
Mercedários, 49, 51
Merquior, José Guilherme, 257
Metastásio, 192
México, 102, 161
Michelet, Jules, 70, 129
D. Miguel, rei de Portugal, 89
Miller, Arthur, 232
Minerva, revista, 90
Miranda, Macedo, 17
Miranda, Sá de, 179, 191, 192
Molière, 81
Molina, Padre Luis de, 54
Mondin, Battista, 21 n.
Montaigne, Michel de, 224
Monteiro, Adolfo Casais, 268
Monteiro, John M., 76n.
Montemor, Jorge de, 179
Montoneros, 11
Morais, dicionarista, 95
Moravia, Alberto, 28, 227
Moro, Aldo, 27
Morus, Tomás, 160-61, 232

Mounier, Emmanuel, 10
Mourão-Ferreira, David, 268

Nascentes, Antenor, 193n.
Nassau, Henrique de, 111
Nassau, Maurício de, 101, 102, 109, 111, 113
Nemésio, Vitorino, 223, 268, 269
Neto, Coelho, 129
Neto, Delfim, economista, 27
Neto, João Cabral de Melo, 11
Neves, Tancredo, 37
Nicolau V, papa, 50-51
Nietzsche, Friederich, 21, 222
Nobre, António, 129, 228
Nóbrega, Padre Manuel da, 51, 131, 159
Norberto, Joaquim, 203n.
Nova Arcádia, 89

Olímpo, Domingos, 10
Olivares, conde-duque de, 106
Oliveira, Botelho de, 131, 159, 182, 193, 203, 239, 240n., 245, 246-47, 249-50
Oliveira, Cristóvão de, 169
Oliveira, Frei Nicolau de, 170-171
Oliveira, José Osório de, 268
O Panorama, revista, 90
Ordem de Cristo, 151
Orwell, George, 231
Osório, João de Castro, 128
Otôni, Teófilo, 204-5
Oustens, Guilherme, 106
Ovídio, 226

Paraguai, guerra do, 42
Partido Comunista Brasileiro, 24, 35-36
Pasternak, Boris, 231
Paulo VI, papa, 20

Índice dos nomes

Pascal, Blaise, 59, 211, 229
Pavese, Cesare, 28
Paw, de, 163
Peixoto, Afrânio, 268
Peixoto, Inácio José de Alvarenga, 203, 211
Penhafiel, Anastácio Ayres de, 189-90
Pereira, Padre Bartolomeu Simões, 83, 84
Pereira, Duarte Pacheco, 168-169
Pessoa, Fernando, 128
Peru, 102, 112, 162
Petrarca, 179, 192, 226
Petrónio, 227
Peyre, Henri, 268
Pigafetta, Antonio, 224
Pinto, Fernão Mendes, 224
Pita, Sebastião da Rocha, 131, 159, 184n., 239, 244
Platão, 40
Poe, Edgar Allan, 225
Poerner, Artur, 20
Polo, Marco, 152, 168, 223
Portella, Eduardo, 10, 43
Prado, Paulo, 41
Prata, Ranulfo, 139
Prestes, Carlos, 36
Primeiro Congresso de Escritores Soviéticos (1937), 10
Proust, Marcel, 227
Ptolomeu, 158

Quadros, Jânio, 18
Queirós, Eça de, 40, 227, 228
Queiroz, Raquel de, 10
Quental, Antero de, 267, 268
Quevedo y Villegas, Francisco Gómez de, 192

Rabelais, 225
Rafael, 162
Rainha Vitória, de Inglaterra, 63

Ramos, Graciliano, 10, 20, 40
Ramusio, Giovanni Battista, 155
Raynal, 163
Reino de Nápoles, 114, 121
Reis, João Gualberto dos Santos, 198, 245
Reis Católicos, 106
Remarque, Eric Maria, 230
Ribeiro, Aquilino, 225
Ribeiro, Bernardim, 179, 226
Ribeiro, João, 192, 268
Ribeiro, João Ubaldo, 42
Ribeiro, Manuel Joaquim, 207-9
Ricardo, Cassiano, 268
Ricœur, Paul, 222
Rilke, Rainer Maria, 222, 223
Rimbaud, Arthur, 257
Rocha, Padre Ribeiro, 229
Rodovalho, Frei António de Santa Úrsula, 197
Rodrigues, Armando Cortes, 267
Rodrigues, José Honório, 132
Roma, 192
Romero, Sílvio, 192
Rosa, Guimarães, 11, 229
Rosário, Frei António do, 154, 239, 241-42, 243, 244-45, 251
Rossellini, Roberto, 28
Rougemont, Denis de, 226
Rousseau, Jean-Jacques, 224, 228
Ruas, Tabajara, 24, 31-32
Rubert, Arlindo, 85n.

Sachet, Celestino, 267n.
Saint-Pierre, Bernardin de, 209, 226
Salgado, Plínio, 10
Salvador, Frei Vicente, 240n., 242-43, 244, 249
Sandoval, Padre Alonso de, 51
Sanford, Charles L., 157
Sannazzaro, 179, 191
Santa Teresa de Ávila, 222
Santo Agostinho, 228

Santo António de Lisboa, 109
Santo Estêvão, Jerónimo de, 153n.
Santos, Frei João dos, 224
São Cipriano, 225
São Francisco de Assis, 81
São Francisco de Sales, 229
São João da Cruz, 222
São Tomás, Frei Domingos de, 62
Sapho, 227
Sarney, José, 133-134
Sartre, Jean-Paul, 10, 21, 227, 229, 230
Sayers, Reymond, 91
Schmidt, Augusto Frederico, 141
Scowe, Harriet, 229
Ségur, condessa de, 225
Seixas, Maria Doroteia Joaquina de, 200
Sena, Jorge de, 27, 269
Séneca, 229
Sérgio, António, 229
Serrão, Joaquim Veríssimo, 101n., 122n.
Sete, Mário, 10
Sevilha, Santo Isidoro de, 168
Shakespeare, William, 226, 260
Silone, Ignazio, 28, 231
Silva, António Lourenço da, 186-87
Silva, Costa e, 32
Silva, Deonísio da, 42
Silva, João Procópio Correa da, 204n.
Silva, Leonardo Dantas, 47
Silveira, Simão Estácio da, 175
Silveira, Tasso da, 267
Smith, John, 156
Soljenstzine, A. I., 231
Souriau, Étienne, 33n.
Sousa, Cruz e, 143, 268
Sousa, Gabriel Soares de, 131, 239, 244, 249
Sousa, general Luís António de, 197, 185n.
Sousa, Pêro Lopes de, 132
Sousa, Martim Afonso de, 132

Sousândrade, 134
Spix, J. B. von, 240n., 251
Steinbeck, John, 219, 232
Steiner, George, 219
Stendhal, 227
Swedenborg, Emmanuel, 267
Swift, Jonathan, 232

Tamayo de Vargas, Tomás, 102, 132
Tapajós, Renato, 32-34
Tasso, 47, 230
Távora, romancista, 10
Teixeira, Bento, 180
Teócrito, 179, 191, 192
Todorov, Tzvetan, 14, 219
Toledo Osorio, D. Fadrique de, 101, 107, 108, 113, 117-118, 120
Tolstoi, Leon, 219, 230
Torres, Alexandre Pinheiro, 180n.
Torres, Padre Camilo, 21
Torres, Padre José Vitorino Pereira, 197-98
Turquia, 57
TV Globo, 27

Ulisses, 129
União Soviética, 35, 36, 37n.
Uspenskij, B. A., 220n.
Usque, Samuel, 179

Valadares, conde de, 197
Valencia y Guzmán, Juan de, 102, 106, 117
Valeriano, imperador romano, 75, 78-79
Varela, Fagundes, 141, 142-143
Vargas, Getúlio, 10, 17, 18
Vargas Machuca, D. Bernardo de, 160
Varnhagen, A., 205n., 240n.
Vasconcelos, Luís Mendes de, 170, 171-172

Índice dos nomes

Vasto, Lanza del, 229
Várzea, Virgílio, 132-133, 139
Veeser, H. Aran, 220
Vega, Lope de, 102, 103-106, 107, 109, 110, 132, 180
Veiga, José J., 12 segs., 16
Veneto, Nicolau, 153n.
Veríssimo, José, 192
Verne, Júlio, 129
Vespúcio, Américo, 152, 154, 155
Vicente, Gil, 76, 179
Vieira, Padre António, 47-63, 91, 102, 116, 119-122, 129, 132, 224, 229, 230, 242
Vietname, 29, 30
Virgílio, 40, 97, 179, 180, 186, 191, 192, 194, 196, 198, 199, 225, 230, 245
Visconti, Luchino, 28
Vitória, Padre Francisco de, 51

Waldseemüller, Martin, 155
Wells, Herbert George, 225
West, Morris, 17
Willekens, Jacob, 101
Williams, George H., 157

Zola, Émile, 225
Zurara, Gomes Eanes de, 168

Índice geral

5 *Nota preliminar*

7 O romance político brasileiro contemporâneo
   1. A alegoria e a ambiguidade como armas políticas, *12*
   2. Afrontamento e revolução, *17*
   3. Pode o intelectual ficar neutro?, *24*
   4. A epopeia da guerrilha urbana, *27*
   5. A direita e a esquerda equivalem-se?, *35*
   6. A democracia e a solução das contradições, *38*

45 Vieira e os sermões contra a escravatura
   1. A defesa dos escravos, *50*
   2. A cruzada contra o cativeiro dos índios, *56*

65 A luta Deus-Demónio na poesia e drama de Anchieta
   1. A graça e o pecado, no confronto entre Deus e o Demónio, *71*
   2. O auto «Na Festa de São Lourenço» e a disputa pela posse das aldeias, *75*
   3. Os melhores aliados no combate, *83*

87 Teatro popular abolicionista: José Agostinho de Macedo, precursor

99 A luta de libertação da Bahia em 1625 e a batalha dos seus textos narrativos e épicos
   1. O ponto de vista castelhano: boas novas para a conservação das conquistas, *103*
   2. Um ponto de vista holandês: a verdade na boca dos mercenários?, *109*
   3. O ponto de vista português: vassalos leais mas reticentes defendendo a fé e o império contra o «furor herético», *116*

125 O mar na Literatura Brasileira
   1. O mar dos navegadores para o Novo Mundo, *130*

2. A praia, o porto e o cais como figuras do mar, *136*

3. Projecção dos estados de alma, *140*

149 O mito do «Novo Mundo» na Literatura de Viagens

165 Da grandiloquência lusa ao ufanismo brasileiro

177 Uma poética pastoril em evolução

1. A fase híbrida da transição, *183*

2. Um árcade nem sempre bem comportado, *191*

3. O triunfo da nova estética, *197*

4. Aculturação e metamorfose, *204*

213 A Literatura como antropologia das antropologias

1. Na área do saber, *222*

2. Na área do sentir, do desejo e da consciência, *226*

3. Na área do querer, do poder e da utopia, *229*

4. Aculturação e metamorfose, *204*

235 As frutas brasileiras e a sua significação oculta

1. Função simbólica das frutas, *241*

2. Estratégia de função apelativa?, *244*

3. Da constatação da diferença à construção de uma nova identidade, *248*

253 A alquimia poética de *Metal Rosicler* de Cecília Meireles

1. A água como elemento de separação e identificação dos metais e da palavra, *257*

2. Uma estrutura poemática de transformação, *261*

3. A prata de uns «acasos de esperança», *261*

273 *Índice das obras citadas*

285 *Índice dos nomes*

295 *Índice geral*